人生海海

麦家 著

北京出版集团
北京十月文艺出版社

新经典文化股份有限公司
www.readinglife.com
出 品

目 录

第一部

第一章 3

第二章 18

第三章 29

第四章 44

第五章 58

第六章 69

第七章 80

第八章 95

第九章 106

第二部

第十章　　　　　121

第十一章　　　　138

第十二章　　　　157

第十三章　　　　176

第十四章　　　　191

第十五章　　　　208

第十六章　　　　227

第三部

第十七章　　　　245

第十八章　　　　263

第十九章　　　　283

第二十章　　　　307

第一部

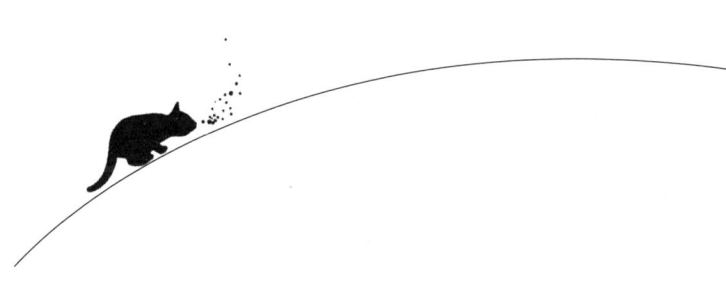

第一章

一

爷爷讲,前山是龙变的,神龙见首不见尾,看不到边,海一样的,所以也叫海龙山;后山是从前山逃出来的一只老虎,所以也叫老虎山。老虎有头有颈,有腰背,有屁股,还有半盘尾巴和一只左前脚——因为它趴着在睡觉,所以只露出一只脚。前山海一样浩荡,丛山峻岭,像凝固的浪花,一浪赶一浪,波澜壮阔。老虎翻山又越岭,走了八辈子,一辈子一千年,累得要死,一逃出前山,跳过溪坎,脱了险,就趴下睡大觉。这样子,脑头便是低落的,腰背是耷拉的,屁股是翘起的,尾巴是拖地的并甩出来,三只脚则收拢,盘在身子下。唯一那只左前脚,倒是尽量支出来,和盘出来的尾巴合作,一前一后,钳住村庄。

登上山顶——老虎屁股——往下看,村庄像被天空的脚蹄踏着,也像是被一声口令聚拢起来,显得紧密。其实是散乱的,屋子排的排靠的靠,大的大小的小,气派的气派,破落的破落。这是一个老式的江南山村,靠山贴水,屋密人稠。屋多是两层楼房,土木结构,粉墙黛瓦;山是青山,长满毛竹和灌木杂树;水是清水,一条阔溪,清澈见底,潭深流急,盛着山的力气。溪水把鹅卵石刷得光滑,铺在弄堂里,被几百年的脚板和车轮——独轮车、脚踏车、拖拉机——磨得更光滑,有劲道。弄堂曲里拐弯,好像处处是死路,其实又四通八达的,最后都通到祠堂。

祠堂威风凛凛,地主一样霸占着村里最阔绰的一块空地和一棵大树。树是白果树,也叫银杏,树干粗得没人抱得住,梢头高过祠堂顶尖,喜鹊很安耽地在上面作窠、下蛋,生出下一代。春暖花开时节,嫩绿的叶芽像一支秘密部队,从条纹状的树皮下钻出,便一发不可收拾,发疯似的向天空和枝丫争抢地盘;要不了几天,扇形的树叶密密麻麻,隐起枝丫,遮天蔽日,挡风避雨,召集全村的麻雀都来过夜。秋末冬初,风是染料,把碧绿的树叶子一层层染,最后染成黄铜色。一夜寒风,树叶纷纷落地,铺满祠堂门前,盖住青石板,跟着人的脚步混进周围弄堂。弄堂没规矩,却总是深的,肠子一样伸曲,宽的宽,窄的窄;宽的可以开拖拉机,窄的挤不过一副肩膀,只够猫狗穿行。

春末秋初都是夏天,像夏天的凌晨四五点和夜晚七八点都是白天一样。

每到夏天,村子像得了疾病,把人当药罐,熬得死去活来。首先是忙,田地要劳作,畜生要侍候,屋漏要补,洪水要防,阴沟要通,茅坑要清,牛栏、猪圈、鸡窠、鸭棚、兔窝都来添乱,一堆事,像疹子一样发出来,日子再长也不够用。其次是热,村子捂在山窝里,三面不通风,热气散不开,被闷成瘴气,趴在汗涔涔的墙上,和烂在阴暗角落里的死老鼠、腐泥、狗屎、鸡粪、小孩子的屎尿日里夜里窃窃私语,吐出满嘴臭气。人也是一身汗臭,招引蚊叮虫咬。

总之吧,每到夏天,村子像剥了壳的馊粽子,黏糊糊又臭烘烘的,人总忙叨叨的,各路虫豸也老不安生:苍蝇、蚊子、蟋蟀、萤火虫、壁虎、蚂蟥、蚂蚁、蜻蜓、蚂蚱、蜈蚣、毒蛇、蜥蜴、毛毛虫,四面八方冒出来,寻死觅活扎进人堆,加到我们生活里,给我们添乱、生事、生病,等着冬天来收拾。

到了冬天,村子像装了套子,一下子封闭了,清冷了,安静了。尤其落雪天,静到素雅,鹅卵石铺陈的弄里堂外,鸡犬无影,雪落无声,人影稀落。积了雪,即便有人走过也听不见平时各人各样的脚步声。积雪像木工房里的刨子,糕点铺里的模子,把各人各样的脚步声都刨成一个样,压成一个形,听上去只有一个声:嚓。

嚓——

嚓——

嚓——

声音瓷实、压抑、单调、僵硬,不像人在走,像鹅卵石在走。像死了千年的鹅卵石,有一块——兴许是两块——成了精,活了,从雪底下钻出来,在雪地上跳,僵尸一样的。独有一人走过,声音是出格的不同,不是嚓——,而是喀!分明比嚓——着力、坚硬,尖利而短促。

喀!

喀!

喀!

声声刺耳,步步惊心,像冰封的雪在被刀割,被锤击。

这声音经常在黎明朦胧的天光里,或夜深人静的月光里响起,在逼仄的弄堂里显得突兀、大胆、凶悍,杀气腾腾的,一下子蹿上屋顶,升到空中,在天上响亮,在寂静中显得空旷、遥远,像从黑云或月亮上传来的。

每当响起这个声音,爷爷就讲:"听,太监回家了。"或者:"太监又出门了。"

同样听到这个声音,父亲则笑:"嘿,上校回家了。"或者:"上校又出门了。"

二

上校就是太监,是同一个人,不同的是叫的人,有人叫他太监,有人叫他上校。少数人当面叫他上校,背后叫他太监,比如我爷爷;多数人当面背后都叫他上校,比如我父亲。叫太监毕竟难听,所以满村庄大几千人,没一人会当面叫他太监。只有调皮捣蛋的小孩子,有时结成团伙,冲他唱歌一样叫:

"太监!啪啪!太监!啪啪!"

击着掌,合着声,有节奏,像大合唱。

多数时候,他埋头走,不理睬,因为人多,睬不来。少数时候,他会做样子追赶,吓得大家抱头鼠窜。有一次,小瞎子耍威风,独个人冲他叫。当时他正趴在自家屋顶上在通烟囱,高空作业,危机四伏,小瞎子以为他下不来,叫得嚣张。哪知道,才叫两声,只见他手脚并用,像只猴子,从高高的屋顶上噌噌噌翻下来,然后不依不饶地追。追出两条弄堂,硬是把小瞎子捉住,按倒在地,撕开他嘴,灌了一嘴巴烟囱灰。

小瞎子是我表哥同学，上课坐一张板凳，下课总淘在一起，手脚一样的。因为他爹是瞎佬——真正的瞎子，黑眼珠是白的——所以叫他小瞎子。这是绰号。学校里，村子里，有名的人都有绰号，什么太监、上校、雌老虎、老巫头、老瞎子、小瞎子、活观音、门耶稣、老流氓、狐狸精、拖油瓶、跟屁虫、跷脚佬、肉钳子、白斩鸡、红辣椒、红烧肉，等等。我父亲叫雌老虎，爷爷叫老巫头，表哥叫长颈鹿，我在班级里最好的淘伴叫矮脚虎，矮脚虎爷爷叫跷脚佬，老保长叫老流氓。他们都是村子或者学校里挂名头的人物，出头鸟，经常被人挂在舌头上。

爷爷讲："绰号是人脸上的疤，难看。但没绰号，像部队里的小战士，没职务，再好看也是没人看的，没斤量的。"

小瞎子在学校里的斤量十足，像秤砣。他有爹没娘，爹瞎佬一个，管不牢，养不教，让他成了野小子、淘气鬼，胆子比癞子大，老是闯祸水，老师都讨厌他，有的还怕他。但这回彻底被上校吓破胆，吓得尿裤子，像个破鸡蛋。我和表哥亲眼看见的，他满脸满嘴乌黑涂鸦的烟灰，像活鬼，哭得跟杀猪似的响，声音里掺进血，四面溅，惊得树上的鸟儿都逃进山，真正可怕！

这年小瞎子十三岁，说到底还是软壳蛋，经不起事，平时看他英勇得很，真正来事就尿了。晚上，我把这事拿回家讲，父亲听了少见地眉开眼笑，一口口骂小瞎子活该，幸灾乐祸的样子，像小孩子。

爷爷训他："你有没有道德，连小孩子都打，什么人嘛，你还帮他站话。"

父亲顶他："什么小孩子，一个小畜生，有人生没人养的东西。"

回头警告我："以后少跟这小畜生玩。"

我说："我从不跟他玩，是表哥，天天跟他玩。"我才十岁，一只黄嘴鸟，藏不住话。

父亲瞪一眼，骂表哥，实际是教训我："他整天跟这畜生淘一起，早迟要闯祸。"

爷爷哼一声，转过身，用后脑勺对父亲讲："先教训好你自己吧，少跟他往来。"指的是上校，也是太监，"我还是那句话，够了，你这生世跟他好够了，别再给我添事了。我老了，只想活得舒坦些。"

这样的话我已经听爷爷讲过十万八千遍，每次爷爷讲的时候都转过身去，好像是不好意思讲，又好像是十分厌恶讲。每次，父亲都是一只耳朵进，一只耳朵出，不记心上，听过算过，回头仍旧同上校称兄道弟，得空就往他家里钻；有时还一起离家出走，不知去哪儿鬼混，气得爷爷对天上骂：

"这只雌老虎，老子总有一天要被他气死！"

我觉得爷爷已经气死，否则不会这么骂父亲的。骂父亲雌老虎，跟骂上校太监一样，是捏人卵蛋，往死里整。要是外头人，这么骂他，父亲一定抡拳头了。老保长讲，一个女人的奶，一个男人的蛋，只有一个人能碰，第二个人碰就是作死，要出人命的。老保长还讲，我父亲有两窝蛋，一窝在裤裆里，一窝在心坎上。我知道，心坎上那个指的就是父亲绰号——雌老虎，平常开玩笑讲讲可以，吵架是绝对不能出口的，谁出口他就成了真正的老虎，要咬人的。

三

父亲是个闷葫芦，生产队开会从不发言，只闷头抽烟；家里也很少言语，言语还没有屁声多。但你别以为他是门哑炮，他的炮芯子露天的，像地雷，一踩就要响。为什么叫他雌老虎，就这缘故：性子躁，拳头急。至少我是这么认为的。雌老虎就是母老虎，护着幼崽，风吹草动都要扑上去，凶得很。谁愿意跟这种人交朋友？鬼都不愿。父亲在村里没朋友，唯一同上校，关系一向好。

爷爷讲："天打不散，地拆不开。"

两人同年同月生，打小一起玩，捉知了，掏鸟蛋，摸螺蛳，养蟋蟀，偷鸡摸狗，调皮捣蛋，小赤佬，淘气鬼。十三岁，两人同时拜东阳师傅王木匠为师，学木工，三四年，木工房当家，一只锅里盛饭，一张床上困觉，感情越发深，像亲兄弟，关系好到门。

爷爷讲："一支烟都要掐断，分头吃。"

关系这么好，当然要保护上校名誉，不准人叫他太监。外面人管不着，至少在家里要管住我们，开玩笑都不准叫，严肃得很。只有爷爷叫他没办法，因为爷爷是他老子，如果我叫保准吃巴掌。有一次表哥叫了一回，被父亲扇一大耳光，耳朵里像飞进一只蚊虫，嗡嗡嘤嘤好几夜，害他差点做聋佬。

不管父亲跟上校怎么好，爷爷都不欢喜他进我们家。为什么？因为他是太监嘛，断子绝孙的。村里有讲究，老人有讲法，断后的人前世都作过孽，身上晦气重，恶意深。爷爷不准晦气恶鬼进门，进来就要赶，不好意思直接赶，时常拐弯抹角赶：打狗，赶鸡，摔碗筷，踢板凳，对我发无名火。所以每次上校来我家，我家总是鸡飞狗跳，不安耽。为这个，父亲和爷爷吵过架。

父亲讲："什么晦气，你是迷信，人家吃香喝辣的，日子过得比谁都好。"

爷爷讲："再好也是太监，裤裆里少家伙。"

父亲吼："你知道个屁！"

爷爷骂："你连屁都不知道！'百善孝为先'你知道吗？你整天跟一个断子绝孙的人搅在一起就不怕遭报应？"

父亲讲："那又怎么啦，难道还会传染我？"

爷爷讲："你怎么知道不会传染？"

父亲讲："我已经有三个儿子啦，怎么传染？"

爷爷讲："三个儿子怎么了，当初他可是我们村庄风头最旺的人，谁想到会有今天。天要落雨，娘要嫁人，世道要变的，如果你太得意，不注意。"

父亲和爷爷吵架，我总是希望爷爷赢，爷爷也总是赢。爷爷念过私塾，后来还在祠堂开过学堂，肚子里有一套一套的老理古训，包括各人的前世今生，包括上校的这个那个，他都能数落出来，归根到底来证明他讲得对。

爷爷告诉我，上校是个聪明绝顶的人，从小两只眼睛像玻璃弹子一样闪闪亮，什么事都比旁人学得快，做得好。比如学木匠，第一年，我父亲只会替师傅打打下手，锯锯木料，使个力气活，他已经会独立做壁橱碗柜，刨子锯子斧头榔头钻子凿子，样样使得神气活现。第二年，已经会箍脚桶，做脸盆，出手的盆盆桶桶，大大小小，滴水不漏，一等的手艺不比师傅少一厘。第三年，蒋介石派来部队扎在我们县城，一次次向山里发兵，阻截共产党的部队向江西方向撤退，兵荒马乱，王木匠回了老家。爷爷以为这下木工房要散场，托关系安排父亲去县城做临工。想不到上校居然一个人照样开张做生意，既当师傅又当徒弟，生意比从前还好。父亲知情后从县城逃回来，做他帮手。

爷爷讲："你爹就这出息，脱不开他，脱开了就不行。后来太监去当兵，他一个人根本开张不了生意，只好关掉木工房。做师傅靠手艺吃饭，你爹学了几年，手艺顶不上人家几个月，箍出来的脚桶脸盆，水漏得像筛子。"

四

上校当兵是民国廿四年，秋季的一天，十七岁的他和我父亲照例去镇上赶集市，既买东西也卖东西，买的东西有木料、洋钉、煤油、桐油、铁皮、砂纸、角铁等；卖的东西有洗脸盆、脚盆、米桶、水桶、桌椅、板凳等。到镇上，正好撞上国民党部队在招兵，一个大胡子营长看中上校，连东西带人都被他领走。部队在扩编，要人也要物，东西不挑选，有什么要什么，花钱买；人员挑三拣四，只挑年轻机灵、高大壮实的。营长一眼挑中上校，对同样年轻的父亲却视而不见。父亲想跟走，营长说下回吧，说到底是没看中。其实父亲后来也是壮实的，老虎嘛，矮壮壮，沉实得很。但父亲发育晚，那时还没有发开，像团死面疙瘩，小不溜秋又老气横秋，看相实在差。

从此，两人隔开，天各一方。

爷爷讲:"为这个,你爹像只瘟猪,十几天吃喝了就困觉,不做事。直到有一日接到太监托人捎来的包裹,里面有一双部队上发的袜子和一件衬衣,还有一封信。你爹看了信,像吃了药,瘟病才好。"

上校在信里告诉父亲,他这十多天都在附近山里受训练,现在部队要出发去江西前线打仗,要求父亲务必管好木工房,守好摊子,等他打完仗回来再一起盘大生意。然而父亲虽有心管,却无力管好,木工房生意一日日败落,熬不到过年,已经关门收摊。与此同时,机灵的上校在部队上更加机灵,表现好,受器重,先给团长当勤务兵,后来当班长、排长、连长,一路提拔,出息越来越大。

出门后第四年,他第一次返乡,已是堂堂大营长。爷爷讲当时全村人像看洋人一样去看他,那样子可真神气,腰里别着乌黑的苏联大手枪,腕上箍着银亮的南洋小手表,头上戴着金边硬壳帽,背脊立得笔直,胸脯挺得老高,像大姑娘一样。他回来是奔丧的,爹死了。他爹五十岁不到,正值壮年,一身肌肉,一把蛮力,可以掼倒一头牛。一天他从自家菜地里挖到一个日本佬丢的炮弹壳,比牛脖子粗,沉得重。他力大如牛,用肩膀扛回家,存放在猪圈里,准备到冬天卖给铁匠。当时是夏天,铁匠还在老家做农活。

我们这边木匠都是东阳人,铁匠都是永康人,平时他们在家做农活,冬天没事做,出来做家具,打农具,挣外快。一般一个大村庄总搭配一个木匠和一个铁匠,候鸟一样,贴着季节来去。木匠就是王木匠,铁匠姓张,脸上有一道从额角斜插到耳根的刀疤,村里人背后都叫他"刀佬"。一到冬天,刀佬扛着铺盖到村里,先是挨家挨户收购废铜烂铁,然后升炉打铁,用废铜烂铁打出一样样簌新的农具刀器，四方八乡卖。刀佬打的菜刀，刀背厚实，刀刃青亮，可以砍骨削铁，像军刀，卖得俏。

那炮弹壳一直躺在猪圈的乱稻草堆里，像个小尸体，立起来有半个大人高，称斤两少说七八十斤，卖给刀佬，至少可以买齐一年的农具。上校爹盼着冬天刀佬来收购，却没等到秋天，连人带两头猪、一只羊、几只鸡，都死精光。老保长从镇上找人来检查，结论是炮弹壳有毒，什么肉碰到它都要烂，把命烂掉为止。上校爹就这么烂死的，死相难看，半边身子没一片囫囵肉，烂成一个大蜂窝，千刀万剐一样。

葬掉父亲，理当早日归队。部队在打仗，身为一营之长，几百号人的性命系在身上，哪有工夫休假？但上门提亲的媒婆接踵而来，拖住他后腿。那年他廿一岁，还没对象，惹得姑娘们流口水，都想嫁给他。我小姑比他小三岁，也想嫁给他，连夜给他织了一双毛线袜。他一天见两三个，四五天没相中一个。

爷爷讲，这是对的，父亲刚死，头七没过，哪合适相亲？大概他也是忌惮这个才没有相中人，因此大家都讲太监不愧是聪明人，好像要做傻事，实际是在打圆场，阴人阳人——老子和媒婆——都不得罪。

当然，那时他还不叫太监或上校，老保长也不老，但爷爷讲起来一律叫他们太监和老保长。

是太监归队前那天夜里，老保长在家中秘密设筵给他饯行。这倒是老保长的聪明，他当的是伪保长，吃的是汉奸饭，按理要把太监押去县里交差。但老保长一向不做汉奸事，他只吃汉奸饭不做汉奸事，甚至秘密帮国民党、共产党做事。这是上下公认的，所以后来他汉奸的罪名是一个也没有,有的都是功劳,并领到一块奖牌,表扬他抗战有功,伪装工作做得出色。他听说太监在部队上杀过鬼子立过功,心里敬佩,顶着风险,偷偷给他设筵送行。

筵席设在老保长一个手下家里,因为老保长当时有个姘头,家里白眼对斜眼,冷锅冷灶的,待不了客。待客总要吃酒,吃酒总要多叫些人。老保长叫来几个牌桌上的老搭子和姘头陪太监吃酒,吃了酒打牌是例行的。太监第二天要归队,无心打牌,先走,却没有回家。他母亲在家里等不到人,着急,怕他吃醉酒,耽误第二天上路,便上门来寻人。老保长和牌友听了都奇怪,因为筵席早就散场,他们亲自送他出门,没回家又会去哪里?老保长想起酒桌上他姘头的有些表情做派,一下乱了心思,起了疑心,悄悄往姘头开的小店摸去。

五

老保长一辈子轧过十几个姘头,当时的姘头是个戏子,好像叫春什么,记不清。因为没人叫,都叫她狐狸精。狐狸精的来历大家是明清的,两年前老保长刚当保长时,请戏班子来村里唱戏庆祝,她是戏班里的小角色,一台戏下来只有几句唱词,下了戏台什么事都做,扫地擦桌,端茶递水。午间歇场,老保长去戏班里看望演员,她给老保长端茶,眼光亮亮地放任。老保长暗暗捏她手,她递上笑脸。老保长一下胆大,摸她屁股。她吃吃笑,小声道这是夜里的事情。当天夜里她脱光身子让老保长摸个遍,就

14

这么相好上。后来她退出戏班子，投靠老保长，来村里开一爿小店，公开做他姘头，直到多年后，老保长去上海赌博败完家业才散伙。

爷爷讲："戏子就是戏子，骨头轻，管不住身子。"

老保长去小店里看，果然跟他猜疑的一样，太监在他姘头床上！那个时候太监年轻，二十出头的小伙子，裤裆里的家伙比枪杆子还要硬。战争年代保长也是有枪的，一把德式毛瑟驳壳枪。你小子找死敢睡我女人！当时的老保长也不老，一声怒吼，拔出驳壳枪。但哪有经过几年沙场的太监手脚利索，不等他按下枪保险，后者的苏式托卡列夫手枪已经子弹上膛对准他。两管乌黑的枪口像斗鸡眼一样对上，一触即发，吓得月光都抖。真的抖，瑟瑟的，像在发冷。

太监看到月光在对方枪管上抖，心沉下来，先承认错误，是吃醉酒，求原谅，劝他放下枪，有话好好讲。老保长哪里肯，骂爹日娘，咆哮如雷，一边把另只手也搭上，握紧手枪不让它抖。

看样子敬酒吃不成，太监开始上罚酒，威胁老保长："我数到三你放下枪，我明天就离开村庄，女人还是你的，否则你死定，女人就是我的，我带走。"

老保长骂："该死的是你！"

太监露出一口大白牙，发出丝丝冷笑，回敬他："笑话，你开过几回枪，你摸过的子弹还没有我杀的人多，我是军队上有名的神枪手，百步穿杨，百发百中，不信你试试看。"然后开始数数："一，二……"

没数到三，老保长已经放下枪。

第二天，太监按时归队，小店照常开门，像什么事也没发生。

爷爷讲："怎么可能没事？老子尸骨未寒就跟人通奸，必遭天杀。当时村里所有老人都这么讲，"那时爷爷还不是老人，"现在我老了，照样这么讲。这是大逆不道，老天不会饶他的。"

老天不管在什么时候总是站在老人一边，这年冬天，全村人都听闻，太监裤裆里的家伙出了问题，成了绿头阉鸡一只。至于是怎么被阉的，有两种截然不同的讲法，一种是老保长讲的，讲他色胆包天，睡了他们师长女人，被师长现场活捉。师长放出两条路叫他挑：一是饮弹自尽，一了百了；二是挥刀自宫，死皮赖活。小子贪生怕死，选了后一条路，是个认孬认罚的软壳蛋。另一种正好相反，讲他是在一次战斗中跟鬼子肉搏，不慎被鬼子的大洋刀刺中裆部，伤到根子，即便这样他还是忍痛割了鬼子的命。这显然是英雄好汉的形象，跟老保长讲的有云泥之别。

但不管哪一种讲法，他裤裆里的宝贝家伙笃定出了问题。

爷爷讲："这就是报应，老子刚入土，头七还没过，他就不好好尽孝，放肆裤裆里的东西，偷鸡摸狗，老天爷怎么可能饶他？"

爷爷讲："做人就是在合适的时候做合适的事，他挑错了时间睡错了女人，结果一辈子都睡不了女人，这就是报应。"

爷爷讲："世间海大，但都在老天爷眼里，如来佛手里，凡人凡事都逃不出报应的锁链子，善有善报，恶有恶果。"比如张三李四，比如王二麻子。

每到夏天，在萤火虫漫天飞的夜晚，在臭气熏天的天井或弄堂里，爷爷总是吃着烟，扇着篾扇，跟我和表哥讲这些那个。讲起这些那个，爷爷像老天爷，天上的仙，地下的鬼，人间的理，世间的道，什么都知道，讲不完。讲着看着，月亮升起来了，村子安静下来，蛐蛐在石头缝里嚯嚯叫，水牛在栏里噗噗喷气，壁虎在墙壁上画画，老鼠在谷仓里唱歌，猫头鹰在后山竹林里哭泣。爷爷讲，它们前世都是人，作了孽才伏了法，转世做不成人，做了蛇虫百兽。

第二章

六

冬天，爷爷爱在祠堂门口享太阳，嚼舌头。老人都爱在那儿享太阳，嚼舌根，包括老保长。老保长和爷爷是一对舌头冤家，都爱嚼七舌八，却嚼不到一起，常拌嘴。老保长嚼的多是下流话，荤故事，男欢女爱，奸杀淫乱，色情淫秽。祠堂坐北朝南，堂堂正正，四通八达，五十米开外是一条沙砾铺就的国道，遇到赶集日，人来车往，尘土飞扬，热热闹闹，像一个世界在路过，勾引人看。老保长总是盯着女性看，看着嚼着，这人长，那人短，最后都嚼到床上去。他形容自己是个梦想家，在梦里和所有见过的女人都上过床。他形容最喜欢的女人叫"红烧油肉"，只要吃得到，愿意死。

红烧油肉，暗红色，油汪汪，香喷喷，绵密的香气仿佛有魔力，村里没有一个人不为它着魔。人是铁，饭是钢，肉是梦，红烧油肉是我能做的最美好的梦。但我说的红烧油肉跟老保长讲的不一样，我说的是真正的肉，猪肉；他讲的是比喻，专指那种又白又胖的女人，白得洁嫩，像剥了壳的茭白，胖得饱满，像熟透的水蜜桃。有一次，他看见这样一个女人从公路上走过，嘴巴流出口水，眼睛睁得比嘴巴大。

爷爷捉弄他，张开手掌，挡住他眼，嘲笑他："看什么看，撑死眼睛饿死人，有什么好看的，看了也是白看。"

老保长打掉爷爷的手，继续看，一边奚落爷爷："饿死的是你，我经常吃红烧油肉，你连骨头都吃不到。啊，多好的一块红烧油肉啊，跟她睡觉一定像睡在乌篷船上一样舒坦。"

爷爷骂他："你个老流氓，下辈子一定做乌龟。"

老保长笑，"你个老巫头，下辈子保准做乌鸦。"

巫头和巫婆是一个意思，男的叫巫头，女的叫巫婆，专指那些爱用过去讲将来的人，用道理讲事情的人。爷爷就是这样的人，爱搬弄大道古理，爱引经据典，爱借古喻今，爱警世预言，爱见风识雨。享着太阳，看着人来人往，听着是是非非，爷爷经常像老保长讲下流话一样，讲一些高深莫测的大道理。

有一次，我看到爷爷像发神经，在对一只狸花猫讲："人世间就这样，池塘大了，水就深了，水深了，鱼就多了，大鱼小鱼，泥鳅黄鳝，乌龟王八，螃蟹龙虾，鲜的腥的，臊的臭的，什么货色都有。"

我像一只狗，赶开猫，冲到爷爷面前问："爷爷，你在讲什么？"

爷爷捋着胡子讲："我在讲啊，一个村子就像一个池塘，池塘大了，什么鱼都有，村子大了，什么人都有，配齐的。"

我问他："上校算什么人？"

爷爷讲："什么上校，太监。"

我应着："那太监是什么人？"

爷爷讲："他是个怪胎，像前山，深山老林，什么都有。"

七

我们村叫双家村，大家姓蒋，小家姓陆，大大小小五千多人，是全县排头尖的大村。因着人多，怪胎也少不了，老保长是一个，门耶稣是又一个，凤凰杨花是再一个。老保长怪的是，他有一双识别婊子的火眼金睛，什么女人守不住身子，他一看一个准，所以七十多岁，而且穷得叮当响，照样有人跟他轧姘头，因为他看准对方是个婊子，要淫荡。门耶稣怪的是，他把一个光着身子的西洋人当菩萨，供在家里，日日夜里对他跪拜，跟他诉苦，有时还对他哭，眼泪一把把流。凤凰杨花怪的是，她跟一百个男人睡觉也下不了一个蛋，因为她是只石鸡，比木鸡还要木。

当然最怪的人是太监，这不用讲，大家公认，看得见，摸得着。我觉得村里所有人的怪古加起来也顶不上太监一个人，他绝对是全村最出奇古怪的人，怪古的名目要扳着指头一个一个数——

第一个，他当过国民党，理所当然是反革命分子，是政府要打倒的人，革命群众要斗争的对象。但群众一边斗争他，一边又巴结讨好他，谁家生什么事，村里出什么乱子，都会去找他商量。即使我爷爷，平时很讨厌他跟我父亲搅在一起，但只要家里遇到什么要紧事，照样要去请他拿主意，好像他才是真正的巫头，天下事都知晓。

第二个，他从前睡过老保长女人，照理是死对头，可老保长反而对他好得不得了。爷爷讲，太监最后是被解放军镇压回来的，刚回村里时各种风言风语的罪名把他涂成一个狰狞的恶鬼，跟染上麻风病似的，大家都怕他，躲他，即使父亲也一时不敢去贴他，只有老保长一人张口"侄郎"闭口"侄子"地叫他，帮衬他，宣扬他，慢慢替他立起来后来的威信。最该恨他的人却对他最好,这就是古怪。

第三个,他是太监,不管是怎么落成太监的,反正是太监,那地方少了那东西。但每到夏天,大家都穿短脚裤的时候,我们小孩子经常偷看他那个地方,好像还是满当当的,有模有样的。而且,好几次我看他在外面撒尿,照样像其他男人一样,脚站着,手把着,一点儿不像太监。据说,古代太监撒尿跟女人一样,是蹲着的。

第四个,他向来不出工,不干农活,不做手工(包括他的老本行木工),不开店,不杀猪,总之什么生活都不做,可日子过得比谁都舒坦,天天空在家里看报纸,嗑瓜子,抽大前门香烟,穿三接头皮鞋和华达呢中山装。更气人的是,他家灶屋好像公社食堂,经常飘出撩人的鱼香肉味。

第五个,他养猫的样子,比任何人家养孩子都还要操心,下功夫,花钞票,肉疼、宝贝得不得了,简直神经病!

八

村里无人不知晓,太监家有两只猫,一只全黑,一只全白,都跟小豹子一样,腰身长长的,头圆圆的,走路一脚是一脚,慢腾腾的,雅致得很。我经常看见他用香皂给猫洗澡,用长柄木梳给它们梳毛,从头梳到脚,用金子小剪刀给它们剪趾甲,剪完又用砂纸磨。最气人的是,还专门给它们买上好的鲞吃!我父母从来没有对我这么好过,我吃过的鲞还没有他家猫多。

我宁愿做他家的猫。我敢说,这也是我身边所有小孩子的想法。

表哥说，他还跟猫一起睡觉。但表哥也承认，只是听人说，没有亲眼见过。我倒是亲眼见过他跟猫讲话，而且猫好像也听得懂他讲的话。那年我才五岁，父亲给我三分钱，叫我去跷脚阿太开的小店买香烟。父亲告知我，三分钱可以买八支半前进牌香烟，如果他给我九支，我要对他鞠一个躬，叫一声"七阿太"；如果只给八支就不理他，甚至可以骂他跷脚佬，反正他是跷脚，追不上我。

跷脚阿太的小店开在祠堂门前，太监家在祠堂背后，我去小店必须经过他家门口。跟大多数人家不一样，他家有围墙，围着一个小院子——爷爷讲是以前的猪圈改造的，猪圈里放过毒炮弹壳。院门平时间不开，因为怕狗欺负他家的猫，那天却开着，我看见院子里有一畦菜地，种着香葱和芹菜，他满头白发的老母亲拎着一只洋铁桶在给菜地浇水，自己则像个老爷一样，坐在屋门前的台阶上，享着太阳，抽着香烟，看着报纸，脚跟边躺着一白一黑两只猫。

白猫最先发现我，对我昂头咪地叫一声，好像在通知主人，有人在门口。太监听了，放下报纸，抬起头，看见我。看了两眼，笑了，问我是不是老巫头的孙子。我摇头——那时我还不知道爷爷的绰号呢。

他母亲笑道："怎么可能不是，简直跟他爹生一个模样。"

他哈哈大笑，扮着我爷爷的样子和口气招呼我："哎，我的乖乖，进来吧。"

我看着两只虎视眈眈的猫，不敢进门。

他对它们一挥手，发命令："你们进去。"

两只猫完全是听懂的样子，甩甩尾巴，立起身，对我龇一下牙，掉转身，一前一后，往黑暗的屋子里去。我不知道为什么阳光那么白亮，台地上明晃晃的，连太监手上的烟在冒气我都看得清明，可几步之后的屋子里，却是那么一团黑，一片黑，像被阳光抹黑似的。五岁的我不知道这是自然现象，以为这是鬼屋的现象，又想到刚才猫对我龇牙，好像要吃我，吓得我拔腿就跑。

事后我跟爷爷讲起这事，爷爷一把搂住我，兴高采烈又满怀感激地对我讲："啊哟，我的乖乖，你不进去是对的，以后也不要去，那就是个鬼屋，那家伙就是个鬼。"

我嚷嚷："他跟猫说话，还跟猫睡觉。"

爷爷讲："所以他不是人，是鬼，鬼投胎的。"

以后好几年，我去小店买东西或去祠堂玩，都不从他家门口走。我宁愿绕一个大圈也不走他家门口，因为我怕遇到鬼。表哥说他家的两只猫是鬼变的，我说他满头白发的老母亲也是鬼变的；表哥说鬼已经把他爹吃掉了，我说可能就是那死老太婆吃的。我们经常这样数落太监和他老母亲，我和表哥的友谊也因此变得更加深厚牢固，好像我们有一个共同敌人，我们必须团结一起，不弃不离。

有一天，我和表哥正在这么乱讲太监时，被正在茅坑里解溲的父亲听到。父亲从茅坑里出来，一边系着裤腰带一边追着我们骂，恼羞成怒的样子，好像太监是他亲爹，我们是茅坑里的臭石头。

表哥问我："舅舅为什么对太监那么好？"

我想都没想，脱口而出："因为他鬼附身了。"好似我早备好答案，其实是爷爷的话。

确实，爷爷经常骂父亲被鬼魔附身，给死人摸过额头。爷爷讲，运气是阳气，鬼魔是阴气，阴阳是相克的，甘苦是作对的，人一旦阴盛阳衰，苦头当道，就要倒霉头，背祸水，吃水也要呛死。据说以前父亲蛮听从爷爷的，父子俩像兄弟一样亲，我们家像谷仓一样让人羡慕，老小和睦，儿女顺当，人畜兴旺。但自从太监回到村里后，父亲老是淘爷爷的气，家里老是吵吵闹闹，搞得爷爷老是担惊受怕，怕霉运随时落到我家。

九

吃水会不会呛死人我不知道，但吃农药笃定要死人。记得，五岁那年我就见过一个吃农药死的人，七岁时也见过一个：都是女人家，一个老太婆，一个大姑娘。村里几乎年年有人寻死，上吊，投井，跳水库，吞剪刀，割手腕子、颈脖子，什么手法都会冒出来。但最常见的是吃农药，因为便当，拧开瓶盖，眼睛一闭，倒进喉咙完事，门都不用出，也不要做任何准备。这不，一个皓月当空的晴夜，爷爷和我睡得死死的，突然被人活活叫醒，因为门耶稣吃农药寻死了——这也算得上是我家倒霉头吧。门耶稣是爷爷堂兄弟，虽不是一家人，总归是自家人，我要叫小爷爷的。

小爷爷年轻时在上海拉过三年黄包车，经常有个西洋人坐他车子，每次付账都不要找零头。小爷爷觉得他比菩萨道士都好，对他百依百顺，最后顺了他心，信了耶稣，张口闭口"阿门""阿门"的，铁铁地落一个门耶稣的绰号。耶稣是要行善的，这日下午他照耶稣的托付去镇上做善事，花掉两块钱，把他儿媳妇气得要死。媳妇是江北人，绰号红辣椒，撒起泼来水牛野鬼都怕，敢当众撕开胸脯赖你耍流氓。她当然不会气死自己，只会气死别人，她把小爷爷天天阿门的耶稣像从墙上一把扯下来，扔进灶膛烧成灰。这是小爷爷的命根子，根子烧灰了他去哪儿活？只有去死。

农药在小爷爷肚皮里像灶火一样熊熊燃烧，要不是太监——不，必须尊称上校——及时赶来，一定会把他烧死。我亲眼看见，上校是怎么把小爷爷肚皮里的熊熊大火浇灭的，他先是往小爷爷嘴巴里塞进一块肥皂，灌他吞下去；然后扒掉他裤子，把他头朝地吊起来；然后又用打农药的喷壶往小爷爷屁洞里注水。农药壶有一个喷头，通过控制压力杆，可以把农药喷上树，射得比屋檐高。上校把喷头塞进小爷爷屁洞里，按住，一边拉压力杆，把满满一壶水都压进他屁洞里。这一定是痛的，小爷爷啊呀啊呀叫，叫着叫着，水从嘴巴哗哗吐出来。这水比屙出来的屎还要臭，熏得上校睁不开眼。

上校睁开眼，对小爷爷儿子讲："你爹死不了啦，给我去烧面吧。"这是老规矩，上校救活谁，谁家要烧碗肉丝面给他吃。有这样的老规矩，指明他不是第一次这样救人，只是我是第一次看到。这年我十一岁，已经跑得比爷爷快，所以爷爷派我去叫上校，要不我也看不到。

没等上校吃完面，小爷爷已经能开口讲话，讲的话却难听，不感谢，反而骂，无情无义的。"你作孽啊！"他骂上校，一边呜呜地哭，"我要死你干吗救我，我该死不死比死还要罪过啊。"

上校讲："是耶稣派我来救你的，你被我救活就是不该死。"

小爷爷哭得上气不接下气，"耶稣像烧了，我没脸皮活了。"

上校讲："烧了可以再买，买得到的。"

笑话，小爷爷就是被两块钱作死的，哪有钱去买新耶稣？这总得要更多钱吧。上校得知情况后，当场从身上摸出十块钱，递

给小爷爷,像递着一支香烟,轻巧又客气地发话:

"喏,给你,不就是几块钱的事嘛,值得用性命去抵。世上命最值钱,我被人骂成太监都照样活着,你死什么死,轮不上。"

小爷爷做梦似的,看着钞票,不敢拿,也好像是拿不动,因为手抖得厉害。上校豪爽地把它塞入小爷爷哆嗦的手心里,安慰他:"没事,拿着吧,只是别同我妈讲,她迷信观音菩萨,跟你的耶稣是犯冲的。她要得知我出钱给你买耶稣像,搞不好也要气死。"说完哈哈大笑,笑声腾腾地扬上天。

那天晚上,我第一次看到上校的眼睛,果然是明明亮亮的,比洁白的月光还要亮,一点不像个祟的鬼,像个英雄,堂亮得很。这是我重要的一个经历,我开始对上校生出好感,他救了小爷爷的命,也救了自己在我心目中的形象。我像被他吸着似的,跟着他出门,目送他远去,皎洁的月光披在他身上,照得他隐隐生辉。他走路的样子横竖不像太监,倒真是有些大军官的威风头,大踏步,高抬手,腰笔直,脚生风,一步是一步,昂首挺胸,雄赳赳,气昂昂,怎么看也不像裤裆里缺了东西。我想,他本事这么大,可以把死人救活,即便裤裆里真缺了东西,也一定可以补得上。我猜他一定是把那东西补上了,所以看上去还是"满当当"的。

十

从此,我对上校的看法和态度发生大变样,以前爷爷总罩着我,我是爷爷的奴才,爷爷怎么看上校我都认下,像狗吃肉,吃得干净,骨头都嚼碎，咽下。结果，上校在我心目中的样子总体是脏的、坏的、怪的、鬼祟的。我怕他，躲他，讲他坏话，瞧不起他，唯一保下来一点好奇心，想了解他，因为怪嘛。他像一座尘封久远、织出多个鬼故事的老房子，你怕它又忍不住想进去看。以前爷爷讲不许看，我就不看，百依百顺，一副奴才相。现在我不要再做爷爷的奴才，因为我觉得他"不像鬼，像个英雄"。

秋天到了，柿子树叶开始变色，发黄，发褐，脱落，原来青绿扁圆的柿子也开始变色变样，变得发黄，泛红，赤红，红得火辣辣的，变得圆滚滚的，像一盏盏小红灯笼。灯笼密密匝匝的，挂满枝枝丫丫、节头梢头，远看整棵树像着火似的。这时，收获开始了，树上摘柿子、板栗、猕猴桃、酸勾子，地里刨红薯、洋芋、花生，水下挖藕、摸蚌。这是一年中最好的季节，不仅因为有收获，也因为风和日丽，天高气爽，可以出门远行。

小爷爷大致就在这时节收到了有人从杭州捎来的耶稣像，簇新，油亮，且比原先的大一号。当天夜里，小爷爷焦急又骄傲地在老地方挂好神像，在蒲团上足足坐到天亮，呜呜咽咽一个通宵，有点弥补配齐的意思。第二天上午，稍歇的小爷爷起床后直奔我家，向爷爷来报喜，一坐几个钟头，唠唠叨叨，只讲一个人的好话，就是上校。

爷爷听着，忍着，终于忍不住，顶他嘴："你真好笑，讲他那么多好话，好像他比耶稣还要好一样的。"

小爷爷耐心劝爷爷，小小声声讲："好就是好，耶稣看在眼里的。你以后要改变对他的看法，别老埋汰他，这对你自己也不好。"

爷爷嘿嘿笑，是轻慢的讥笑，"你帮我问问耶稣，会怎么个不好？是要我死还是生不如死？"

小爷爷低头讲："别把死挂在嘴上，我是死过的人，那罪不是人受的。"抬头看看天上又讲："人在做天在看，耶稣在天上看着，你老这么埋汰一个好人要遭报应的。"

"别拿你的耶稣吓唬我。"爷爷对他翻白眼，那死相同吃过农药一样难看，"你以为我是白乌珠（瞎眼），瞎（吓）大的。"爷爷傲慢得像一只好斗的公鸡，抻长脖颈，瞪圆黑乌珠，把话甩得冒火星子，"我吃的饭比你早，识的字比你多，轮不到你来教训。"根本不把小爷爷的警告放在眼里。

爷爷像一棵盘根错节、枝繁叶茂的老榕树，上遮天下盖地，里三层外三层，天打雷劈都不怕，怎么会怕小爷爷莫须有的风雪预报？总之，爷爷活成一个老篦头，你要改变他是很难的，不像我。我像三月里的桃树，一夜之间变成一幅画、一本诗，花枝招展，灿烂得连自己都认不得。这决定我要反对爷爷，在这场争论中站到小爷爷一边。

我拉着爷爷手说："爷爷你不对，上校是个好人，你要改变对他的看法。"

爷爷推开我，站起身，作模作样地放一个响屁，笑道："变个屁。"

这蛮有意思的，听上去是死活不变的意思，看上去又是乐意变的——因为在笑嘛。到底有没有变？以我观察，有不变的内容，如爷爷仍旧不许上校来我家；但也有变的地方，比如偶尔他有事来找父亲，爷爷不会像从前一样打鸡骂狗，衅事生非，只会闷声走掉，眼不见为净。这就是变，是让一步的意思。叫我万千想不到的是，爷爷最后居然会让出这一步：许我跟父亲去上校家揩油！

第三章

十一

凡是鼻子灵的人都有体验，上校家经常烧好吃的。尽管他家厨房深在院子里，看不见窗洞，但浓郁的香气会飞的，从锅铁里钻出，从窗洞里飘出，随风飘散，像春天的燕子在逼仄的弄堂里上下翻飞。香气驱散了空气里的污秽，像给空气撒了一层金，像闪闪金光点亮了人眼睛一样，拉长了人的鼻子。有一次我亲眼看见老保长在经过上校家门口时，抚着鼻头冲他家屋墙哼了一句：

"他妈的，又在焖蹄髈，这味道比女人的胸脯肉还香啊。"

一天晚上我已经睡着觉，却莫名其妙醒来，月光下一眼看见床头柜上放着一根粗壮的蹄髈骨，它散发出的香气火焰似的，比月光要亮。这是父亲给我带回来的，骨头上还挂着两坨肉，我吃了一坨舍不得吃第二坨，不吃又念念不忘，搞得我一夜做噩梦，为保护这坨肉的安全费尽心机。这是我九岁那年的事，因为这根蹄髈骨，这个多梦的夜晚成了我最难忘的一个记忆，像那两坨肉已长在我身上，消不掉。

老保长讲，上校每个月都要吃一只蹄髈，每次蹄髈上都插着两副筷子。你总以为另一副筷子是他老母亲的。不对,老太婆是活观音,吃素的,那副筷子是我父亲的。一个月总有那么一两次,父亲像被油肉香气吸走似的,回家时也是满嘴油水香气,有时是一身酒气。我是小孩子,跟大人去东家蹭个饭,揩个油,是再通常不过的。所以,好多次,父亲都想带我去揩油,却回回遭到爷爷阻拦又骂:

"他少吃一块肉不会死,要死你去死吧,别捎上他。"

蹄髈虽好吃,但鬼屋不好惹。爷爷再三叮嘱我,那是个鬼屋,去不得。以前,对鬼屋的害怕锁死了蹄髈肉对我的诱惑,但自上校的英雄形象映在我心里后,诱惑像雪地里的青草一样冒出来。一天晚上,我豁出去,顶着回来被爷爷臭骂罚跪的风险,偷偷跟父亲去了上校家揩油。想不到,爷爷知情后非但没有骂我,反而为我没吃到蹄髈感到可惜。这个变化是惊人的,像爷爷变成了父亲。

爷爷讲:"百草不如一木,百闻不如一见。"

在我后来多次去揩油的经历中,吃蹄髈的机会其实不多,多数时候是一碗红烧肉或干菜蒸肉。至于爷爷讲的什么鬼屋,完全是鬼扯蛋!爷爷,你没去过不知道,你无法想象上校家有多洁净:水泥磨过的地面比我家每天擦三次的饭桌还要光亮,夏天,我赤脚踩上去要打滑;猫从外面回来,走到哪里老太婆的抹布擦到哪里;吐痰,要吐到痰盂里;抽烟,烟灰要弹到烟缸里。这样子,洁净得纤尘不染的,连蚂蚁蚊虫都待不住,待下去就要饿死,更别提鬼。只有冒失鬼才会来这儿,而且来了也是找死,因为有观音菩萨镇着。

爷爷告诉过我,上校生来就是个怪胎,胎位不正,又是头胎,他妈鬼哭狼嚎了两天，血流了一脚桶都没把他生出来，最后靠观德寺的和尚送的半枝人参，给她补足一口气才把他生下来。事后她去庙里谢和尚，和尚讲是观世音显灵救他们母子的，一句话叫她一辈子迷信观音菩萨。她把观音像请到家，供在堂前，天天烧香敬拜，求菩萨再显灵，给她添丁。菩萨不灵，求不到，她去庙里跟和尚哭，和尚对她讲，人要知足，不要占了前山还要后山，她是信的。后来丈夫死于非命，她又去寺里找和尚哭，和尚告诉她，要没有菩萨保佑，死的是她儿子，老子是替儿子死的，不幸中有大幸，她也是信的。再后来，听说儿子丢了宝贝疙瘩——那时老保长恨死她儿子，大肆散布谣言，村里连只狗都刮到风声——她又去对和尚哭，和尚劝她，这叫大难不死必有后福，她又是信的。总之，和尚讲什么她都信，从头信到脚，信到死。

爷爷讲："这老娘们，和尚送她一口气，她还给菩萨一生世，实诚得不像人，像菩萨下凡，所以叫活观音。"

活观音天天诚诚实实地给观音菩萨烧香，从家里堂前烧到后山观德寺，后来又路远迢迢烧到普陀山的寺庙，求远方的菩萨——远方菩萨会念经——把她儿子也收去，让母子同心同德，有福同享。

爷爷讲："照理，他断了根子，肉身清净，是最合适当菩萨信徒的。"

但上校戒不了烟酒肉和刀子（手术刀），菩萨一直不收他，害得老太婆天天在菩萨面前苦苦讨饶。这个我有体会，每次我跟父亲去揩油，老太婆总是不停往我碗里夹肉，目的大概是要上校尽量少吃吧：他少吃一块肉她少受一份罪。为了让老太婆少受罪，只要她在家上校一律不吃酒，烟也是尽量少吃的。我倒是盼望上校吃酒，因为吃了酒他会讲故事。我后来觉得听他讲故事才是真正的"揩油",比吃肉还过瘾。只是,这样的时节像蹄髈一样,并不多见。

十二

必须是老太婆去普陀山的时候,也必须是上校吃足酒、人高兴的时候,他的故事才会一个劲地从嘴里噼噼啪啪出来,像酒气一样关不住。那时候他必是满脸通红,两只眼珠像电珠一样亮,手里夹着香烟,脚下盘着两只猫。空气里弥漫着烟雾和酒气,猫被呛得喵喵叫,他也不管。那时候他什么都不管,只管抽烟、喝茶、打饱嗝、讲故事。

我最欢喜听他讲故事,他闯过世界,跑过码头,谈起天来天很大,讲起地来地很广,北京上海,天南海北,火车坦克,飞机大炮,有的是稀奇古怪、奇花异草。民国哪一年,我在哪里做什么,有一天发生了一件什么事……他总是这样讲故事,有时间,有地点,有人物,有事情,情节起伏,波波折折,听起来津津有味,诱得蟋蟀都闭拢嘴不叫,默默流口水。我给他和父亲轮流倒茶,有时也点烟,像他们的勤务兵。

我听上校讲的第一个故事发生在苏北皖南一带,时间是民国二十九年,当时他刚当军医不久,部队驻扎在安徽马鞍山西北向的大山深坞里。一天夜里他被紧急拉上一辆吉普车,车子开几个小时,不知到哪里,在一个破庙里,抢救一个从南京运来的女伤员。伤员是戴笠手下,军统干将,貌美如花,却是冷面杀手,潜伏在南京城里，专干肃除汉奸的特务工作。常在河边走哪能不湿脚？这不，受伤了，大腿、肩膀、小腹，三处中弹。算她命大，都不是致命伤，只是腹部子弹钻得深，必须破肚开肠。结果谁也想不到，取子弹的同时顺带取出一个七个月大的男婴，因为营养不良，只有一个拳头大，像只小猫。人小命大，他活了，一年多后他在上海又见到他，已经会满地儿跑。

上校哈哈笑："这女人自己都不知道，她竟然怀着胎。我搂草打到兔子，当了一回接生婆，你们讲稀不稀奇？这是我当军医后遇到的第一件稀奇事。当然以后就多了，但再多也没有在前线战场上多。"

当军医前上校都在前线打仗，开始打红军，后来打鬼子。有一个故事讲，日本鬼子攻打武汉时他是连长，负责师部转移撤退，死守一条盘山公路。前来攻打的鬼子有两辆坦克，七八十人，十几门迫击炮，攻势凌厉。头一仗下来，全连一百八十多人死掉一半；又一仗，又死一半；再一仗，又死一半，人像稻子一样被一片片割倒。最后一仗，鬼子从阵地侧面破开一条新路往上攻，此时鬼子尚有一辆坦克，坦克后面，人头乌压压一片，而他只剩下十九个伤兵哀兵，且弹尽粮绝，摆明只有死路一条。眼看鬼子冲到阵地前沿，他们准备跟鬼子肉搏一场，死个光荣。想不到突然间鬼子抱头鼠窜，乱作一片，哇哇叫，乱放枪，撒腿跑，作鸟兽散，像中了邪。

原来鬼子坦克开进一片原始荆棘林，毁了几十万只马蜂的老巢，那些马蜂都成了精，个头有蝗虫的大，数量也有蝗虫的多，散在空中，遮天蔽日，嗡嗡声连成一片，像沉闷的雷声在山坡上翻滚，卷起一阵风，吹得尘土飞扬。那些马蜂如有灵性，知道是鬼子作了恶，要报仇，纷纷朝他们身上扑，肉里蜇，前仆后继，奋不顾身。鬼子虽有钢炮坦克，但在无数不要命的马蜂的疯狂围攻下，逃无逃路，躲无躲处，一个个在地上翻转打滚，痛哭嚎叫，最后无一幸存，尸陈遍野，尸体一个个又红又肿，像煺了毛吹了气的死猪。

这一仗下来，他直提营长，配了手枪、手表，同时他父亲离死期也不远了。我知道，那些鬼子都是被马蜂毒死的，而他父亲则是被鬼子的毒气弹毒死的，冥冥中好像是配好的，一牙还一牙的意思。

爷爷讲："这就是命，事先讲不清，事后都讲得清。"

这故事给我印象很深，以致后来我上山看见马蜂就逃。

另一个故事则让我暗暗发誓，长大一定要去上海看看，那个高楼啊，那个电车啊，那个轮船啊，那个霓虹灯啊，那个花园公园啊，那个十里洋场啊，那个花花世界啊，像在天上，像从头到脚都镀了金，连脚指头也不省略。

十三

在这个故事里，上校到了上海，做了那个女特务的部下。女特务急救之后搭上校乘的吉普车去医院养伤，其间她看上校聪明能干，做事沉稳，生相也好，动员他加入军统。上校不情愿，他不想再杀人，只想救人。但后来一张军令下来，不愿也得愿，军令如山倒。从此他辗转到上海，以开诊所作掩护，埋名隐姓，杀奸除鬼，刺探情报，过上一种恐怖又滑稽的生活：一边纸醉金迷，一边随时丢命。那女特务是他上司，为他单立一组，配他两把手枪、一部发报机、一箱金条、五个下级。五人各有专长，有的会偷，有的敢杀，有的会配炸药，有的会讲鬼子的鸟语。其中有个女的，专管发报机，是四川人，身材高挑，长方脸，高鼻梁，胸脯满得要从衣裳里涨出来，上街时常遇到不三不四的小赤佬吹口哨。但她很少白天上街，夜里才露面：这是她的工作，不奇怪。怪的是，她从不开口，讲话只靠打手势、写字——原来是个哑巴！她字写得快又见劲道，藏不住手头的力气。她手劲大到什么程度？掰手腕，你大男人双手掰不过她一只左手。她右手可以劈断砖，左手可以把你悬空拎起，像拎小鸡，分明是练过武的，有内功。她自己也承认，曾在峨眉山上当过六年尼姑，武功是山上练的。

　　吃着烟，喝着茶，打着饱嗝，喷着熏人的酒气，有时吊着故事主角的家乡口音，连声带色，自问自答，是上校讲故事的特点，成套路了。这不，他又开始老一套，拖着四川话的腔调，抛出一堆问号：

　　"四川人开口离不开'咋子'和'要得'，咋子标致的人咋子要当尼姑？标致的人当婊子才要得是吧？当婊子也比当尼姑要得是吧？再讲，哑巴咋子识得了字？她识得字指明她不是天生的哑巴是吧？那她又是咋子成哑巴的呢？是病还是灾？是祸还是殃？到底是咋子了呢？"

　　确实，这个"咋子标致"的女人浑身涂满了"咋子问号"。

　　吃口水，抽口烟，上校恢复口音，接着讲：

　　"世上没有不透风的墙，日子久了出头的橡子总要烂。有一次出现紧急情况，我半夜三更去她租住的屋寻她。她管发报机，住处必须隐蔽，但顶级的隐蔽不是躲起来，钻旮旯，藏在清风雅静无人去的地方，而是混在人堆里，所谓大隐于市嘛。所以，她住在一条集市弄里，家家门门都是店面，卖油盐酱醋、日用杂货，白日夜里人来车往，闹闹热热。她扮着开布店，里屋作仓库，堆满布，平时发报机用布匹包着，混在布堆里，像树叶混在树叶里，一般查是查不出来的，除非专心寻。她人住在阁楼上，屋顶有个老虎窗，万一出事可以钻窗逃。"

半夜三更，最闹热的市弄也见不到人影，静得深厚。上校朝她店里走去，一路只听见自个儿沓沓的脚步声和咚咚的心跳声。店在弄堂尽头，档头上。这也是讲究，不能夹中间，要靠边，闹中取静，有退路。终于，上校走到她店门前，正举手要敲门，听见屋里传出幽幽的呻吟声。门是那种木排门，不大隔音，上校立在门外，听得清爽，那声音像哭又不像，像小猫在撒娇、发嗲。

事情很紧急，他没有多想——不，也是想了一下的。

上校讲："我想她可能在做梦，梦见伤心事了，所以不顾忌，敲开门。进屋看，总觉得她有些异常，神色慌张，好像已知道我要报的急事。我纳闷，正要问她，阁楼上突然发出一阵窸窣声，像有人。发报屋怎么能有外人？这是破纪律的。我问怎么回事，不等她回答，楼上冒出一个满头金发的洋佬，拖着长裙子，板着一张吃足亏头的凶脸，迎着我们放肆地走下楼梯，经过她面前时狠狠抽她一记耳光，扬长而去。我一时没明白究竟，后来明白了，那洋佬把我当作她的相好，吃醋了。这么半夜三更寻上门来的，不是相好就是鬼了。"说着哈哈大笑，哈出满嘴酒气。

这故事我听得半懂不懂的，尤其是后面，他越讲越奇怪："我就这么意外地撞见了她底细，然后回头想她的过去，我大致推算得出来，她该是天生好这一口的，她去做尼姑就是为了吃这一口。兴许是端错碗了，偷鸡不着蚀把米，反被人割了舌头。为什么要割舌头？女人吃这一口离不开舌头，割舌头就是要灭她这一口，断她根子。但她断不了，贼心不死，寻来上海这花花世界。这林子太大了，什么鸟都有，也让她寻着要的鸟了。"

我听不懂，讲给表哥听，他也懂不了。这故事对我们来说太深奥，我们在这方面的知识几乎是零蛋，一团黑，抓不着问题，想问都不知怎么开口。问题沉下去，沉得太深，沉到海底，我们哪里捞得着？我们只见过水库。

十四

给我印象深的还有一个故事，说的是民国三十二年，他在上海的五个手下的一个，那个会讲鸟语的家伙，被汪精卫的特务重金收买，把他一组人都卖个光。特务全城捕杀他们，死两个，逃两个，抓一个。抓的就是他，被敌人从电车上抓走，后来关押在湖州长兴山里的一个战俘营里劳改，四五百人，天天挖煤。一次山体塌方，把一百多人堵在坑道里，大家拼命救，几百人昼夜不停挖塌方。但塌方面积太大，十多天都挖不通，就泄了气，放弃营救——因为救出来也是死人，不划算。

上校讲："只有一个人不放弃，一个江苏常熟人，四十多岁，入狱前在上海十六铺码头当搬运工，壮实得像一头牛。他有两个儿子，老大二十一岁，跟他在码头上做工，小儿子十七岁，做母亲的帮工，在乡镇上盘了一爿杂货店，卖油盐酱醋。常熟就是沙家浜的地方，是新四军经常出没的地盘。新四军也要吃饭，常来店里买东西，一来二往，把小儿子发展了，当了交通员，经常往上海跑，传情报，采购药品、枪械、弹药什么的。后来老小把老大也发展了，兄弟俩你来我往，成了新四军一条活络的交通线。"

那时在上海看电影是时髦，一次老大带老小去看电影，散场时老大不小心踏了一个女人的脚后跟。女人回头骂他，老大不吱声，认了骂。老小却不服气，顶了女人的嘴，立刻有人冲上来扇他一耳光。他骂饭都吃不下，哪咽得下耳光？十七岁的人毕竟毛，做事没深浅，容易冲动，跟人家打起来。哪知道对家是个警察，吃凶饭的，拔出枪来耍威风，要兄弟俩下跪讨饶。老大知道事情不妙，准备认尻，讨个安耽。老小不干，趁现场混乱，扑上去要夺对手的枪；一下枪响了，虽然没伤到人，却引来一群警察，把兄弟俩抓去警局教训。这下情况更糟糕，因为老小身上带着一份采购清单。警察有嗅觉的，一看清单，怀疑两人身份险恶，开始对他们严刑拷打审问。后来又上门搜查，搜到一把手枪和一些子弹，害得把父亲也牵连进去。父子三人就这样落难，最后被关进战俘营挖煤。那次塌方，父亲和上校是一个班的，躲过一劫，但兄弟俩都在里面。

"这简直要了当爹的命！"上校讲，"从发生塌方后，十来天他就没出过坑道，人家换班他不换，累了就睡在坑道里，饿了就啃个馒头，谁歇个手他就跟人下跪，求人别歇。他总是一边挖着一边讲着同一句话——你们把我儿子救出来后我就做你们的孙子，你们要我做什么都是我的命。讲过千遍万遍，喉咙哑了还在讲。只要是人，长心眼的，听了看了他这可怜的样子，都情愿替他卖力卖命。"

可塌方是个无底洞，几百人轮流挖了十多天，都卖了命的，就是买不来里面人的命。眼看过了救援时间，狱头放弃营救，要大家去上班，只有他不放弃，白天被押去上班，夜里一个人去挖塌方。大家劝他算了，救出来也是死人，别把自己的命也搭进去。他呜呜叫，你不知道他在讲什么，因为喉咙已经着地哑掉，发不出声。但看他的空床铺，你知道他谁的话都没听进去，他的被窝成了老鼠窝。他本是搬运工，一个壮汉子，胸脯厚实得子弹打不穿，却眼看着一天天瘦下去，像日子是一把刀，在一刻不停削他、刮他、放他血水，血肉一层层剥下来，干下去，枯得像个鬼。

一天夜里有人打架受伤，上校去给人包扎，老远看见一个人在腊月的寒冷里踉跄着往坑道晃去。天已经黑透，只能看清一团黑影子，看不清模样，但上校知道他是谁——可怜的父亲！这些天他天天这样子，在黑夜的寒风里独孤孤一人往黑洞里奔走。但现在不是在走，而是在跌跌撞撞，一步三晃，几步一跤，像吃醉酒，糊涂得手脚不分，连走带爬的。夜里睡觉时，上校眼前老是浮现这身影，心里很难过，想他可能是腿脚有伤。他带上药水和几个冷馒头去看他，也想劝他回来歇一夜。去了发现，他已死在坑道里，半道上，离塌方还有几十米的距离。他已经爬了百十米，百十米的坑道上都是他爬的手印子、吐的饭菜，最后死的样子也是趴着的，保留着往前爬的姿势。

上校讲："我想他一定是想跟两个儿子死得近一些，就想把他抱到塌方段去葬。他本是那么壮实，大冬天，穿着棉袄棉裤，看上去还是很大块头,像你(父亲)。我以为要花好大力气才抱得起他,可一抱发现轻得像个孩子,像你(我)。我知道他已经很瘦,可想不到会瘦成这样子,完全只剩下一把骨头,骨头好像也枯了,朽了,轻飘飘的。我本来是鼓足力气去抱他的,结果反而被这个轻压垮了,哭了。我前半辈子都在跟死人打交道,战场上手术台上死人见得多,从没哪个人的死让我这么伤心。我一路抱着他都在哭,葬他时也在哭,哭得喘不过气来,现在想起来都难过。"

在将近三年时间里,我听他讲过很多故事,有的吓人,有的稀奇,有的古怪,这个是让人难过的,讲得他眼泪汪汪的。这些故事总是那么吸引人,我经常听得不眨眼,一两个钟头像火烧似的烧掉了。不过我最想听的事他一向不讲,比如他是不是睡过老保长姘头,有没有跟他们师长老婆偷过相好,当初是怎么当上军医的,后来是怎么被解放军开除的,等等。请他讲,他总是生气,有时不理我,有时骂我。

有一回,他骂我:"你这个屁蛋子,从哪儿听来的这些屁事。"

另一回,他训我:"以后不准问这些事,小心我撕烂你的嘴。"

其实,我最最想问的是他到底是不是太监。当然,我知道这是绝对不能问的,问了保准要吃耳光。这道理不沉在海底,是浮在水面上的,小瞎子就是教训,活鲜鲜的。

十五

你知道,我关心的那些事大多是爷爷告诉我的;你也知道,现在我已经听上校讲过许多故事。我听了这些故事都会转手讲给爷爷听,这样爷爷就更有兴致来讲上校的事。好几次,都是听了我讲的故事后,爷爷像受到启发,冒出一个新故事。比如关于上校当军医的故事就是这样,是那天我给他讲完那个女特务怀孕的故事后,爷爷告诉我的。

爷爷多次讲过,上校打小机灵活络,长大后更是聪明绝顶,学什么都心灵手巧,比人快一手。有些手艺他像天生长在身上的,不学自会,无师自通。他当军医就是这样,既不是通过学校栽培,也不是经过师父传帮带,只是因为"那家伙"受了伤,在医院里养伤几个月,老是看医生救治伤员,日积月累,看会的。

战争年代,伤员多数是枪伤、刀伤,军医多数是外科医生,开刀、缝针、取子弹、接骨头、包肚皮,做这些血淋淋的手术。平时不打仗,医院清风雅静,闲得很,前线一开战,伤病员一车车运来,军医累死都忙不过来。有些伤员伤势太重,生死难料,军医懒得管,怕忙碌一阵白忙乎,耽误时间。他们被丢在走道上,困在担架上,呼天求地,鬼哭狼嚎,有的受不了痛撞墙寻了死。医生见怪不怪,心肠铁硬,把他们当死人看,从他们面前匆匆过往,连给个口头安慰的工夫和心情都没有。他养伤了几个月,见的多了,胆子也大了,偷偷把那些被军医丢在走廊上的垂死伤员当活人救,练技术。反正救不了也没人追究,救活了是天上丢馅饼。就这样,他拿起手术刀,私设手术台,偷偷当起军医。几回下来居然救活几人,一下在医院出名,医院就留他当了正式军医。

正式了,救的人更多,时间长了,多得排成队,看不到头。这些人从不同战场上下来,有的从抗日前线,有的是国共内战,有的是警匪厮杀,有的是黑社会火并。子弹是不长眼的,刀子是认人的,而人总是做不到刀枪不入。所以,这些人形形色色,三六九等,有小兵,有将军,有平头百姓,有达官贵人,有土豪富绅。小兵得救了对他下跪磕头,高官富商出手阔绰,有的给他加官封号,有的送他金银珠宝。有一年他回乡探亲,带回来一箱子金条、金元宝、金手镯,把他母亲吓得魂飞灵散,坚决不要,一定要他带走。

我当然要问爷爷:"这是为什么?金子是最值钱的东西。"

爷爷总能回答,但有时会讲得缭来绕去,你不知道他在讲什么,比如这回就是。"因为值钱才不要。"爷爷讲,"值钱的东西像好看的女人,是祸水呢,杀人越货,谋财害命,要的就是这些玩意。家里有一箱金子,一群恶鬼坏蛋盯着、念着,哪个人睡得着?何况她一个寡妇。"

这样,上校只好把箱子原封不动拎回去,束之高阁,当废品待。他只有老,没有小,老的不要,老婆没有,子孙断绝,派不出这些东西的用场,最后索性贱用,请金匠打了一副手术器具:剪子、镊子、切刀、尖刀、挑刀、长针、短刺等,一应俱全,亮出来,排满一张桌面。金器在打制中掺了合金,又抛了光,显得更加细腻锃亮,鬼祟的金光追着人眼睛钻,刺得人睁不开眼。他本是名望在外,配上这套稀奇,名声像长了翅膀一样飞,飞上天,那些生死关上的伤员病夫从四面八方奔他来,出院一批冒出一批,韭菜一样,一茬茬冒出来。这些人四处宣讲他的功德、他的医术、他的了不得:金子打制的手术器具,起死回生的本事,视金钱如粪土的道德,等等美名把他造成一个神,神乎其神。那时没人叫他上校,因为部队里上校很多,不能代表他。那时人都尊称他为"金一刀",

是金子的意思，也是天下无敌的意思。别人的刀杀人，他的刀救人；别人的刀是银色的，他的刀是金色的。那时的他，即便是太监，也跟皇帝身边的太监一样值钱，受人礼拜。

爷爷讲："事各有理，人各有命，那些躺在棺材里的死人一定都后悔没遇到他，否则死的可能就是别人。"

第四章

十六

爷爷知道上校很多事,也不知道上校很多事。

知道上校最多事的必定是父亲,用父亲的话讲:"你爷爷讲的那些都是二手货,是我漏给他的,有些是他瞎说八道的。"

这我有体会,凡是父亲讲的上校事爷爷不一定讲得了,而爷爷讲的那些父亲都能讲,而且讲得更加全面,时间地点都有,听起来更过瘾。有些事爷爷讲到一半,讲不下去,就叫我去问父亲。我问过很多,父亲也对我讲过一些,比如上校养猫的事,上校跟解放军大首长结交的事,都是父亲告诉我的。只是,父亲是个闷葫芦,一般不爱主动讲,除非我去问,猫和首长的事都是我问来的。

上校养的第一只猫是国民党一个长官的女人送他的。

这是一九四六年秋季的事,父亲讲,鬼子投降后上校又回部队去当军医——因为他不想杀人,只想救人。当时他所在的陆军医院在东北抚顺铜关镇,一天中午一个少妇在两个勤务兵陪同下,乘一辆美军吉普车来到医院。女人头戴呢绒软帽,披着肉色大斗篷,一派贵妇人的风头,见了上校却是鞠躬又磕头,感谢他救了自己男人。问她男人是谁,她话说一半,遮遮掩掩,只说是一个长官,不肯指名道姓,不知是因为官衔太高还是别有隐情。总之,一个无名长官的女人,长官因伤病未愈行动不便,托她来答谢救命之恩,感恩的礼物盛满一只斗方藤条箱。上校看礼厚得很,不敢收。

上校讲:"这些大概都是鬼子手上缴来的赃物吧。"

女人讲:"都是来路正经的东西,你放心收就是。"

上校讲:"兵荒马乱的我多一只箱子是个累赘。"不要。

女人讲:"这些都是值钱的东西,可以长远留着的。"

上校讲:"这年头命都不值钱更别说东西。"坚决不要。

女人甜嘴一张,巧舌如簧,苦苦相求,执意要他收下。上校不犹豫,坚定不收,出绝招,亲自动手,把箱子端上车,逐客。奇怪,车里居然有一只猫,懒洋洋趴在藤箩里,一身绒毛虎斑,圆滚滚,一对铜铃圆眼,亮晶晶,蛮好看。上校看着欢喜,对女人讲:"若你真要送礼,留下这猫就好。"

女人眉开眼笑,把猫抱到他怀里。

从此,上校的生活里没有少过猫,像领养的是子女。

十七

因为养猫,喜欢猫,上校耽误过不少事,最大一件事是错过投诚良机。

父亲讲,国民党打不过解放军,自北向南一路败退,上校因此走马灯似的,换过多支部队。一九四八年冬天,上校的部队换到江苏镇江，是驻防长江的一支海军部队，基地在金山寺附近，听得见和尚撞的钟声，和尚也听得到部队吹的军号。他白天在医院上班，夜里回公寓住，走路几分钟。一天夜里他刚睡下，被两个黑衣人封住口，绑了，拖上车拉走。下了车又上船，下了船又坐车，折腾一个通宵。车子最后开进大别山区，一个解放军的营地，让他给一位首长做手术。

首长胸部中弹，子弹夹在心肺之间，已经一天一夜，生命垂危。解放军请他给首长做手术，不做，枪在腰眼里抵着。上校知道，不做没活路，做了不成功也是死路一条——他们势必会怀疑他是故意失手，害死首长。所以，当时他跟这位首长一样，命悬一线，生死架在手术刀尖上。

运气不错，手术很成功，首长起死还生，他也保住性命，皆大欢喜。解放军把他当贵宾接待，也把他当投诚对象看待，给他讲形势，摆道理，动员他弃暗投明，当解放军。当时国民党军队节节败退，解放军已准备杀出大别山，打响淮海战役，形势对解放军很有利，他有点想留下来。但想到留下来他养的几只猫要吃苦头，要么饿死，要么沦落街头，他于心不忍，最终还是选择走。

这一走，差点走进鬼门关。

父亲告诉我，上校当兵就被送去江西前线围剿中央红军，当时红军走的是撤退路线，他们负责追赶，追追停停，一直追到福建龙岩。什么是战争？就是活一天算一天，一天等于一生世，得空就要快活，及时行乐，死了不冤。所以战争间隙，别人都去吃喝嫖赌找快活，他不这样，他埋头苦练本领，练枪法，练刺杀，练埋伏。他有自己的看法，做木工手艺就是生意，上战场本领就是性命，练好本领就是保护性命。他想到做到，仗打一路，他练了一路本领，也捡了一路性命。眼看战友死的死，伤的伤，他毫发不损，靠的就是有过硬本领，能打会躲。他枪法准到什么程度？你放飞手上的鸽子，他同时装子弹打，十枪九中。有这身本事战场上早迟要当英雄，部队到龙岩后同红军有一场激战，他一战成名，被评为大英雄，报纸上表扬他，登过照片。

后来的后来，也是最后，他所在的国民党部队起义加入解放军，有人算计他，把这本老账翻出来，告他手上沾满红军血债。解放军做事严肃认真，不冤枉好人，也不放过坏人。经查证，罪名确凿，便把他关进牢房，要审判他。好在接管这支部队的解放军首长正好是他救过命的那位首长，把他保下来，带他去前线戴罪立功。这是运气，否则笃定坐牢，枪毙都可能。

我把上校这些故事讲给爷爷听，爷爷的头摇得像个拨浪鼓，唉着声叹着气讲："都是女人惹的祸，都是女人惹的祸。"接着摆正头，定住神，声音变得坚决，一口咬定："他这辈子全是女人害的。"

我觉得也是，他当太监是女人害的，去上海当军统特务是女人安排的，害他做了日本佬的俘虏，后来当解放军俘虏也是女人害的——要不是那女人送他猫，他早当了解放军，哪会惹出后边那些事，被人告，差点送死。我真是为他可惜，为几只猫放弃了正经当解放军的大好机会。

爷爷讲："你看，他现在还养猫，不吸教训，不回头。他这人就是这样，骨头太硬，心气太傲，仗着聪明能干，由着性子活，对老天爷也不肯低头。这样不好的，人啊，心头一定要有个怕。世间很大，天外有天，山外有山，不能太任着性子，该低头时要低头，该认错时要认错。"

十八

爷爷在厢房前跟我讲大道理，母亲和大姐在灶屋里包粽子，两只老母鸡闻到了糯米经山泉水浸泡后散发出的清香，在堂前踟蹰、张望，伺机捡到便宜。我有三兄弟，一个姐姐，姐姐最大，已出嫁，逢年过节才回来；大哥大我七岁，已是正劳力，每天和父亲一起出工，参加生产队劳动，种田，锄地，洒农药，修水库，上山斫柴，下河摸鱼，样样能干；二哥比我大五岁，在镇上学漆匠，平日不在家，农忙时节才回来帮工，抢收抢种，就是大家叫的"双抢"。

这是一九六七年端午节前的一天，是我十四周岁的生日——我们这边讲虚岁，虚岁是十五岁啦。十年前，每到这一天，母亲一边包着粽子一边总会对我们讲："就是今天，我一下生下两个大肉粽子。"有时会加一句："要真是两个大肉粽子就好了。"好像我们还不如两个肉粽子。

我是双胞胎，还龙凤胎呢，可惜小妹五岁那年得怪病死了。从此母亲不再讲那话，讲了伤心。养到五岁不容易的，记忆和感情很浓了。本来我和二哥中间还有个二姐，出生当日就死了。这个就没感情，母亲似乎忘了她，难得提起，提了也不动感情，不像只小我半个钟头的小妹，经常提起，提起就伤心。正因为这缘故吧——在我一前一后夭折了两个孩子——家里人尤其是爷爷对我格外肉疼，怕我被两个女小鬼缠走。爷爷规定，家里再穷端午节一定要包粽子，买黄酒，烧香拜祖，做祭祀，为的是叫两个小女鬼吃饱，安耽，别来缠我。我认为这是迷信，我才不怕她们呢。死人有什么好怕的，活人才可怕，像父亲和上校，还有个别老师和同学——特别是小瞎子！是我暗暗怕的。

过完端午节第二天，村里出现怪事，有四户人家的孩子一齐失踪了！他们是凤凰杨花从外村领来的儿子"野路子"、石匠家老三"肉钳子"，还有小瞎子和我小姑的大儿子，就是我表哥。他们似乎合谋好，一起偷走家里几块钱和一些干粮，不知去向，像飞出巢的小鸟。几家人四方找寻，没着落，急得要死。晚上小姑来我家哭，非要父亲去帮她找。那天爷爷不在家，在三姑家。爷爷儿子少，只有我父亲一个，女儿倒多，有四个，除开小姑，其他三个都嫁到外村，每个月爷爷总要挑一家去走走，待几天。这几天父亲就不顾忌，经常带上校来我家，当时他就在我家。

上校向我小姑问明情况，点旺一根烟，吸一口，不急不慢地劝小姑："不用找，会回来的。"再吸一口烟，单独对父亲讲："我倒担心他们回来，回来大家就没好日子过了。"讲得大家糊里糊涂。

父亲问："这同我们有什么关系？"

他笑道："没你事，是我的事。"

父亲讲："你就直讲，他们去哪里了。"

他偏偏不直讲，继续打着哑谜，"要刮大风了，要落暴雨了，有人要吃苦头了。"像算命先生的那一套，绕着弯，打着转，带机关，话里有话。他讲得越是起劲，我们却听得越发糊涂。

父亲问："什么风？什么雨？"

这回他总算直讲："是红暴的风，联总的雨。"

我不知道什么是"红暴",什么叫"联总"。父亲大概是知道的,没有问下去,莫名其妙地骂骂咧咧起来,骂也不知是在骂谁,好似在骂红暴和联总。当时我以为这是两个人,后来才知道,红暴是当权派,穿皮鞋的,联总是造反派,一群赤脚佬。这是当时我们县革命的两大派。起初两派只是吵,打嘴仗和笔仗,阵地主要在城镇,贴大字报,刷标语,办油印刊物,开大会,搞集会,唇枪舌剑,口诛笔伐。其间红暴占绝对优势,取得决定性胜利。后来联总在支左部队的帮教下组织红卫兵敢死队,在县政府门前打响第一枪,从而拉开武斗序幕,形势迅速出现逆转,大批红暴分子贪生怕死,纷纷流窜乡下,东躲西藏,把当家权力拱手交到联总手上。联总聚集的虽是一群赤脚佬,但年轻有为、有担当、有抱负,他们没有躺在功劳簿上睡大觉,他们要将革命进行到底,把红暴分子赶尽杀绝。审时度势,他们及时把战场拓展到农村,吸收大量乡村中学生加入到红卫兵队伍里,进行挨村逐户的拉网式搜查,旨在肃清余毒,斩草除根,根除后患。

十九

我表哥他们就是在这时势下加入联总革命队伍,参加了全县红卫兵武装大串联,去了镇上,去了县城,去了很多村庄,串联一大帮毛头小青年,蝗虫似的,冲来杀去,到哪里都是喊口号,砸东西,贴大字报,抓人游斗,关人审问。到我们村也一样,首先挨家挨户搜查流窜的红暴分子。

天呐！不查不知道，一查吓一跳，就在我们校长家猪圈的稻草堆里，他们搜到一个大家伙：县委宣传部文教股股长，曾经是红暴方面最得力的一员干将。开始联总所以落败，此人是罪魁祸首，他的文章像投枪，像匕首，像机关枪，像炸药包，把联总一批带文艺腔的嫩笔头子逼入死胡同，差一点全军覆没。这么个大犯要犯，居然窝藏在我们学校，于是我们村一下成为联总眼中钉、重灾区。联总一把手胡司令亲自骑脚踏车到我们学校，把犯人和我们校长一起带走，并下达指示：联总要在我们学校设立分部，对我们村进行大清洗、大革命、大教育。

当天下午学校召开大会，宣布停课，同时举行庄严的红卫兵入队仪式，凡出身贫下中农的初三班级的学生都领到一只红卫兵袖章，宣誓效忠联总。共六十七人，由一男一女两个我不认得的城里青年领头，对着一面大红旗高举手，喊口号，下战书，宣读誓言，感觉前方在打仗，他们要上战场去拼死。

前方不在远方，就在村子里，战争不是跟敌人作战，而是斗争四类分子，打砸寺庙和祠堂。村里有一大一小两座寺庙：观德寺和关帝庙，都在后山上。关帝庙蹲在村子入口，老虎尾巴的弯头上，是一座石头屋，小小的，空的，不住人，只有一尊红脸黑髯的关公像，平时少有人去烧香，只有逢年过节才有香火。观德寺大，坐在老虎颈背上，门前拓一块铺满青石板的道地，比篮球场大。道地连着老虎支出的左前脚，直通山下。这也是村里人包括和尚和信徒上下山唯一的路，因为走的人多，路越走越宽，起头一段甚至可以开拖拉机上去。后一段铺着条石板，砌着一共九九八十一级台阶，是寺院历代和尚积的功德，化缘修的。

路都修得这么好，更不要讲寺院，那个气派，超过祠堂：三进院，占地好几亩，像个大宅院。前院供着弥勒佛，中殿供着观音菩萨，后院住着七八个和尚。山上没有稻田，和尚养鸡养鸭，用它们换蔬菜粮食。我见过庙里大多数和尚，但从没见过老和尚，他从不下山，你去庙里也看不到。听说他每天都在小红屋里练功，功力高到什么地步呢？爷爷总举一个例子，讲当年日本佬打到我们村，把村庄糟蹋够，上山准备再糟蹋观德寺，被老和尚一把笤帚柄救下。原来鬼子小队长是个武士出身，知道老和尚有武功，要同他比武。约定好，只要老和尚赢，鬼子不进庙，否则烧掉庙。那时老和尚当然并不老，眼明手快，力壮如牛，用一把笤帚柄上阵，三下五除二把小鬼子大洋刀夺到自己手上。小队长服输，对他作揖，放过观德寺。

　　靠着老和尚的威望，寺院名声响，香火旺，一年四季四方八远都有人来烧香敬拜，求子女，求平安，求福寿。上校母亲笃信观音菩萨，平日里像在那儿上班，几乎日日早上都要去供一炷香，一年到头柴米油盐样样送。

　　爷爷讲："这老娘们，待和尚像待爹娘一样好。"

　　幸亏她当时去了普陀山，不在村里，否则看红卫兵把她崇拜的地方糟蹋了，把她情同手足的和尚打骂了，岂不要她老命吗？阿弥陀佛，菩萨有灵，预知这儿要出乱子，先安排她避开了。

二十

红卫兵开过会后,由城里青年领着,先去捣了关帝庙,烧了关公像,后去山上毁了观德寺,把所有佛像、神龛、雕像、经书、楹联、画像,烧的烧,砸的砸;有些烧不掉、砸不碎的,一律丢入山上水库里。我们看着,确实有种看打仗的感觉,打砸抢烧,火光冲天,烟雾弥漫,和尚哭的哭,叫的叫,骂的骂,拜的拜,呼天抢地,一派乱象。

一个胖和尚,刚开始提一根铁杖,横在大门口,不准红卫兵进门。红卫兵排好队,高喊口号,准备冲锋陷阵。眼看一场打斗一触即发,我们看得紧张兴奋到顶,门却突然吱呀一声稀开,出来一个慈眉善目的老和尚——终于看到他了!

老和尚不开口,只挥手,示意胖和尚放下铁杖,放人进去。胖和尚捏紧铁杖,涨红脸,跺着脚,哇哇叫,不服从。老和尚双手合十,闭上眼,轻轻念一声阿弥陀佛,缓步走到胖和尚面前,一眨眼,一伸手,对准胖和尚的颈脖啪啪两下,胖和尚顿时丢下铁杖,闭嘴收声,立停不动,木桩一样。就是这个胖和尚,后来眼看着寺庙被糟蹋,哭得死去活来,号啕声一浪高过一浪,越过山岭,传到村子里,父亲在家里都听到了。

这天夜里我先是睡不着,然后又做了一夜梦。我在梦里看见自己当上红卫兵,跟一群红卫兵一起围攻胖和尚,铁杖在我眼前飞,我一点都不怕;铁杖击中我额头,鲜血直流,我一点都不痛,照旧昂着头,冲啊杀啊,像只发疯的小公牛。最后正是我变成公牛,长出两只尖角,刺破胖和尚的颈脖子,痛得他狮吼一声,把我惊醒。

这真是令人激动难忘的一天一夜,白天看得惊心动魄,夜里在梦里更加惊险刺激，冲啊杀啊，头破，血流，混战，血战，熊熊烈火在燃烧，滚滚乌烟在翻卷，疯狂水牛在狂奔，鬼在哭，狼在嚎，人在厮杀……

现在我还没有做梦，连觉都还没有睡，还在吃夜饭，正在饭桌上对全家人讲白天看到的红卫兵打砸寺庙的故事。讲到一半上校来了，进门就对父亲讲：

"你看，我成乌鸦嘴了，讲什么晦气就来什么晦气。"

"是啊，不得了了。"父亲讲，"这些小王八蛋到底想干什么。"

上校讲："我要出去避一避。"

父亲问："避什么？"

上校讲："我估摸明天他们要拿我们这些四类分子开刀，游斗。"

父亲讲："躲得过初一，躲不过十五。"

上校讲："好汉不吃眼前亏，先躲一躲再讲。"

父亲讲："这些小畜生，屌毛都没长齐，怕什么。"

上校讲："俗话讲不怕老只怕小，小鬼作恶老鬼哭。你不晓得，我早晓得，城里被这些小鬼搅翻了天，每天江面上都浮出无名死尸。这些小子心还没有长圆，做事没轻重，还是避一避好。"

父亲在别人面前是闷葫芦，在上校面前不会少讲一句。他劝上校别走："避什么，是祸躲不掉，我就不信这些小畜生能把你怎么了。"停一停，像突然想起，又讲："哎，你妈现在不是在观音菩萨身边嘛，会保佑你的。"。

上校讲："观音菩萨保佑我两只猫好了。"一边从裤袋里摸出两把用红毛线串着的钥匙和十块钱递给父亲，"我的猫就是你家老母猪，我妈在普陀山，只有靠你照顾了。"父亲不好意思拿，他直接把钱和钥匙放在桌上,"我的猫嘴刁,每天要吃鱼鲞,没钱你煎手板心给它们吃啊。"

父亲讲:"我捉老鼠给它们吃。"

他笑道:"我的猫只捉老鼠,从来不吃。老鼠多邋遢嘛,阴沟里的东西,它们才不要吃呢。"因打算连夜走,要做准备工作,他无心停留,一边讲一边就转身开步走,依然是昂首挺胸,一步一顿,夜色里,像个僵尸。

二一

上校前脚走,表哥后脚到,来找我爷爷。因为明天上午要在祠堂开批斗大会,所有四类分子都要押上台批斗,他希望爷爷代表贫下中农上台发言。爷爷口才好,有威信,当代表发言最合适。但爷爷临时去了二姑家,二姑养的过年猪害病了,他要去关心一下。表哥听说这事,很失落,又很坚决,要求父亲连夜去叫爷爷回来。父亲像没听见,埋头吃饭,不理睬。我多嘴,对父亲讲:

"上校比瞎子先生还算得准。"

"算得准有什么用,"表哥对我说,"他也要被批斗。"

"斗个卵,"父亲这才开口,训表哥,"你们给他洗脚都不配。"

"你不要乱讲,"表哥居然顶父亲嘴,"只有反革命分子才这样乱讲。"

"你放什么屁,"父亲撂下筷子,手指着他,"小心我抽你!"

要是以前表哥一定要躲,现在却临危不惧,脖子一挺,鼻孔里喷出一股恶气，手指着红袖章，警告父亲："你打我就是打红卫兵！现在没人敢打红卫兵，只有红卫兵打别人。"气得父亲起身真要打他，好在被母亲和大哥拦住。

父亲打不着他，只好骂他，叫他滚。

表哥走的样子一点不像滚，脖子直挺着，步子沉稳得很。虽然出去才半个多月，表哥像一下子长大好几岁，长出息了，穿一件神气的军装，袖子上戴着鲜红的红卫兵大袖套，胸前佩着一枚鸡蛋一样大的毛主席像章，走路肩膀一耸一耸的，说话时右手一挥一挥的，像音乐老师教我们唱歌一样。我像被他吸牢，跟着他走，父亲叫我也不理。

这天晚上我没有回家，我和表哥睡在一起——反正爷爷不在家，回去也是一个人睡。我请表哥对我讲讲这段时间的经历，他从出门第一天讲起，一天天讲，一直讲到当天下午。黑暗中，我总觉得不是表哥在讲，讲的也不是表哥的事，而是一本书里的事。微风轻轻吹拂着蚊帐，我闻到表哥身上熟悉的汗臭味，可听着总觉得这是一个陌生人。

我说："表哥，你现在讲话和以前不一样。"

他说："革命锻炼了我。"

我说："革命真好。"

他说："革命就是好。"

我说："我也想参加红卫兵。"

他说："你才初一，年纪不够。"过一会儿又说："你可以先争取加入预备队，我们已经打算在初二和初一年级里组建红卫兵预备队，到时我同小瞎子商量商量，争取让你第一批加入预备队。"

这时我才知道，小瞎子官级比表哥高，他是我们村红卫兵分队长，表哥和肉钳子、野路子都是他下级，只是小队长。小瞎子是全校出名的坏蛋，偷学校电灯泡、粉笔，偷看女同学上厕所，讲女老师的下流话，反正三天两头干坏事。就在他们出去串联前不久，学校开运动会，他把铅球埋进沙坑准备偷回家，体育老师发现后狠狠批评了他。第二天他把体育老师家的两只老母鸡赶进粪坑，淹死，害得老师奶奶蹲在粪坑边对着死臭的老母鸡啊啊哭，他躲在墙角落里哈哈笑。这是我亲眼看见的。

"怎么让他当领导？"我不理解。

"是大队长让当的。"表哥解释说。

"谁是大队长？"我见过两个城里青年，"是那个男的还是女的？"

"既不是那男的也不是那女的，"表哥说，"大队长还没来，明早才能来。"

这天夜里十四岁的我第一次尝到了失眠的滋味，是一种夜色也有重量、形状和气味的滋味，像没睡在床铺上，是睡在黑色的空气上，睡在一堆目不暇接、纷乱和狂热的思绪里。这些思绪互相仇恨，穿着黑衣围攻我，让我虽然一动不动却累得不行，好像血液的流动需要齿轮转动才能带动。每一次，我徒劳又努力地闭紧双眼，却总能清晰地看见黑夜像一面无处不在的镜子在窥视我，在讨厌地看守我，不准我逃离。镜子里经常出现一个神秘的身影，高个子，宽肩膀，方脸孔，大眼睛，穿得跟表哥一样，一身绿军装，腰上系着褐色牛皮带，臂上戴着红袖章——他是我想象中的大队长。

第五章

二二

真实的大队长和我想的完全不一样,真实的大队长是小个子,白脸蛋,文文弱弱的。他的胳膊还没有我粗,举起来,直直一杆子,像镰刀柄,上下一样细,看不见一块肌肉。他穿的球鞋只有三十六码,比我母亲还小一号。

爷爷讲:"这么小的脚不可能长高,高了就要倒,像墙头草。"

他身上只有脑袋是大的,脑门宽大又高,据说里面装满了诗和梦想。当红卫兵前,他是县一中蓝天诗社社长,当然是诗人。作为向往蓝天的诗人,可能也是因为个子不高吧,他走路总抬着头,望着天空。给我印象最深的是,他上嘴唇留着一道胡髭,毛茸茸的,黑得油亮,像抹了油,让人联想到他是诗人。其次,他笑起来嘴形蛮好看,露出一口大白牙。但是他很少笑,据说只有照镜子时才笑。表哥告诉我,他每天早上洗脸时和晚上睡觉前都要对着镜子修胡髭,修很久,一边修一边笑,却不出声,像镜子里的人才是真人。

村里没有旅店,大队长和他带来的人只好住在学校教室里,睡在课桌上。大队长带来一女三男,都是他同学,县城来的,我们不知道他们名字,只叫他们"四大金刚"——大队长的四大金刚。因有女同学的原因,他们睡觉时不关门,不关灯,结果遭蚊虫叮得要死,第二天大家看他们身上都是红点点,像出了疹子。后来他们改变作息时间,上午睡觉,下午和晚上开展工作。工作内容主要是肃清红暴分子余毒,宣扬造反有理,破除封建迷信,批斗四类分子。他们在学校大门口挂出"富春县革命造反联合总司令部第七分部"名头的木牌,原来我们校长办公室成了大队长的办公室,门口插着一面绣有"联总"黄色丝字的红旗,所有人进出都要对红旗敬礼,对大队长喊报告。后来我们知道大队长是联总胡司令的堂兄弟,当然也姓胡。有人为讨好他也叫他胡司令,他从不反对,后来大家索性都叫他胡司令,真正的胡司令成了总司令。

胡司令进驻我们村后,天天有忙不完的事,白天有时组织人写标语贴标语,有时带人挨家挨户搜查:凡是封建迷信的东西,一经发现,一律缴走,烧的烧,砸的砸,决不姑息——谢天谢地,小爷爷的耶稣像没被发现。我家一尊梓木关公像、两幅钟馗年画和一串奶奶留下的佛珠,不得幸免。到晚上更忙碌,先是召集全体红卫兵在学校操场上开大会,批斗四类分子,发动群众揭发他们的罪行,然后对个别表现不好或罪行特别严重的反动分子,胡司令会押他们去办公室单独审问,搞各个击破,常忙得通宵达旦。

胡司令多次在会上强调,我们村子大,历史深,恶势力强,山上有寺,村口有庙,还有老祠堂、老军屯、老牌坊,解放前国民党军队驻扎过,阶级斗争形势尤为严峻复杂,要求全体红卫兵做好长期斗争的思想准备,甘于吃苦,敢于斗争,充分调动广大人民群众的革命积极性，把全村所有阶级敌人从犄角旮旯里揪起来，将无产阶级文化大革命进行到底，不达目的不罢休。

二三

每次胡司令在办公室单独审问人，总有一堆人躲在窗洞外偷听偷看，其中必有我。这是我们最感兴趣的一件事，像看戏文一样，很好看。我们是看客，也是渴望加入红卫兵预备队的积极分子，有场外声援的意思。开始程序都一样，胡司令走进办公室，解下皮腰带，很威风地拍在桌子上，随即举起毛主席语录，字正腔圆地宣布：

"伟大领袖毛主席教导我们，要把无产阶级文化大革命进行到底，你是革命的对象，人民群众的敌人，知道吗？"

我对胡司令这种威风凛凛、头头是道的样子佩服得五体投地，所有四类分子在他面前都变得老老实实，含着胸，低着头，有问必答，有令必从。这天晚上我看见父亲被胡司令带进办公室时，吓坏了，我知道父亲在背后讲过胡司令坏话，骂他是小杂种，难道是表哥出卖了父亲？

不是的。

原来胡司令一直在找上校，全村所有四类分子都被批斗，受教育，只有他一人漏网。而且，胡司令了解到此人罪行特别严重，早先当过国民党军官，后来被解放军开除，现在又不好好接受改造，不参加劳动，好吃懒做，过资产阶级生活，母亲还搞封建迷信活动，传播愚昧落后的思想，一家人都是革命的绊脚石。胡司令认为这是个大问题，命令小瞎子——分队长——必须找到他，狠狠批斗。小瞎子于是带领三个红卫兵，对上校家进行二十四小时严防死守。父亲不了解情况，按时去上校家给猫喂食，被小瞎子逮个正着。由此胡司令怀疑父亲知道上校去向，便叫他来问情况。

胡司令一反常态，对父亲不凶，甚至客气，让他座又递烟，友好得像亲眷，看得我心头很温暖又如梦似幻，怀疑是幻觉。后来才知道，因为我家是贫农，是红卫兵的坚强后盾，胡司令必须要待好的。他抛出问题——上校在哪里——的同时，特别申明，这不是审问，是询问。

我听到父亲几乎不假思索又带点儿气恼地讲："我可不知道他在哪里。"但我怀疑是知道的，"我要知道早去找他啦。"父亲讲得确凿，"他对我讲出去一天就回来，交给我两条带鱼鲞喂那两只畜生，现在东西早吃个精光，我得去水库摸鱼给它们填饱肚皮，烦死人啦。"

这时我确信父亲在讲瞎话，他抓什么鱼啊，什么精光啊，家里还有好几条带鱼鲞呢。父亲在胡司令面前脸不变色、神不慌张、撒谎不心慌的表现让我震惊又内疚。胡司令对他这么好，父亲却不厚道，满嘴谎话，让我很失望，难为情。这也让我认识到在上校和胡司令之间，我的感情是倾向胡司令的。大人很怪的，平时总教育我们要诚实，讲真话，不能撒谎，自己却经常鬼话连篇。

不过我也很怪的，虽然一边喜欢上校，同时却并不情愿他逍遥在外，我希望他出现在胡司令面前接受审问，这样兴许我能听到他更多故事，比如他同老保长，凭什么结怨不结仇；又如他裤裆里，到底藏着什么稀奇古怪；还有他动不动从身上摸出十块钱，哪儿来的钱？我相信这是村里所有孩子的好奇，包括表哥、小瞎子、肉钳子、野路子他们，后来事实证明他们比我还想知道。

我的愿望没有落空，上校回来了，是小瞎子用一个鬼主意骗回来的——绝对鬼得很！村里人都知道，小瞎子当然也知道，猫是上校命根子、亲儿子、心肝宝贝、手心手背，反正比什么都要紧要死。于是他向胡司令献计——一个锦囊妙计——把上校两只猫抓起来，然后在广播里广播，他一定会自投罗网。

果然，上午小瞎子把两只猫抓到学校关起来，下午上校就乖乖地回到村里，手上拎着一只黑色猪皮包，直接去学校寻猫。后来胡司令检查他皮包，发现里面有一双凉拖鞋、一块手巾、半条香烟和两只铝盒子。打开盒子，一只是一堆手术器具，大大小小，金光闪闪的，像只百宝箱；一只是一堆鱼骨头，乌糟糟、臭烘烘的，像只泔水桶。

"把他抓起来！"

胡司令一声令下，几十个细胳膊嫩腿的红卫兵在四大金刚带头下，奋不顾身朝上校围上来、扑上去。起初上校边挡边退，像只大猫似的，手脚灵巧，借力发力，红卫兵根本近不了他身，多人吃了苦头，有的倒地，有的啊哟啊哟叫，好像吃了痛。后来上校看这些人个个像吃了炸药，视死如归，一轮轮扑上来，不知是认了输还是怕伤着他们，索性放弃抵抗。红卫兵趁机一哄而上，把他按倒在地。

胡司令又发令："把他捆起来！"

可没有绳子，以前的四类分子都很老实，不要捆的。小瞎子就是聪明，眼睛骨碌碌转两下，直奔学校厨房，找来一根捆猪用的大麻绳。胡司令亲自动手，他通过半年多的革命，已经捆过很多人，有经验，有技术，在四大金刚协助下，三下五除二，把上校捆了个结实，然后押去村里游斗。

二四

这是一次特别隆重的游斗，以前搞游斗不敲锣打鼓，只喊口号。这次前面有人敲锣，后面有人打鼓，一会儿锣声盖过鼓声，一会儿鼓声压过锣声，中间穿着口号声，一浪滚一浪，一浪高过一浪，惊得鸟儿不敢在村子上空飞，都逃进山里，钻入树林，像天空着了火。这么隆重，是庆祝的意思，把唯一在逃的首犯要犯抓住了，坏人从此一网打尽，无一漏网。以前搞游斗，是一群人，大家都老老实实，低着头，不作声，像无声电影，不好看。这次是一个人，独角戏，人虽少，戏却多，上校一会儿骂人，一会儿挣扎，一会儿被人骂，一会儿被人打，好戏连场，有看头。

关键是上校这个人，以前在村子里走，一向是腰板笔挺，昂首阔步，神气活现。尤其到大冬天，他总是穿着那双高帮大靴子，靴子底下掌满铁钉，在鹅卵石上走过，即使是在冰雪上走，照样喀！喀！喀！像一匹战马在行军。而现在，他变得像一只癞皮狗，要人拖着走，架着走，威风扫地，狼狈不堪。

这天爷爷已从二姑家回来，看到上校被游斗的样子，连连摇着头讲："完了，完了，这下子太监罪过了，打我看他出生从没见他被人这么奚落过。这帮子小东西……"后半句话熬着回到家才讲出来,"简直是畜生!"

父亲讲:"畜生都不如,居然连寺庙都要糟蹋。"

爷爷讲:"是啊,观德寺活了两百岁了,凡是坏人都见过,都没这帮子小畜生坏。只有畜生才这么伤天害理,把一个两百岁的老寺庙一下糟蹋了。小畜生!小畜生!"爷爷一口接一口骂红卫兵,好像只有这样反复骂才能解他心头之恨,才能突出红卫兵超乎寻常的坏,把他们作法骂死。

爷爷平时最讨厌上校,但较比胡司令和红卫兵,他感情明显偏朝上校,和我正好相反。大人就是这么奇怪,总跟小辈子对着干,好像养我们就是要养一个对手。爷爷,你是老糊涂了吗?一个破庙糟蹋了有什么好心疼的,值得你这么去骂革命小将红卫兵吗?爷爷,你要知道这么骂他们说明你也是反革命,要被押上台去批斗的。爷爷,你可别老糊涂了,我可不想有个反革命爷爷,我还想尽早加入红卫兵呢。总之,在对待红卫兵的态度上,我同爷爷和父亲是有矛盾的,我觉得他们很自私,目光短浅。

就在爷爷谩骂红卫兵的同时,上校像被制服的疯子一样,被威风的红卫兵拖回学校。照以前,搞游斗,全村子走一圈只要个把钟头,但由于上校不配合,抗拒,挣扎,斗争,时间被活活拖长,结束时天已经落黑。照以前,斗归斗,生活归生活,斗完人要放人,该回家吃饭就吃饭,该睡觉就睡觉。但胡司令认为这家伙不老实,认罪态度差,决定要特别对待,把他关起来,不准回家。

小瞎子当时正要给上校解绳子,准备放他回家,听胡司令这么指示,很兴奋,说:"这太好了,我不要解绳子了。"

可胡司令想不好把他关在哪里,他昂着头,摸着胡髭沉思着。

小瞎子马上献上一计:"把他跟猫关在一起。"

小瞎子就是鬼主意多,胡司令就是喜欢他鬼主意多,他们是一丘之貉——那时我刚在课本里学到这个成语——不,这是个贬义词,不合适用在胡司令身上,只适合小瞎子。我相信胡司令早迟会发觉小瞎子是个大坏蛋,然后撤销他职务,让我表哥当分队长。这天夜里,我心里就是装着这个思想睡着的,耳朵里照旧灌着爷爷一把一把的鼾声,像拉着风箱。

二五

两只猫被关在从前老保长姘头开小店的屋里,现在是学校食堂柴屋,堆着干柴火、蜂窝煤、麦秆、稻草、报废的课桌、板凳、黑板、风车、织布机,乱七八糟,反正什么都有。甚至还有一口棺材,不知是谁家存放在那儿的。屋里臭气冲天,是腐烂的酸臭,更有屎尿酵化后的恶臭。学校不是有厕所的嘛,谁这么缺德在这里屙屎拉尿?原来是食堂师傅,他为了积肥,不去厕所解决问题。他的厕所是两只粪桶,一只屙屎,一只拉尿,到时间都挑到自己菜地里,肥水不外流。

两只猫在臭气熏天、灰飞煤黑的柴屋里关了一天,看上去非常邋遢,可怜兮兮。那只白猫已脏成黑猫,黑猫和白猫一样,浑身上下都是煤灰,甩个头,一团灰飞烟起。它们一直在养尊处优中娇生惯养,什么时候受过这种罪苦:脖颈上勒着一根尼龙绳,忍饥挨饿,脏不拉几的。上校见了,顿时有种天塌地崩的感觉,泪滚出来,涕流下来,骂天骂地,一点不掩饰内心的痛恨愤怒。

押他来的小瞎子觉得奇怪,下午把他当猪狗一样游斗,牵着,拖着,骂着,打着,身上到处是伤,他都不叫一声痛,不吭一声苦,现在反而这么悲愤交加要死不活的样子,简直神经病!要不是被绑着,他真担心他发疯,把自己吃了。本来他还计划背着胡司令先审问他一下,多古怪的一个人,村里哪个孩子不在背后议论他?越议论越叫人好奇。他有好多好奇心想满足,现在是多好的机会。可看他发癫愤怒的样子,小瞎子怕他发疯伤及自己,临时打消念头,什么都没问,掉头就走,有点临阵脱逃的样子。

"你别走。"上校叫住他。

"你想干吗?老实点!"小瞎子嘴硬腿软,一边往门外退。

"把猫放了。"上校对他讲道理,"你们批斗我跟猫有什么关系。"

小瞎子用鼻孔哼一声,阴阳怪气说:"你算老几,我要听你的。"

上校转过身,用反剪的手敲敲屁股,告诉他兜里有十块钱。干吗?你放猫,我给钱。十块钱哪,可以买一缸猪肉,腌上,一家人可以吃一整年。可万一这是个阴谋,趁你去掏钱他一脚把你踢倒……他当过兵,有功夫——下午已经露过几手——我可不能上当受骗。这么想着,小瞎子才熬住诱惑,骂他:

"你这个狗太监,想腐蚀我?等着瞧,回去我报告胡司令,你腐蚀革命红卫兵,罪加一等!"

胡司令听完报告,拍拍小瞎子肩膀,表扬他一番后,用一种沉缓的口气说:"刚才我已想过,今天晚上我们只批斗他一个人。此人太张狂,太放肆,国民党反动派的余毒太深,我们一定要用强大的无产阶级专政的力量把他斗死批臭,灭他威风,叫他有头不敢抬,有屁不敢放,从骨头里灭掉他的嚣张气焰,让他永远听人民群众的话,做人民群众的奴才。"

虽然我对胡司令的长相有些失望,不够强壮,但听他讲话,那坚定的口气,那标准的普通话,那滔滔不绝的口锋,还是非常让我佩服的。我想,这一定是因为他是诗人的缘故。据说他有一本比书本还要大的笔记本,每天夜里,等大家睡觉了,他就在笔记本上写诗,有的很长,一面黑板都抄不完。也有不长的,会抄在黑板上,大家都看得到,我印象深的是这么一首:

有些草是毒草

有些人是敌人

有些山是高山的膝盖

有些人是革命的绊石

我们要在高山巅放歌

我们要在大海里畅游

革命不是请客吃饭

文化大革命就是好

在胡司令离开我们村子的前一夜,他亲自把这首诗抄到我们学校临公路的白墙上,每个字都有父亲拳头那么大,白墙红字,老远看得到。这红色特别鲜艳,有人讲是因为红墨水里掺了鲜血——有人讲掺的是鸡血,有人讲掺的是猪血,有人讲掺的是胡司令青春的热血。到底有没有掺血?到底掺的是什么血?要是往常,大家一定会去找上校求问,他见多识广,何况跟血打了一辈子交道,这个问题一定难不倒他的。可那时大家已经找不到上校了,他失踪了!

第六章

二六

现在胡司令还没有走,上校也没有失踪,他同猫一起被关在肮脏的柴屋里,等待晚上对他进行声势浩大的批斗。吃夜饭时,我听到胡司令带来的那个女同学又在广播上通知,要求全体村民吃完夜饭去学校参加批斗会。从胡司令带人进驻我们村后,连续几天都这样,到时间,广播响,女同学先讲,胡司令接着讲,讲来讲去是一个意思:开大会,每家每户至少要出一个代表,小孩子不算。

批斗会照旧是在排山倒海的口号声中开始。口号声一停,两名城里来的红卫兵便押着上校上台:确实只有他一人,孤单单的,两只手被剪在背后,绑着,头上戴一顶圆锥形的大高帽子,上面写着"人民公敌"和"十恶不赦",挂胸前的纸牌子上也写满各种罪名,还打一个红色大叉叉,感觉批斗完要拉去枪毙。

胡司令率先上台讲话,先讲上校畏罪潜逃躲避批斗的事,接着讲当前一片大好的革命形势,最后走到台前,指着上校义愤填膺地宣讲:"同志们!社员同志们!今天为什么我们只批斗他一个人,因为他罪大恶极,更因为他有罪不认,知错不改,要同广大人民群众抗拒到底。伟大领袖毛主席教导我们，坦白从宽，抗拒从严，对他这种想一条黑路走到底的顽固分子，我们革命群众坚决不答应！同志们，你们答应吗？"

不答应——！

不答应——！

台上台下的红卫兵振臂高呼，广大群众却没有伸出几只手，应者寥寥无几。胡司令不高兴，往前走几步，目光越过台前的红卫兵方阵，落到后面的人民群众方向，再次呼吁社员同志们响应。

应者依然寥寥，在暗黑中显得格外稀少。

今晚人民群众有点不听话。胡司令一脸失望地收回目光，在台上踱步，沉思，一边抚着小胡子。不一会儿他昂起头，阔步走到台前，威风凛然地抹一把汗，使劲睁大眼睛，开始对台下慷慨激昂，其形其状，其激越的声音，比系在腰间的武装带威严，比箍在臂上的红袖章红烈，看着令人振奋，听着令人沸腾。

社员同志们——胡司令振臂一挥，声若洪钟，仿佛要点燃夜空——刚才我闻到一股同情阶级敌人的臭味，比茅坑里的石头还要臭！还要毒！请问你们的阶级觉悟在哪里？他是国民党反动派的走狗！是牛！鬼！蛇！神！革命的春风已经吹绿大江南北，所有阶级敌人无不闻风丧胆，缴械投降，而他死不悔改，为什么？因为他有后台老板。谁是他的后台老板？国民党！蒋介石！美蒋特务！苏修分子！他以为这些反动派会来救他，所以死不悔改，妄图垂死挣扎。笑话，天大的笑话！伟大领袖毛主席教导我们，世界是我们的，明天是我们的，我们是世界的主人，一切反动派都是纸老虎。

打倒纸老虎！

打倒蒋介石！

打倒美帝国主义！

打倒国民党反动派！

打倒苏修勃列日涅夫！

口号喊得一排接一排，一浪压一浪，风烟滚滚的样子，把窠在屋檐下的大小鸟儿都吓得惊恐万状，逃出窠，夺命飞，在黑暗中和蝙蝠碰撞。蝙蝠个小，体轻，经不起撞，一撞就吱一声叫，坠落在地上，有的跌在人身上，引发一阵小骚乱。

二七

尽管这样的批斗会天天晚上开，但这次给我留下印象最深，也最好。首先是胡司令从来没有讲过这么多话，他讲得真好，义正词严，字正腔圆，头头是道，滔滔不绝，感觉不是从县城来的，而是从省城甚至首都北京来的。其次，虽然上校跟我父亲关系好，平时我也喜欢听他讲故事，但我更喜欢和大家一起喊口号。母亲讲过，每次生产队分粮食，她把一袋袋粮食装上自家独轮车时是她最幸福的时刻。我觉得跟大家一起一次次振臂高喊口号是我最幸福的时刻。

打倒——！

打倒——！

打倒——！

喊完口号，胡司令要求大家上台揭发上校罪行。最踊跃的是小瞎子，第一个上台，然后是肉钳子，然后是我表哥，最后是野路子。当初就是他们四人出去串联，把胡司令等人领到我们村掀起革命狂风，现在他们当之无愧是胡司令的核心成员，地位和权力仅次于胡司令带来的四大金刚。金刚配门神，我们私下叫他们是胡司令的"四小门神"。

四小门神逐一批斗完后，胡司令又号召社员们上台来批。

大家不要怕，有什么讲什么，有冤申冤，有仇报仇，有恨雪恨——胡司令用一串排比给大家鼓劲，作动员——我们要翻他变天账，历史上的，政治上的，生活上的，都可以讲，凡是他的罪行都可以讲。这是革命，革命不是请客吃饭，革命就是无情，就是斗争，就是撕开敌人的伪装，亮出他们丑恶的灵魂。

社员们照样不积极，装聋作哑，一度会场出奇的静。胡司令不气馁，连哄带吓，口舌费尽。催促又催促后，终于出来一人，是老保长。老保长七十多岁了，但身子骨还是像门闩一样硬，一顿饭能吃下一只鸡、一斤烧酒。爷爷最羡慕他的好身体，有一次我在祠堂里偷听到爷爷和他的一段对话——

"老流氓，"爷爷一向叫他老流氓，"你比我才小一岁吧。"

"是啊，老巫头，"老保长骂骂咧咧的，"你他妈的就仗着比我大一岁，欺负了我一生世。"

"放屁，你当着保长谁敢欺负你，只有你欺负我。"

"你才放屁，我才当几年保长？其他时光都是你欺负我。"

"现在你可以欺负我了，我都弯不下腰了，明年我看就出不了门了。"爷爷捶着腰背叹息着，好像有些感伤，"老了，我老了。可我看你一点不见老啊，你身子骨至少比我健爽廿岁。"

"这话假不了,"老保长嘿嘿笑,"至少跟女人上床困觉,我比你廿年前还活跳。"

另一次,爷爷带我在打谷场上风秕谷,我负责摇风车,爷爷负责把谷子从麻袋里倒出来,用簸箕灌入风车斗。和爷爷比,我的活是很轻松的,只要手把着摇柄不停转。但我终归是小孩子——那年我才十一岁——没耐力,转着转着,满头大汗,手臂酸得不行,没力气了,想停下来。爷爷要我坚持,别偷懒。我坚持一会儿,实在用光力气,只剩下气恼,索性停下来,坐在地上,是耍赖的做派。当时老保长正好从我们身边走过,听到我在讲用光力气的话,他像唱歌一样对我讲:

"小伙子的力气越用越多,像小姑娘的奶子越摸越大。"

"你个老流氓放什么屁!"爷爷抓一把秕谷子砸他。

"我不是在帮你讲话嘛。"老保长呵呵笑道。

爷爷骂他:"人家还是孩子,你放屁也得分场合。"

老保长讲:"人家是孩子,可我们是老头子,有屁要快放,再过几年你连放屁的力气都没了。人老了,力气像钞票一样,就越用越少啦,我现在不浪费力气,力气都存着,只用在女人身上。"

老保长这人就是这样,三句话离不开女人、困觉、奶子,活脱脱一个大流氓。爷爷经常骂他这辈子对女人作的孽太多,下辈子一定做骡子,配不上对——我不大懂这话的意思,但总归是在骂他吧。爷爷骂人一向有水平,像老保长讲下流话,也像胡司令宣讲革命道理,从不放空枪,是稳准狠的水平。

二八

现在,老保长正在往台上走去,照平时老保长走路一步是一步,响生生的。但今天可能是吃足了酒,上台时步脚乱得很,身子东歪西斜,差点跌一跤。等他转过身,面对台下,果然是吃饱酒的样子,脸孔彤红,嗓门嘶哑。

吃饱了酒,话就多,也敢讲。

"我来讲几句。"他这么开讲,一边抠着鼻屎,一边吐着酒气,虽然没对准话筒,嗓门破破的,但声音还是宏大,传得很远,"刚才小胡司令讲,有什么讲什么,刚才几个红卫兵也讲了不少,我就简单讲讲吧。"

老保长先是一条一条讲,后来讲乱了,也没有条数,想到哪儿讲到哪儿,像在祠堂门口跟一群老人妇女讲闲话,乱七八糟的。好听是好听,就是文不对题,甚至有些反动,叫胡司令和红卫兵们都很反感。

我要讲的第一条是,刚才几个小兔崽子讲的很多是不对的——他这样讲道,把小瞎子他们四个门神都说成小兔崽子,毫无顾忌——例如有人讲他睡了我的女人,这个就不对,简直胡说八道。大家都晓得,村里一条狗都晓得,他是太监,绰号就叫太监。太监怎么可能睡人家女人?太监如果能睡女人家,太阳就从西山那头出来了。这个肯定是不对的,你们不能冤枉他。

第二条,刚才有人讲他当过国民党,这个是事实,他还有个绰号叫上校,为什么?因为他当过国民党上校。但划他是反动派反革命,这又是不对的,因为他当国民党时还救过解放军的一个大领导,这个大家也是晓得的。如果他是反动派反革命,怎么会去救解放军的大领导?

一个饱嗝顶上来,像额头被人击一掌,整个人往后踌跚两步。立停后,他接着讲,声音变得更加响亮——

就算他从前是反动派,救过解放军大领导后就不再是了,好比我以前当过伪保长,家里富裕得冒油,村里一半田地是我的,但后来评成分时我评的是雇农。全村只有两个雇农,我是其中一个,为什么?因为我后来犯错误,搞赌博,家败了,连住的屋子都当赌债抵了,我穷得连短脚裤都没得穿,住在祠堂里,偷菩萨的东西吃,那个尻样子,比贫农还不如,所以评我雇农。如果照以前我富裕时候算,我保准是大地主,该枪毙。但共产党是讲道理的,共产党看我穷成那个尻样子,给我分房子住,送衣服穿,送被褥用,当然更送吃的,这样我才活到今日子,还有烟抽,还有酒吃。所以你们不能讲他从前,要讲他后来,讲他后来救解放军大领导的事,讲他后来跟随解放军大领导打国民党和美国佬的事,这才是共产党的作风。

讲到这儿。他停下来,回头问胡司令:"你们是讲从前还是讲后来的,如果讲从前,你们应该把我也押起来跟他一起斗,如果是讲后来就应该把他放了。"

"谁敢放他!"胡司令大吼一声,一边解下皮带,以为这样会把老保长吓倒。

"怎么?你想打人?"老保长一点不怕,反而用抠鼻屎的手指头指着他骂,"你个小畜生,老子今天告诉你,你要敢碰我一根手指头,我就叫共产党把你收进监牢!共产党是最保护我这种人的,共产党也是最讲道理的,我刚才讲的都是道理,你不想讲道理,要讲无法无天,那好,老子叫你吃不了兜着走,我查你祖宗八代,不信你家都是雇农。报纸上写着只有雇农才能斗雇农,贫下中农都没资格。"说着他走到前台,大声对台下喊:

"社员同志们,你们讲我的话对不对?"

台下早已经有点不安静,嘈杂声像热气一样升起来,越升越高,这会儿经老保长这一声喊,顿时沸腾起来。不止一个人,也不止十个人,几乎多数人同时回应:"对头——!"接着是一阵猛烈的笑声,然后是经久不息的嘀咕声、交谈声、打闹声,甚至还有骂娘声。总之会场纪律一下涣散,不可收拾的样子,有人甚至开始擅自往外走。一个人走,十个人动,会场一片混乱。

胡司令见势不妙,连忙宣布散会。

二九

我是不高兴的,一场好好的批斗会,半路杀出个程咬金,变成一场闹剧。回到家,我正在猪圈里给兔子添草料,准备完了就去睡觉,开小店的跷脚七阿太的小孙子矮脚虎突然跑来通知我:上校刚才逃跑了,现在又被抓回去,吊在树上,胡司令要杀鸡给猴看,很多人去看了。

矮脚虎是我同班同学,除开表哥他跟我的交情最深,我在外面不敢做的坏事他都帮我做了,属于铁淘伴、难兄弟。听说有很多人去看,我当然不甘心错过。我连忙草草干完活,溜出门,跟他走。我们一口气跑到学校,发现校园里空荡荡的,看不见一个人影。校园里只有一棵泡桐树,而且年初死了,光秃秃的,即使没有月光,老远也看得到,树上没有吊人,一片树叶都没有。

矮脚虎说我们来迟了,为了证明他的情报没有错,他执意要去看那棵树,说可能吊人的绳子还在。走到一半,我们听到食堂那边传来一声瘆人的猫叫,接着是一声又一声,好像两只猫在殊死搏斗。我马上想到,胡司令在打上校的猫。谁都知道猫是上校的亲骨肉,打猫就是打他。我一下理解了,矮脚虎说的"杀鸡给猴看",指的大概就是这个,猫是鸡,上校是猴子。

我想到学过的另一个成语:心如刀绞,想上校现在应该是这个成语的样子吧。

虽然打的是猫,既然来了还是去看看吧。我们循着猫叫声朝食堂方向跑,不一会儿看见关押上校的柴屋门前聚着一堆人,乱哄哄的,吆三喝四,人头攒动,好像在围捕一头野猪。尽管我们没有刻意敛声,但照样没有人注意到我们的到来,因为战斗太激烈,他们无暇顾及我们。走近了,我们发现无一个大人,都是红卫兵,二三十人,他们抓的也不是什么野猪,而是一个人,就是上校。我们赶到时上校已被彻底制服,一道道密匝匝的绳子把他裹成一个粽子,正在吊起来,吊在屋檐下。

没等完全吊好——有人还在给绳头扣结,胡司令已经着急地解下皮腰带,先是双手向外一张,示意人散开,然后很老练地将皮带在空中抡两下——发出呼呼声——接着就朝上校身上抡去。

啪——!

啪——!

啪——！

声音粗暴结实，像竹节在焚烧中爆裂。

胡司令一边用力打一边厉声骂："我叫你跑！我叫你跑！天大地大也没有我们红卫兵大，你敢跑！我打断你的狗腿，看你还能不能跑！你跑到天涯海角，照样是我们红卫兵的天下，照样在我手上，我照样打你！打你！"

啪——！

啪——！

啪——！

后来我经常想起这个晚上，想起这个叫人心惊肉跳的啪啪声。

我印象很深，胡司令打得气喘吁吁，上校却一直不吭一声。倒是屋里两只猫，不断发出痛苦嘶叫，而且对得十分准，外面打一下，里面叫一声，怪得很，好像都打在它们身上。当然这是不可能的，它们虽然比一般的家猫要聪明，古灵精怪，但不可能是神仙下凡，会铁布衫、金钟罩，把主人包住，替主人挨打。上校在抽搐，在龇牙，在咧嘴，在流血，分明打在他身上。他一定痛得很，但就是不叫、不哼、不啊、不呻、不吟，死也不吱声，那样子给我留下极深刻的印象，好像他是一个稻草人。但仔细看，看他的眼睛，又和稻草人完全不一样，那双眼睛会放光、发亮，打一下，亮一下，射出一道光，黑暗中，像猫的眼睛。

我不知道，要不是后来父亲及时领着七阿太、老保长、爷爷等人——都是可以倚老卖老的老辈子——赶来拦阻，胡司令会不会把上校打死，打死一个顽固的国民党反动派算不算犯法？这天晚上我心底头一回冒出一丝不大崇敬胡司令的情绪，我开始怕他，躲他,开始有点恨他,开始盼他早点走。

爷爷讲:"这小畜生下辈子投胎八九是在地上爬的,要被人剥皮吃。"

我知道,爷爷指的是蛇,是天底下最可怜可恨的东西,眼睛是瞎的,脚是连根断的,只能在地上爬,只能吃老鼠和死人肉。

第七章

三十

第二天我得到两个消息。

第一个是我在洗脸时听到的,父亲在天井里,埋着头,一边吃着早饭一边忧心忡忡地对着饭碗讲:上校一夜都没有回家。就是说他被关了一夜,现在还关着。这当然是个坏消息,说明胡司令还要叫他吃苦头。会不会枪毙呢?我不知道,我只知道父亲其实是讲给爷爷听的,希望他再拿出老辈子的威力去交涉。但爷爷不吱声。爷爷经常装糊涂,这是老人家的权利。

第二个是吃日中饭时,从老保长嘴里得知的。父亲请他来我家吃饭,并送他一包烟,做他工作,让他去学校给上校送饭——他是雇农,这事他去做是最合适的。老保长很爽直,满口答应,拔腿就走。我们等他回来吃饭,他倒是很快回来,只是手上还提拎着送给上校的饭菜。

父亲问他怎么回事,他一边摸出烟,一边骂:"他妈的,这群王八蛋恨我,死活不准我进门。"抽口烟,接着骂,"他妈的,这什么世道,猴子称大王,老子当尿蛋,刚才他们居然想打我,亏我腿脚还健，跑得快。"

一阵猛烈的咳嗽，像喉咙里在着火，烧得他满脸通红。"快，茶，给我来杯茶水。"吃过茶，喉咙安静下来，他继续讲："也不知是真是假，刚才我在路上听凤凰杨花讲，小胡子他们下午要走，"小胡子就是胡司令，"兴许已经走了。"

这当然是个好消息，如果是真的。凤凰杨花是四小门神之一的野路子的妈，老保长因此认为这该是真的。父亲当然希望是真的，但也担心是假的。到底是真是假？这任务只有我去完成。父亲少见地冲我露出慈祥的目光。他觉得这还不够，去灶屋打开碗橱，搜出两粒纸包糖送给我。

"你去学校看看，"父亲吩咐我，"打听一下，小胡子他们是不是真走了。"

临走父亲从未有过地往我额头上亲一口，叮嘱我快去快回。

我觉得我不是跑去学校的，而是飞去的，飞翔的翅膀就插在额头上，父亲亲过的那个地方。我从没有想到被父亲亲一口会这么神奇，那地方一直热辣辣的，肿的，胀的，像长着什么——兴许就是翅膀吧。当见到表哥时，我感到心脏像只青蛙一样已跳到喉咙口，要跳出来——我担心他告诉我胡司令没走，好像这样就对不起父亲的那一口亲。

对得起的！

表哥证实，胡司令和四大金刚都走了，刚刚走。至于为什么走有两种说法，一种是胡司令要去向总司令汇报老保长的事，一个雇农站在阶级敌人一边怎么办？另一种是他们已出门多日，穿的衣服全被汗水捂得发臭，必须回去换洗。尤其那女同学，据说来了"那个",更是刻不容缓要回去。

好了,不管是为什么走,胡司令和四大金刚总之是走了,这里暂时由小瞎子负责,他是分队长,四小门神的老大。按照胡司令走之前的布置,这天下午是政治学习时间,全体红卫兵在教室里听小瞎子读报纸。我和矮脚虎等几个小伙伴躲在窗外偷听偷看,发现好几个红卫兵在打瞌睡,样子像瘟鸡,头勾着、晃着,眼皮子翻着。

我们看一会儿,觉得没意思,就撤了。

天淅淅沥沥下起小雨,校园里出奇安静,两只黑亮的老鸹停在那棵枯死的泡桐树上嘎嘎叫,越发衬托出校园的清静。连日来这里一直在强劲的革命东风吹拂下,正如一幅标语上写的:四海翻腾云水怒,五洲震荡风雷激。这会儿似乎是累了,趴下了,病恹恹的。我们不知去哪里打发时间,但我们喜欢这个时间,这个样子:清静,凉爽,雨水收起了酷热,红卫兵都待在教室里,整个校园空荡荡的,我们成了主人,可以大摇大摆走走,逛逛,没有人管,自由自在。

我想去柴屋看上校,他昨天被打得够呛,现在不知怎么样。一个人去我有点怕,去的人多我又烦。我只想跟矮脚虎一个人去,私下问他,他很乐意陪我去。于是我们以去上厕所的名义跟其他人分了手。等我们从厕所出来,雨转眼间下大了,落在地上,扑扑响,冒着灰烟和热气。我们顶着雨,像顶着枪林弹雨,哇哇叫着喊着,往柴屋方向跑,惊得两只老鸹惶惶地从树上飞走。

三一

柴屋就是以前老保长姘头开小店的屋,老保长败家了,姘头跑了,才废弃了,被学校占用,做了柴屋。这么好的房子,地段又好,按理大家要抢手的。但这屋子住过婊子,名声不好,风水也不好——害得老保长家产败光,妻离子散——没人要,也只好做柴屋用。屋子是要人养的,做了柴屋,没人养,屋子就越来越破败,原来的门窗都坏了。现在的门是一扇毛竹门——用整棵的毛竹拼的,一般猪圈才用这种门,看上去极其简陋破落。从前不记得有锁,现在上着一把半旧不新的大铁锁,自然是因为关上校的缘故。

作为曾经的小店,它窗户特别宽,有一扇门横过来的宽,我们叫横窗。以前老保长的姘头就站在窗户里收钱交货,窗户其实是当柜台用的。这种横窗因为太宽,装不来窗门,只能上排门,就是在窗框上下挖一条凹槽,一块块木板依次嵌入凹槽,排成一排——这种门,我们叫排门。天长日久,凹槽日晒雨淋,早坏掉,吃不住木板,只能用钉子钉死。但木板已不齐备,排得稀疏,栅栏一样,小孩子甚至可以侧身钻进去。据说昨晚上校就是撬掉一块木板逃跑的,但两只猫没有配合他,它们被关了两天,肚皮饿得慌,心里大概也烦恼的,不像平时那样对上校言听计从。隔壁就是食堂,门前有两只泔水桶,到了夜晚这儿是老鼠的食堂,粮仓。两只猫出来后撞见几只老鼠,顿时撒腿去追,把上校的逃跑计划彻底泡了汤,害他受一顿毒打。

啪——!

啪——!

啪——!

正是这个一直盘在我心头的声音引诱我去看上校的,我想看看他是不是受伤很严重。

为防止上校再逃跑,柴屋的横窗已加固,横七竖八钉着十几块簇新的毛竹板,加上原来的老木板,横竖交叉,新老交加,变得十分牢固。屋檐下还悬着一根粗壮的尼龙绳,绳头卷曲,有污渍,兴许是上校的血迹。我们趴在窗台上往里看,什么也看不见,黑乎乎的,像黑洞,看不到底。能闻到一股臭烘烘的气味,扑鼻而来,好像里面有一窝腐烂的死老鼠在兴风作浪。

我们不怕臭,坚持看,反复看,仍旧见不到上校人影。

突然,一声猫叫像个鬼一样钻出来,撕破黑暗,吓得我们从窗前逃开。过一会儿,里面传出一个哈欠声,然后好像有人在叫我。我听出是上校的声音,他一遍遍叫,声音越来越清晰,确实是在叫我。我犹豫又大胆地回到窗前,问他干吗。

他讲:"你进来,把猫领走,交给你爹。"

我说:"门锁着。"

他讲:"把它撬了。"

我找到一块石头,用父亲给我的一粒纸包糖交换,唆使矮脚虎去撬。他接过石头,看着天上,想着。想一会儿,扔了石头,对我小声说:"胡司令还要回来的。"

我听见上校在黑暗中笑,"什么狗屁司令,枪都没有摸过,给我当勤务兵都不要。"

矮脚虎对着窗洞问他:"你以前有勤务兵吗?"

他讲:"多的时候有几个,一个给我脸上擦汗,一个给我洗手,一个给我穿鞋子,一个给我洗衣裳。"一边哈哈笑,好像精神蛮好。

我问:"你受伤了吗?"他的样子好像没有受伤。

他讲:"我打过九十九次仗,打掉的子弹比你吃过的番芋还要多,怎么可能不受伤?我身上全是伤,弹片在我身上作了窠。"

我说:"我是问昨天晚上,你有没有被打伤。"

他讲:"你看他长那个娘娘相,手上屁劲都没有。"

我说:"可我看见你流血了。"

他讲:"那不过是皮肉伤,就像你家老母鸡,挨了一笤帚,丢几根毛能叫受伤吗?伤筋动骨才叫伤。我的筋骨硬着呢,就他那个娘炮劲,只配给我挠痒痒。"又哈哈笑,笑完了还唱戏文,咚咚咚,锵锵锵,自己敲锣打鼓自己唱,蛮来劲。

我把一只眼睛嵌在竹板缝里,循着声音往里看。黑暗仿佛被他的唱戏声驱散,这会儿我看到墙角一个黑影,坐在地上,双手被反绑在一架风车脚上,两只猫蜷在他腿窝里,朝我射出四道蓝光,幽幽的亮。我适应了黑暗,可以清晰地看到套在猫脖颈上的白色细尼龙绳,却看不见那只白猫。

我奇怪,问他:"那只白猫呢?"

他讲:"可怜啊,在这鬼地方,白猫已变成黑猫了。大白,跟他打个招呼。"一只猫对我喵一声。"小黑,你也打个招呼。"另一只猫也对我喵了一声。"听出来没有,它们精神不大好。呃,可怜啊。"我看到他弯下腰,低下头,用下巴抚慰着猫——因为手被捆着反剪在背后。

我问:"它们生病了吗?"

他讲:"它们想回家。"接着又讲:"我一定要让它们回家,这鬼地方太脏了,它们受不了这苦。"

我觉得这是不可能的,现在胡司令不在,小瞎子管事,当初把猫关起来就是他的鬼主意,你怎么可能叫他同意把猫放掉?不可能的。小瞎子什么人嘛,坏人,全校第一的大坏蛋。坏人是不会做好事的。我把这个意思告诉他,他一点不担心,信心十足地告诉我,他会叫小瞎子同意的。

"我会让他变得像我的猫一样听我话。"他嘿嘿笑着,"不信你看,今天晚上我的猫就能回家。"

我怀疑他在发高烧,讲胡话。回到家,我没有跟爷爷提猫的事——这是胡话有什么好讲的?我跟爷爷讲上校唱戏文的事。我问爷爷,他被关着,还被打了,但好像一点不难过,为什么?爷爷的痔疮在发作,心情不好,没有像往常一样对我耐心讲解,只甩给我一句话:

"他该难过的都难过了还有什么好难过的。"

又是讲得缠来绕去的,我听得半懂不懂的。

三二

晚上,我们一家人正在吃夜饭,表哥像梦里人一样牵着上校两只猫来到我家,令我大吃一惊。我几乎以为是自己在发高烧,出现了幻觉。但两只猫一只接一只从我脚边走过,又摆尾,又喵喵叫,活生生的样子,不容我丝毫怀疑。我觉得自己要哭了,因为太激动,激动坏了,好像放出来的不是两只猫,而是我两个亲人。

两只猫认识我父亲，一进屋就钻到他脚边，转着圈，叫个不停。父亲像上校一样对它们讲话，问它们："你们饿了？"它们伸出舌头各舔父亲的一只脚背，像那是一对石斑鱼。父亲讲："它们肯定饿了。"叫母亲去给它们弄点吃的。

我问表哥这是怎么回事，表哥不对我讲，只对我父亲和爷爷讲："今天晚上我们要审问太监，但他提出条件，一定要把他两只猫送到你们家，交给舅舅，否则他什么也不讲，打死也不讲。"

父亲问："你们又打他了？"

表哥说："你最好劝劝他，让他老实点别自讨苦吃。"

爷爷讲："他这人什么都会，就是不会老实。"

父亲讲："现在猫在我手上，更不会老实了。"

表哥说："那他逃不了要挨打。"

父亲讲："你不能打他。"

表哥好像点了下头，也好像没点。

父亲走到表哥跟前，一本正经告诉他："他把猫交给我指明什么？指明我——你舅舅——是他最亲的人，你打他等于打你舅舅知道不？如果你打他我就揍死你。"

爷爷插进来训表哥："不要以为系根腰带就了不得啦，还不是花钱买的，有本事叫政府给你发，政府管你吃管你喝管你皮带衣裳才叫了得。"爷爷越训越有气，话越讲越难听，"从小教育你别跟小瞎子这东西往来你就是不听，现在倒好，像两坨鼻涕一样整天黏在一起，我看你早迟要吃生活。"

老保长曾经讲过，我母亲是只洞里猫，四十岁像十四岁一样没声响，一声响就脸红；父亲是老虎屁股摸不得，张口要骂娘，出手要打人；爷爷是半只喜鹊半只乌鸦，报喜报丧一肩挑。爷爷平常不骂人，骂人就是报丧，你会很难过的。爷爷这顿讥讽数落，洪水一样的，把表哥的心情彻底冲坏。我看他一言不发地离去，脚步沉重得要死，像只落汤鸡，鞋子里灌满泥浆。

我追出去，陪他一起走，想安慰他。我从他的脚步声中听出他的愤怒和痛苦，却不知怎么安慰他，啰里啰唆一通，感觉都是废话。开始他不理我，只埋头走，步子又快又重。后来他突然发火，先骂一句脏话，然后一口气骂道：

"全是神经病，把一个头号阶级敌人当亲人看待，简直瞎了眼！我看他们都中了毒，没有阶级立场，没有革命觉悟，最后必定要害人害己，害我当不成小队长，害你当不成红卫兵，害自己当反革命分子挨批斗。"

我的心情也一下子变得阴沉沉，像走在出丧的路上。我们默默地走在阒静的弄堂里，初升的月光把一边墙头照得灰亮，弄堂里却越发暗黑，几乎不大看得见路面，只听见我们交错的脚步声，一会儿咚咚，一会儿沓沓：咚咚是在青石板上，沓沓是在鹅卵石上。直到走出弄堂，踏上公路，我看到月光明亮饱满地铺在沙砾上，我们的脚步声也随之消失，像被月光收走。表哥这才开腔，对我说今晚要审问太监。

我问："胡司令不在，谁审？"

他说："当然是我们。"

三三

表哥说的"我们"是指红卫兵们，全体红卫兵，地点是在初三甲班教室里。因为没有在广播上通知，没有一个大人来，来的都是红卫兵和像我这样向往当红卫兵的革命少年，另有一些来凑热闹的小孩子。我们到的时候红卫兵们已经满满地坐在教室里，小瞎子站在讲台上，正在对大家讲话。教室外，窗门前，挤满像我这样的人。因为来得迟，我挤不到窗前，听不清小瞎子在讲什么。

突然挤在窗前的人嗡一声散开，都往教室门口挤。原来是上校被押来了！他在我们一群准红卫兵的夹道簇拥下，由肉钳子和野路子押进教室。一进教室，口号声拔地而起，都是老一套的一长串"打倒"。虽然人没有以前多，但声音挤在教室里，感觉比以前还要热烈，还要震耳朵。

趁红卫兵喊口号时，我们又重新抢位置。

这回我占到好位置，就在窗洞前，可以清楚地看到教室里每个角落，听到里面每个人讲话。我注意到，上校明显瘦了，额头和眼睛显得更大，但不亮，没光。他平时眼睛和额头亮亮的，会发光，现在额头上有一团像梅花的黑印子，看上去灰头土脸的。后来我发现其他好多地方——手背、手臂、下巴、白汗衫的胸前、肩头、背上，都有这样一朵朵黑梅花。

我知道这是猫爪印。

其实，他穿的白汗衫除了领子和袖口还有些白的模样，其余部分都黑不溜秋的，都是黑煤灰和猫爪印。这会儿他手被反剪着，站在讲台上，黑板前，像刚从黑板里钻出来的。黑板上，用红白

89

双色粉笔写着一排空心大字：

蒋正南批斗会

蒋正南大概是上校名字吧，我不知道，应该是的吧。但自始至终，七嘴八舌，没有谁叫他名字，更没有人叫上校。大家叫他太监、狗东西、狗特务、纸老虎、死老虎等等。人多嘴杂，五花八门，叫什么的都有，总之都很难听。因为人多，也因为小瞎子没有独立主持过这种会议，更是因为小瞎子没威信，批斗会开得乱得很，开头就乱糟糟，人人争先恐后站起来责问上校这个那个问题，他不知该回答谁。小瞎子要求一个个来，但没人听他。小瞎子没威信的，大家瞧不起他，以前听他是因为有胡司令替他撑腰，现在胡司令不在场，没人把他放在眼里。野路子甚至当场跟他顶嘴，吵起架来。他觉得没面子，一气之下取消会议，自己一个人把上校带走，好像上校是他的俘虏。

小瞎子押着上校走出教室，我们随即蜂拥而上，把他们围住，挡住去路。小瞎子嚷着要我们让开，赶上校走。上校却不走，故意停下来，回转头对小瞎子讲：

"我要回家。我衣裳太脏了，要回家换衣裳。"

"回家？"小瞎子刚跟人吵完架，正在气头上，要发泄，听上校这么乱讲，狠狠推他一把骂：

"回你的坟墓去！"

"回坟墓也要换衣裳。回去问你爹，人进坟墓前是不是要换套干净衣裳。"

"你要换的是心！"小瞎子照旧恶声恶气骂，"你心里全是反革命思想！"

上校本来还想跟他争辩，猛然看到我，便不理他，径直走到我面前对我讲："回去跟你爹讲，我要换套干净衣裳，他知道我衣服放在哪里。"一种命令的口气，好像我父亲是他亲兄弟。

我满脸通红，心怦怦跳，好似被人当场抓住罪状。我想说："我才不干。"但张不开口，好像嘴巴被上校的目光封住。他眼睛一直紧盯我，我又看见熟悉的亮光射出来，刺得我眼睛和嘴巴张不开。我几乎有种晕眩的感觉，想逃走，想钻地缝。好在小瞎子及时发话，一时替我解了围。

小瞎子对我讲，阴阳怪气地："好吧，我同意你去替他拿衣服，反正你爸也没有阶级觉悟，同他沆瀣一气——"这词胡司令在批斗会讲过，否则他一个留级生，懂得屁！"穿一条裤子，互相帮助是应该的。"顿了顿又作补充，不准我父亲来学校，"他来总坏我们的事，昨天晚上要不是他带人来救这狗东西，他早该投降了。"

这哪是解围？这是雪上加霜，痛打落水狗。我更加羞愧，虽有一百个念头，有千言万语想讲，想骂人，想打人，想……却没有选择，只是一声不吭，缩着身子，垂落着头，灰溜溜地走了。我感到，背上负着一千斤目光，两条细腿撑不住，在打战。我第一次认识到，羞愧是有重量的。

三四

父亲去上校家取来衣服,又备上一瓶清凉油、两包烟,一一塞进我书包里。父亲替我把书包盖子盖好,嘱咐我快去早回。我没有听他,反而走远路,绕到七阿太的小店,叫上矮脚虎陪我。我发现,羞耻心让我变胆小了,我不敢一个人去学校。

我们来到学校,很意外,门口居然没有放哨的——是临时脱岗还是拆了?不知道。走进大门看,操场上没有一个人影,教室没有一个窗户亮灯,整个学校又黑又空,落寞得有些冷酷无情,像刚被大火烧过。

"怎么没有一个人?"我问矮脚虎。

"一定都回家了,"他说,"谁愿意跟小瞎子做事嘛。"

"可胡司令就是喜欢他。"我说。

"你知道为什么吗?"他说,"因为小瞎子给他买烟,他抽的烟都是小瞎子买的。"

"不会吧?"我有点怀疑。

但他十分确定,用"亲眼看见"和"两次"来作证。他家开着村里唯一一爿小店,完全有资格确定。于是,我更加不喜欢胡司令了。我有种受骗的感觉。这种感觉会拐弯的,转眼拐到上校身上——我突然对他生出一种同情心。我甚至懊悔这两天来一直没有同情他,包括替他拿这衣服,刚才我还觉得是件羞耻的事,现在一下子感到理直气壮。我紧紧搂着书包盖子,唯恐衣服跑出来,丢了,一边加快步伐,希望尽快把它们送给上校,让他穿上身,别再那么脏兮兮的,像个叫花子。

四周一片黑，也没有人可以问，我们不知道上校在哪里，只有先去柴屋看看。

柴屋门稀开着，一只白脸黑狗在偷吃上校吃剩的饭菜，我们的到来把它吓跑了；它冷不丁从黑屋子里蹿出来，也把我们吓了一大跳。它没跑远，还惦念着吃剩的美餐，贼溜溜地盯着我们，似乎知道我们要走。矮脚虎抄起一根木棍朝它迎上去，要去报复它刚才对我们的惊吓。

矮脚虎所以叫矮脚虎，就因为胆子大，不怕天不怕地的，连响尾蛇都敢捉，更别说一只狗。他追出去几十米远，一直追到狗急跳墙，翻出围墙逃走为止。回来时他对我说，他已经知道上校在哪里，原来他刚才看见教室那边有个窗户亮着灯，就是校长办公室，现在是胡司令办公室。

他说："一定是小瞎子在审问他。"

我说："也可能在打他，胡司令走之前交代过，如果他不老实可以打他。"我照搬爷爷的话说，"上校这人什么都会，就是不会老实。"我真担心上校不老实，被黑心的小瞎子毒打。我真的越来越同情他了。

办公室的门可能开着，至少没关紧，他们讲什么我们老远都听得到，一问一答，一清二楚。上校今天好像比较老实，小瞎子问什么他答什么，并不抗拒。他们讲得很有意思，我们不由自主放慢脚步，敛声收气，悄悄靠拢。

教室楼是个扁长的凹字形，中间有一条长走廊，走廊上立一排青砖柱子，上面刻满各种骂人的话和下流话，每年校长总派人用石灰粉涂那些脏话，柱子便是半青半白的，月光下白的发亮，青的发黑，是黑白分明的样子。校长办公室在走廊尽头，我们从最后一根廊柱处踏上走廊，果然发现他们没有关门，门前走廊上铺了一长条亮光。我们不敢往前走，怕被发现，索性退到廊柱后，席地而坐，专心偷听起来。我们听得津津有味，有些问题小瞎子简直是帮我们问的。

第八章

三五

"据我们得到的情报,"是小瞎子的声音,"你每年都能收到一大笔特务经费,你经常外出就是去跟特务接头。

"臭死了!臭死了!"上校的声音明显比小瞎子大,清爽,"这么臭的屁只有要死的人才放得出来。我再次告诉你,我不是特务,也从来没见过什么特务,更没有拿过什么狗屁特务经费。"从声音判断,上校应该是向着门坐的,小瞎子是背对着门,也是背对着我们。

"那凭什么你从来不干活日子还过得那么好,你的钱从哪儿来的?"

"谁说我不干活,我干的活多着呢。"

"我从没有见你下过田地,你家连农具都没有。"

"难道只有下田地才叫干活?你爹下过田地吗?不是照样挣钱。"他爹是瞎子,两眼一抹黑,出门挂棍子,屁事做不来,靠一张嘴巴挣钱。

"我家没有钱。"

"没钱怎么养大你的,你喝西北风长大的?"

"我吃的还没你的猫好。"

"我吃的也没我的猫好。"上校好像在笑,"像你爹把好吃好喝都留给你一样,我也把好吃好喝的都给了猫。"

"你为什么要对猫这么好?"

"像你是你爹儿子一样,猫是我儿子。"

"我爹靠给人算命挣钱,你靠什么?"

"你看桌上那只皮包,是我的,你们要还给我,我就靠它挣钱。"

"里面是什么?"

"你可以打开看。"

"这是什么东西?"

"这就是我的'农具',我就靠它挣钱,替人开肠破肚,治病救人。如果我是什么狗屁特务,这包里藏的应该是手枪、子弹、匕首,知道吗?"

"你可能藏在家里,那些东西。"

"你可以叫人去查,如果有那些东西你枪毙我好了。"

"我们会去查的,等明天胡司令回来就去查。"

"最好现在去查,查了没有的话就放我回家。"

"别做梦,今天你就老老实实接受我的审问。"

"我可以老实回答你所有问题,但你得给我松绑。"

"又想耍花招是不是?别敬酒不吃吃罚酒。"小瞎子好像端正了一下坐姿,椅子发出痛苦的呻吟,吱吱的,"坦白从宽,抗拒从严!老实告诉你,胡司令专门交代过,你要不老实我可以打你,不犯法的。"

"首先我没有不老实，我只想好好回答你问题，但我手痛，精神集中不了，无法好好回答问题。其次你想打就打吧，也不是没挨过打，反正你要我回答问题必须给我松手，这是条件，再说这也是你同意过的。"

"放屁！我什么时候同意了？"

"你不是叫人去给我拿衣服了，同意去拿衣服就是同意我换衣服，同意我换衣服就是同意给我松绑，我总不可能这样绑着换衣服吧。再说了，我还要去上厕所，你总不能不让我去上厕所吧，昨天你们司令也是让的。"

三六

啰唆很久，在上校保证绝对不逃跑的情况下，小瞎子总算同意给他松绑，并亲自押他去厕所。从开始松绑到他们出来，我们有足够的时间避开，躲在就近的一个教室里。教室里一片死黑，我心里更黑。我在想两个问题：

一个是表哥他们呢？如果普通红卫兵走掉可以理解的话，表哥、肉钳子和野路子他们不该走的，他们是小队长，怎么能随便散伙，明天胡司令回来怎么办？一定要挨骂的。事后我了解到，他们没走，这会儿正在食堂厨房升火煮肉，为丰盛的夜宵忙碌。胡司令他们在这里天天熬夜，当然要吃夜宵，现在司令不在，他们要趁机尝尝司令的待遇：开会、审人、吃夜宵。为此，小瞎子威逼一个地主婆送来一挂腌肉和一袋笋干，肉钳子从家里偷来一大茶缸土烧酒,准备审完上校后好好庆祝一下。

再一个是,上校会不会趁机逃跑?他要跑小瞎子一人肯定对付不了。小瞎子是心黑,虚伪,鬼点子多,好出风头,真正要跑啊跳啊打架啊,苍白得很,怎么可能对付人高马大的上校?让他单独对付上校,一只脚都对付不了。我一边希望上校逃,一边又担心他逃,很矛盾,心里一团黑。我问矮脚虎,他觉得这样听他们审问蛮有意思的,所以不希望他逃。

上校说话算数,没逃,跟着小瞎子回来,又去了办公室,路上还在惦记我怎么没来。等他们回去坐下,我们又回到老地方偷听。因为躲在教室里听不到他们讲话,我们也不敢紧跟着出来,所以开始有几句话没听到,听到的第一句话是上校在讲他累了,想抽烟。小瞎子说他没烟,上校讲他皮包里有——

"包里香烟火柴都有。"上校的声音确实有点疲倦,好像刚才在厕所跟小瞎子干过一架似的,"你给我看看,如果包里没烟,指明你的司令是个贼骨头,连香烟都要偷。这皮包一直在他手上。"

"闭嘴!这不是烟嘛。"

"给我,你们总不能没收我的烟吧。"

"给你,谁要你的臭烟。"

"是香烟,怎么是臭烟。"我听到上校发出熟悉的笑声,"俗话说烟酒不分家,你也来一根。不会抽?男人要学会抽烟,抽烟的男人更像个男人,好像女人头上插一朵花,那就更像女人啦。"

"你还男人呢,裤裆里都是空的。"

"除非你跟你爹一样是个瞎佬,不然你睁开眼看看,我这裤裆是空的?掏出来,我这家伙只会比你的大。"

我们不知道上校有没有掏那东西，从后面的话分析应该是没有。但审问从此变得越来越有意思，开始吵架，出现一些火药味，后来又开始讲一些不堪入耳的东西，带腥味的，把小瞎子弄得狼狈不堪。

"大怎么了，"小瞎子说，"谁不知道那是假的，是根橡皮柄，没屁用场的。"

"要我用给你看？哈哈，找个人来。"

"找什么找，死太监！找你自己吧。"

"你才死太监！长这么大连女人的手都没摸过吧。我在你这么大时身边女人一大堆，想操谁就操谁。"

"结果被人割了鸡巴，只能当死太监，连撒尿都得脱裤子，跟老娘们一样罪过。"

"罪过的是你，有人生没人养，靠吃羊奶子长大。"上校抽了烟，好像精神头十足，声音变得亮堂，话一句接一句，像算珠子一样噼里啪啦响，"别以为扎个红袖章就上天了，村里最罪过的是你，有爹没娘，吃了上顿没下顿。不瞒你讲，回去可以问你爹，我可没少接济过他。做人要讲良心，我对得起你家，你不能对不起我，讲瞎话，诬陷我。我怎么可能是特务？老保长不是讲了，我救过共产党的一个大领导，大领导也救过我，否则我现在可能还在坐牢。"

"你为什么要坐牢？"

"因为当过国民党啊。"

"这不就对了，你是国民党所以要接受我们审查。"

"好，审吧，查吧。"上校声音突然变得含糊，好像嘴里含着什么，该是叼着烟吧，"反正我也不想回那鬼地方去，简直像个茅房。"传来嚓的一声,应该是在点烟,"太臭了!我宁愿待在这里。嘿,只要有烟抽,"确实是在点烟,"我可以陪你讲到天亮,你有什么都可以问,我什么都可以跟你讲,包括你爹和你妈的情况。"

三七

这个不用上校讲,我们都知道,小瞎子是独养儿,无兄弟,没姐妹,家里只有他一个孩子——这叫独养儿;如果是女儿,就叫独养女。我们村虽然人多,但这样独根独苗的人还是很少,我印象全村好像只有他一个。当然,野路子不算,野路子是外头领来的,他妈是一只石鸡,下不了蛋。

其实,小瞎子连亲妈都没有,他妈在生他前就跟人跑掉了——谁愿意嫁一个瞎子嘛。听说他妈长得有点好看,一张桃子脸,圆圆的,眉毛浓浓的,嘴唇嘟嘟红。我没见过——连小瞎子本人都没见过,我怎么可能见?我是听说的。我还听说,他妈是被骗来的,相亲时见的是小瞎子叔叔,瞎佬弟弟,进洞房时也是弟弟。两兄弟长得像,声音也差不多,关了灯,弟弟出去,哥哥进来,黑灯瞎火,新娘子只能当傻子。

爷爷讲:"这是个天大的阴谋,观音菩萨都要上当,别说一个新媳妇。"用老保长的话讲,新媳妇进洞房哪个不慌里慌张的,又没个灯火,谁分得清谁?只要不是野人,身上长满毛,调谁去也分不清。

第二天早上,小瞎子他爹醒来,呼天抢地地哭,说是过了一夜洞房，眼睛看不见了，瞎掉了。开始他妈蛮相信，跟着哭，后来四方给他寻医生看病。当然看不好，瞎佬生出来就是大瞎子，现在又是大骗子，骗到一个嘴唇嘟嘟红的老婆。如果弟弟不回来，女人应该永世是瞎佬的。但弟弟不可能不回家，他只是被村里派去江北修北渠，眼看嫂子已经身怀六甲，生米煮成熟饭，斗着胆子回来，见了嫂子一口口叫。叫得声音响响的，味道甜甜的，好像这样叫叫就可以消除嫂子的疑心。

怎么可能？你从小瞎子满肚子的鬼主意看，可以预想他妈不可能是个大笨蛋，小笨蛋也不是。村里人讲，他妈是只笑面虎，聪明得很，表面上什么也不讲，背地里却什么都做。她一边跟一个经常来村里卖麦芽糖的货郎偷偷在田野里滚稻草堆，一边把瞎佬给人算命挣来的钱都骗到手。钱骗完后，她去公社医院配回来七粒药片，一天夜里，她把药片全部丢进一锅稀饭里。这天夜里瞎佬一家人呼呼大睡，像一窝死猪，天上打雷都吵不醒，因为那些药片是安眠药。

爷爷讲："最毒妇人心，女人坏起来是个无底洞。"

就在这天夜里，在一片雷雨声中，她像一道闪电一样消失，从此无影、无踪、无音。然后一天夜里，她又像只蝙蝠一样，趁着漆黑鬼鬼祟祟潜回村里。你不知道她来做什么，反正没找任何人，也不偷东西，像个迷路的孤魂野鬼，空落落地在村里转一圈，又走掉，神不知鬼不觉，只有天知地晓。

半夜里，瞎佬被一个婴儿的哭声吵醒，他就是小瞎子，是被裹在襁褓里丢在瞎佬家门口的。襁褓里塞着一张纸条，写着小瞎子的生辰八字，另有一句话：瞎佬，这是你的种，你养大他，好给你送终,他妈已经死了。

从那以后,没有人再见过这女人,好像真的死了。

小瞎子靠喝羊奶长大,却成了一只披着羊皮的狼。

三八

椅子叽哩嘎啦一阵响,好像挨了一顿揍,哭了一场。你不知道小瞎子在做什么,好像是起来一下后又坐下,坐得屁股疼,在反复调整坐姿。终于,椅子安静下来,小瞎子以一种严正警告的口气审问上校:

"现在我问你,你跟老保长到底是什么关系,必须说实话!别耍滑头,否则别怪我不客气。"

"这有什么好耍滑头的,村里人都知道我年轻时不懂事把他的女人睡了,然后就结下冤仇。"

"可他昨天明明帮你说了很多好话,而且专门讲你没睡他女人。"

"谁会讲自个女人被人家睡了?人都是要面子的。他昨天表面上是帮我讲了些好话,实际上是为了自己面子,用好话来掩护他的假话,把我讲成太监。这是对我莫大的污辱,只有对我有深仇大恨的人才会这么污辱我。"

"村里人都讲你是太监。"

"现在你还讲我是特务呢。"

"难道不是吗?"

"当然不是。"又是嚓一声,"人家讲你是小瞎子难道你就是瞎子了?人言可畏,人心叵测啊!有些人的心是黑的,存心用来害人,有些人的嘴是专门长来放屁造谣的。我这人就是爱逞强,得罪了一些人,所以被人造了不少谣。但是天知地知,我不是特务也不是太监,就像你不是瞎子一样。我是个堂堂正正的男人,抽烟喝酒,嫖娼赌博,打架斗殴,年轻时候我样样都在行。现在年纪大了,世道也变了,嫖赌的事情戒了,打架也打不动了,但还是堂堂正正的男人。"

"别装蒜了死太监,什么堂堂正正,你以为我没看见,刚才你去撒尿我亲眼看见你像个老娘们一样蹲在那儿撒尿,这叫堂堂正正吗?"

"我在拉屎,难道你是站着拉屎的?"

"拉屎怎么没擦屁股?"

"我没纸怎么擦,用手指头擦?那不如不擦。你没闻到屎臭味吗?就因为我没擦屁股知道吧。嘿,亏你讲得出口,偷看人拉屎拉尿,你是不是经常看人拉屎拉尿,而且专看女人的是不是?下流,真下流!今天我告诉你一个人生大道理,是男人总是欢喜女人的,但女人喜欢男人风流,而不是下流。什么叫风流?我就叫风流,我年轻时身边女人一大堆,现在也是想要就有。"

"吹什么牛皮,老婆都没有一个还一大堆女人。"

"有老婆怎么风流?警察整天守着你怎么去干坏事?老实同你讲,我为什么当光棍,就是要自由自在,不要人管。我风流成性,改不了,天生是一个光棍命。因为没老婆就讲我是太监,真是天大的笑话,国际笑话。好吧,就算我是太监,难道这也要审问?

难道这也是政治问题？"

"那就审审你的政治问题。"

"我没有政治问题，我相信你问到最后只会还我一个清白——我不是特务。我以前确实当过国民党，但现在绝对不是国民党特务，不是反动派。我拥护共产党，拥护毛主席，拥护新中国。为了保卫新中国我还去朝鲜打过仗，抗美援朝，立过一等功，当过英模，在全国四处演讲呢。"

"你就吹吧，可最后怎么被吹回老家了？"

"因为我没管好这家伙，犯了生活作风问题。总之，我没有政治问题，我如果有问题就是生活作风问题。今天你们因为我生活作风问题关我批我，我服气，要是其他问题我不服气的。"

"那讲讲你的生活作风问题。"

"这就多了，你想听什么，从前的还是现在的？就怕你不敢听，听了也听不懂。你可能看过女人的屁股，但见过奶子吗？像南瓜一样的大奶子，还是像梨子一样的小奶子？还是像布袋子一样的老奶子？见过吗？见过又摸过吗？摸过又亲过吗？亲过是什么感觉？亲过后是……"

"闭嘴，你个下流坯！"

"你看，我刚开讲你就受不了了……"

我们也受不了，坐不住，像坐着的水泥地上在冒热气，浑身燥热，心脏从胸膛里往喉咙里钻，喉咙里像塞着块烧红的烙铁，口水咽下去，吱吱冒气，当然就想咳嗽。这不，我和矮脚虎几乎同时站起来，想忍住咳嗽。

我忍住了，矮脚虎没忍住，索性溜了。

我不跑,我是来送衣服的,有什么好跑的。

小瞎子从屋里冲出来,冲着走廊大声嚷嚷:"谁?谁?谁在外面?"像条看家狗,汪汪叫。见到我,起头把我当贼看,凶巴巴朝我扑上来,似乎想咬我一口。但看到我手上拿的衣服,像狗看见肉包子,一把夺过去,训我:"你怎么才来!"我想解释他又不要听,抢着责问我:

"你刚才有没有在外面偷听?"

我当然说没有,撒谎谁不会。

上校在屋里叫我,小瞎子可能担心他再叫我做事,不啰唆,赶我走,好像猜到我想留下来偷听似的。我不知道接下来会发生大事情,走了就走了,没遗憾。即使他不赶,我也觉得该走了,因为蚊虫实在太多,咬得我浑身瘙痒。刚才我不敢挠,回家的路上我使劲挠,越挠越痒,越痒越挠,挠得手臂上、脚关上都是红疱子和血印子。睡觉时爷爷发现我身上这些红疙瘩,连忙拿来杨梅酒给我擦身子,一边数,总共数出二十七块红疙瘩,简直是遍体鳞伤啊。

爷爷讲,大多数蚊虫到寒露节气就要死掉,寒露寒露,蚊虫无路,指的就是这意思。但叮过人、吃过人血的蚊虫,精气足,头脑灵,变得聪明,到了寒露时节会寻个暖和的地方做窝,睡大觉,养精蓄锐。这样就可以熬过三九严寒,死不了,变成蚊虫精,来年继续作威作福。我想,我和矮脚虎今天至少让几十只蚊虫都变成了蚊虫精,明年说不定还要再来吃我们的血。

第九章

三九

记忆里,我从来没有上楼同父母睡过觉。我陪爷爷睡觉,睡在一楼厢房里,东厢房,一向如此。东厢房对面当然是西厢房,是我们家吃饭的地方,中间有一个小天井。天井南面直通大门,北面连着前堂,前堂里面是退堂。退堂是烧饭和上楼以及去后院的地方,开有后门后窗;后门出去是猪圈、柴屋,我的兔子就养在那里;后窗下是一只大土灶,对着一架木楼梯;楼梯贴着前堂板壁,有人上下楼时吱嘎吱嘎响,像部风车。前堂是祭祖的地方,板壁正中以前挂的是我爷爷父母的画像(我叫他们阿太),现在挂的是毛主席像,下面横着一张长条阁几;阁几上以前摆着祭祀用的东西,现在有的被母亲收起藏好,有的被红卫兵缴走,不知去向,也许是烧掉了。

我很少上楼,但也总是上过。我知道,退堂楼上没住人,住的是老鼠,因为谷仓就在那里。当然老鼠最后都不会有好下场,父亲在那儿埋着两副捕鼠夹,夹子里撒着比谷米更香的黄豆,黄豆说:老鼠,你来吧,来了就夹死你。东厢房楼上——即我和爷爷楼上——

以前住着大姐,现在住着大哥;父母住在西厢房楼上。前堂楼上一半是过道,一半是房间,以前住着大哥和二哥,现在基本空着,因为大哥搬走,而二哥很少回家。如果要看后山只要去退堂楼上,打开窗户,后山几乎伸手摸得到。爷爷讲,他小时光住在西厢房楼上,爬上窗台,找一个角度,可以远远看到前山和溪坎。现在什么也看不到,都是墙角屋檐,挡着堵着,前山的风都吹不过来。

前山我是不大去的,太远,溪坎我是天天要见到的,去上学也好,放学去田地里割兔草也好,绕不开的。夏天,我有时整天泡在溪坎里,游水,摸鱼,拔水草。溪坎有名字,叫大源溪,顾名思义水源是充足的,因为前山像海一样大嘛。山水山水,山水是连着的,海大的前山连的必定是"大源",不会是"小源"。冬天,溪流瘦弱得病恹恹的,但一开春,溪水便一夜夜涨,到夏天甚至经常发洪水,湍急的溪流裹挟着连根拔起的树木、毛竹、各种庄稼,浩浩荡荡奔腾着;奔走不了几公里,汇入富春江。如果富春江发洪水,江水倒灌,溪水就会越过溪坎,顺着弄堂,挨家挨户乱串门。

爷爷讲,富春江里有大鱼,民国一十二年,富春江爆发百年不遇的洪水,村子里水深一米多,可以撑船;洪水退走时,他在我家楼梯下逮到一条七十八斤重的大白条鱼。那鱼立起来比我奶奶还高,躺在地上一身白亮,把整个灶屋都照亮。但这是一个阴谋,不等家里人把鱼吃完,我奶奶的寿命已经走完。爷爷讲,这鱼是阴府派出的考官,专门来考他的!他考败了,吃了鱼,丢了奶奶。从那以后,他在前堂摆设香炉、烛台、关公像,祭祖拜神,消灾辟邪,直到红卫兵把这些法器抄走。后来我家的日子越过越晦气,惹出一堆事,可能跟这个有一定关系吧。

因为祭祀要用，前堂固定有一套桌凳，桌子是一张八仙桌，凳子是三条长板凳，两张太师椅，正中摆放。平时，我经常在八仙桌上做作业，爷爷在厢房里睡午觉，打呼噜我听得一清二楚，我读课文也会吵到他。所以，每次爷爷睡午觉前，只要看我在那儿做作业，总交代我只准写字，不准读课文。晚上也是这样，睡觉前爷爷总会去前堂看看，如果有人他一定要赶走。除非你是一个人，除非你们保证不出声，讲悄悄话。

爷爷讲，我睡觉像死猪，雷都劈不醒，他睡觉像松鼠，掉一片树叶都会醒。

但这天夜里，"死猪"却"活"了。我是说，这天夜里，我半夜三更醒了。

四十

不知是身上痒的缘故，还是月光太亮，照到我眼睛，总之我一下醒来。先是朦胧听到有人在嘀咕，后来听到有人在哽咽，呜呜咽咽的，时有时无。听见这呜咽声，我像着了火，一下坐起身。我这才发现，床上只有我一人，爷爷已经不知去向。门稀开一条缝，切进来一路月光，仿佛爷爷乘着月光走了；同时那个呜咽声也一同被月光照亮，满当当地挤拥在我心里：恐惧、好奇、刺激、紧张、混乱的感觉，在黑暗和呜咽声中左冲右突，起伏跌宕。

是谁在哭？

一个男的。

一个大人。

但不是我父亲，也不是爷爷，更不像大哥。

是谁？强大的好奇心战胜恐惧，我悄悄下了床，一步一步，猫一样轻悄。门缝够宽，我可以轻松侧身出去，然后如临深渊地循着声音去。声音来自我家退堂，灶屋里，最避人耳目的地方。谁干吗半夜三更躲到那鬼地方去哭？四处没有开灯，我从月光里朝黑暗的前堂深处走去，什么也看不到，一片乌黑，那呜咽声仿佛也变得乌黑，像鬼在哭。他的声音我似曾相识，又像被黑夜包裹着，使我无法辨识。只有一点很清晰，很奇怪，就是他好似不会哭，又好似不敢哭，不肯哭，哭得乱七八糟的，时而呜呜咽咽，泣不成声，时而哼哼唬唬，怒气冲冲。

他到底是谁？我有种要裂开来的痛快和痛苦。

门关得死死，我当然不敢闯进去看，但我知道阁几一头有个破洞（其实板壁上有多处缝隙和孔眼）可以看到退堂。我蹑手蹑脚走近阁几，找到那个破洞。巧得很，我眼睛刚凑上去，只听里面嚓一声，一支火柴像闪电一样撕破黑幕，又比闪电持续更长时间。在火柴熄灭前，我已完全看清楚：点烟的是爷爷，正对着我，缩手蜷脚地坐在炉膛前的小板凳上，一脸肃穆、在行大事的样子；一个高大的人背着我，偻着腰，身子前倾，半个屁股坐在方凳上（母亲经常坐在上面一边守着饭菜一边纳鞋底），双肘撑在灶台上，两只手抱着耷拉的脑袋，肩膀一耸一耸的——就是这个人在呜呜，悲痛得不成样子了，散架了，上半身几乎瘫在灶台上。我也看到了父亲，他盲目地傻傻地站在那人身边，是一副累极的样子，也是丧魂落魄的样子。

这人是谁?

在火柴熄灭前的一刹那,我从衣服上一下认出:他是上校!他穿的是我晚上送去的那件白汗衫,背上印着一个大大的红号码:12。

我记得清楚,父亲交给我这件汗衫时,爷爷曾责备他,夜里蚊虫多,应该拿件长袖衬衫才对。父亲解释,这衣裳是上校母亲从普陀山寺院里请来的,或许有法力,可以保佑上校平安。我敢断定这就是我给上校送去的那件衣裳,如果不出意外穿它的人当然是上校。

可是……可是……上校怎么会变成这个样子?他跟我心目中的上校完全不一样,颠倒不像!黑白不像!我心中只有一个上校,腰笔挺,大嗓门,风趣爽朗,胆大勇敢,天塌下来都不怕。即使给我一百个上校,我也想象不到这个样子的上校:这么伤心的样子!这么委屈的样子!这么狼狈的样子!

这真是上校吗?

是的,错不了,衣服是他的,声音是他的,背影也是他的。

四一

到底出了什么事?

我第一想到的是猫,猫出事了,跑了。不,是死了,跑了应该大家去找才对。不,死了猫也不至于这样子,这是天塌下来的样子!再说,死了猫小瞎子也不会放他出来。于是我想到他那个白发苍苍的老母亲，会不会是她死了？老太婆病病歪歪的，还整天不着家，四方八远烧香拜佛，神神叨叨的，是快死怕死的样子。

想到这里，我心头反而松宽下来，因为这跟我家没关系。我愣着，想着，一红一黑的烟头，像鬼火，一呜一咽的声音，像鬼哭。如果真是那个叨老太婆子死了，村里倒是少了一个多嘴的人——她有些爱多管闲事，平常看见我们调皮捣蛋，不是横加指责就是念阿弥陀佛吓我们。我胡思乱想着，不知道到底发生了什么事，也不知道接下来还会发生什么事，只希望有人出来发话，尽快给出我一个答案。

爷爷像摸到我心思，咳嗽一声，发话，声音里没有一点感伤和迟疑。"不走笃定死路一条。"爷爷讲，是长辈老子的口气，带着见多识广的权威和坚决，"要走得尽快，必须在天亮前走，晚了就走不成了。"

接着是父亲的声音，低落、沉缓、落寞的，仿佛掺着上校的泪水。"是的，走吧，死在这小畜生身上值不得。"父亲想拉上校起身，上校却不配合，不动，赖着，像被灶沿吸住似的。

爷爷立起身，催促道："赶紧走，还要收拾东西，不能耽误了。"一边也过来拉上校起身，"快起来，走了。"

上校似乎刚从梦中醒来，丢了魂似的站不稳，一边机械地呢喃着："走？去哪里？"声音嘶哑、胆怯、茫然、孤苦。这哪像上校，平时他总是给别人解决问题，排忧解难，教人这个那个，有时气定神闲，有时神气活现，现在却这般怯懦惶惶，无头苍蝇一样。

爷爷讲："天下那么大，哪里不能走，非要走一条死路。"

父亲讲："你外面朋友那么多，哪里不能去，去哪里都比在这儿等死好。"

爷爷对上校讲："快走，没时光耽误了。"

爷爷对父亲讲："拉他走，天亮就走不成了。"

我从爷爷红旺的烟头中依稀看到上校被父亲拉起身。我知道他们要出来，连忙回到厢房，闪在门后躲着，这样可以正面看到他们出来。不一会儿，他们果然开门出来，从黑暗里走出来，穿过整个前堂，踏入天井，溶进月光里。月光又冷又亮，我看到父亲拽着上校手臂，牵着，爷爷在后面押着，赶着，有时推着，不准他停下来。就这样，上校亦步亦趋跟着父亲，耷拉着脑袋，佝着腰，僵手僵脚的，深一脚浅一脚的，停停走走，向大门移去，挪去。出门时他双脚甚至连门槛都迈不过，差点被门槛绊倒。他像一下子变成比爷爷还要老迈的老头子，像发生的事情把他迅速报废了。

这是我在村里最后一次见到他，月光下，他面色是那么苍白凄冷，神情是那样惊慌迷离，步履是那么沉重拖沓，腰杆是那么佝偻，耷拉的头垂得似乎要掉下来，整个人像团奄奄一息的炭火，和我印象中的他完全不是同个人——像白天和黑夜的不同，像活人和死鬼的不同，像清泉和污水的不同。

走到门口，我已经看不见，却听见他们停下来，讲起来——

爷爷讲："走啊。"

上校讲："我的猫呢。"

父亲讲："猫好着，放心，我会给你管好的。"

上校讲："我要带走。"

爷爷讲："这个不行。"

父亲讲："你带走猫就指明你来过我们家。"

爷爷讲:"是啊,别为了你的猫让我们去蹲牢房。"

父亲讲:"你放心好了,我一定管好你的猫,以后有机会再给你送去。"

爷爷催促道:"别磨蹭了,快走!"

我听到上校又悲悲泣泣起来,好像还想在门口坐下来,被爷爷一声喝:"走!"

父亲和爷爷的态度坚决而强硬,像训小孩子一样,不准他出声,不准他磨蹭,果断地又拉又推,又催又逼。然后我听到父亲和他的脚步声响起来,渐渐走远。

爷爷没有马上回来,逗在门口抽了一支烟,大概是观察一下的意思,也是安一下心的意思。等他回来,看到并知道我刚才一直在偷听偷看,他安下去的心瞬间又腾沸起来。长这么大我没见过爷爷对我发这么大火,他一直很宠我,不像父亲,会打我骂我。在我挨打受骂的屈辱史上,爷爷扮的一向不是凶手,凶手总是父亲,母亲有时是帮凶,而爷爷总是保护我,安抚我,是罩着我的大佬的角色。

但这回,爷爷干脆利落地出手了,狠狠扇我一巴掌,压着嗓门对我怒吼:

"听着!你给我记牢,你什么也没有看见,你做梦了!"

我没明白爷爷的意思,傻乎乎地强调我确实看见了。我的愚蠢激怒了爷爷,他一把揪住我耳朵,穷凶极恶地警告我:

"把它全忘了!忘得干干净净!像什么也没看见一样,知道吗!"

爷爷死死揪住我的耳朵不放,越揪越紧,要把它撕下来一样。

我大声叫痛,他依然不松手,骂我:

"痛算什么,如果你不把它忘掉是要死人的,我们全家人都得死!"

我知道出了大事,可我对它一无所知,已知的——看到的、听到的——也都要忘掉,忘不掉要死人,全家人都要死掉!我吓坏了,不知道到底发生了什么事,不知道怎样才能忘掉这些事。我为自己的鲁莽和无知感到羞愧,恨不得死掉。

四二

天蒙蒙亮,我被噩梦惊醒,发现爷爷又不在屋里,他坐在天井里,一根接一根抽烟,烟屁股散落一地,数不清。我知道他在等父亲回来,父亲却迟迟没有回来,直到一家人吃早饭时,总算回来,身上湿漉漉的,手上居然拎着两只灰毛野兔。父亲似乎很高兴,脸上难得地堆满笑容,立在门前,对我们大声嚷嚷:

"你们看,夜里我在后山放了两副枷,都有收成呢。"

这个位置,这么大声,用心是要让邻居听到。

我看出,两只野兔身上没有一处伤,它们可能是父亲在送上校不知去哪儿的回来途中从不知哪个猎人的手上买的。父亲这么刻意掩盖事实,让我更加确信爷爷对我的警告绝非危言耸听,我必须忘掉夜里所看到听到的一切,如果有人问我父亲昨晚去了哪里,我只能说他去山上狩猎了,什么上校的伤心啊,什么父亲送他走啊,什么爷爷的警告啊,我都没看见没听见没经历,那是我做的噩梦——以后很长一段时间,爷爷都再三这么警告我,叮嘱我,恨不得用烙铁烙在我心头。

可谁能告诉我到底发生了什么事?我觉得,这一夜,像一道黑色的屏障,把我和过去割开,现在的我满脑子是疑问,是恐惧,是孤独,是无助,是冤屈,是被黑暗的谜团重重包围的样子,是天塌地陷的感觉。我觉得自己像我养的兔子,被拔光了毛,一种大祸临头的兆头包抄着我,撕裂着我,随时可能爆掉,四分五裂。

谜底在两个小时后揭开,那时几乎全村人都蜂拥到学校,看小瞎子。干吗?他出了大事了,被人动了刀子,浑身是血,全身是伤。伤成什么样?舌头被割了,讲不成话了,成哑巴了;手筋也被挑断了,两只手僵掉,伸不直,十个手指头像鸡爪子一样合不拢,弯不起,报废了,完蛋了。

是老保长最先发现小瞎子被害的,他老光棍一个,一向不做早饭,早饭常常去凤凰杨花摆在祠堂门口的小吃铺买油条和煎包吃。当他经过学校大门时,发现门口不像前几天那样有红卫兵把守,就溜进去,想去看看上校,结果看到的是血淋淋的小瞎子,要死不活的样子,把他吓成一个话痨。

"啊哟哟,那样子真吓死人啊!"我曾多次听老保长这样对人讲,"我一踏进柴屋,一股浓烈的血腥味和屎臭味扑上头,像刚杀过猪。我想他妈的完蛋了,这样子,这个血腥糊臭的样子,太监八成是被打死了,不死也快死了,一定是七窍流血,屎尿都失禁了。屋里乌漆麻黑的,我都害怕往里走,怕一脚踏在尸首上。好在我摸到开关线,开了灯,看到风车边蜷着一个人,背朝我,一动不动,没反应,我大呼小叫也没反应。这时我想他十成是死了。真他妈的倒霉，大清早撞见死人。你们知晓太监这人，他对我不仁，但我不能对他不义啊，死了总要替他收尸。可走近一看，他妈的，我又吓一跳，原来不是他，是瞎佬儿子，小瞎子！当时他那样子真像是死翘翘了，吓得我根本不敢碰他，连忙出来报信。你们想，我碰了他，万一真死了，红卫兵找我算账怎么办？讲不清爽的。我活一辈子，什么兵都见过，最怕的就是红卫兵，横的不讲理，竖的不讲人性，叫你彻底没话讲，没理论。"

当然，其实没死，只是昏死，后来红卫兵赶来，把他抬到屋外，凉风一吹，阳光一照，他醒过来了。醒过来就嗷嗷叫，哇哇哭，叫什么谁都听不懂，只见叫一声嘴里冒出一口血；他不停地叫，血不停地冒，同时两只手跟鸡爪子一样乱抓乱舞，活脱脱一个僵尸吸血鬼，吓死人！

必须送医院，越快越好。

要快只有叫拖拉机送，但开拖拉机的师傅已经出工，要去田畈里找。消息就这样传开，等拖拉机开来时学校里已经乌泱泱的都是人，比开批斗会人还多，我当然是其中一员。老实说，看到小瞎子那鬼样子时，我马上想到这是上校下的手。只要有点常识的人都想得到，好多事实和关系明摆着的，用后来胡司令的话讲：上校作案的证据比比皆是。

首先，上校不见了，跑了，失踪了——胡司令讲，这是畏罪潜逃。其次，上校有作案动机，他恨死小瞎子——胡司令讲，因为正是小瞎子用"捉猫计"把他骗回来的。再次，老保长发现小瞎子时他是被绑在风车脚上的，而绑他那根绳子原来是绑上校的。表哥告诉我，为防止上校逃跑，只要关进柴屋，他们总是用那根绳子捆住他，然后再绑在风车脚上——胡司令讲，现在同一根绳子绑在小瞎子身上，这说明什么？很显然是他作的案，他作了案，逃跑了，这是一个铁证。

证据越来越多。

时近中午，医院传来消息，医生确诊小瞎子的舌头是人为割掉的，割掉小半截，割得整齐，并且专门缝了针，针脚也缝得整齐。手为什么僵掉？也是因为手筋被切断，切的位置很准，不上不下，不多不少，恰到好处。医生讲，人的舌头是血管最密集的地方，如果任伤口敞着，不缝针，病人可能因失血过多致死。总之，这不是一般人干得了的，得有专业的工具、知识、技术。无疑，这是又一个铁证！村里只有杀猪杀鸡屠牛宰羊的那些刀具，谁有这专门的工具、知识、技术？只有上校，人家是金一刀，一等一的外科医生，前半辈子是专业干这行的。

至此，胡司令完全确定上校是案犯，便向公安局报案，一边组织红卫兵抓捕上校。

公安局派出两名民警，带着村里十多位基干民兵，在村里村外找，家家户户查，山上山下搜。我们家是首先来的，一名民警和两个民兵，坐在前堂八仙桌前，找父亲和爷爷问了一通话。父亲不慌不张，有问必答，答的都是编的瞎话，却是有证有据：捕兽枷子、野兔子（有了血迹）、泥泞的鞋子（走过山路）、隔壁邻居和路人的证词，人证物证都有。甚至连兽证都有，就是上校留下的两只猫。

父亲引出两只猫，对公安民警振振有词："村里谁不晓得，这是他的心肝宝贝，他要是来过我家，这两只畜生早被领走了。"

爷爷接着父亲的话讲："他宁愿留下自己性命也不会愿意留下

它们。"然后排出一长串"所以","所以,依我看,他不是逃了,而是死了,至少是准备去死了,所以才不管它们了;所以,依我看,你们将来找到的只能是他的尸体了;所以,能不能找着他其实已无所谓了,因为反正死了。"

我躲在厢房里听爷爷和父亲讲,听得心惊肉跳,只怕民警发现破绽,也怕民警来找我盘问。好在民警和民兵都是大笨蛋,也是懒汉,他们喝着茶,抽着烟,楼上、猪圈、退堂这些可能藏人的地方都没有去查看,连身子都懒得动一下,问过,听过,就走了,好似十分信任我爷爷和父亲。

你无法想象,听到他们走后我激动得哭了。

这一天我哭了好几次,真是难忘的一天啊!

第二部

第十章

四三

这个夏天留下了一个血腥时间,也留下了一堆问题。

以后很长一段时间,我都在问同一个问题:上校为什么要那样做,既割小瞎子舌头又挑他手筋?割了就割了,怎么又给他伤口缝针?这似乎是矛盾的。问表哥,表哥总叫我少管闲事,不搭理我。表哥很怪的,自从小瞎子出事后像变了个人,不爱来我家,平时也不大爱抛头露面,整个人有点蔫掉。肉钳子也有这种倾向,不像以前那么活络。尤其提到小瞎子受害的事,两人一律沉默,躲开,避掉。他们好像为小瞎子的事伤透了心,悲伤的阴影叠着恐惧的心理,人像被霜打的嫩叶子,失去了往时的神气,幽暗下来。只有野路子,因为以前常受小瞎子排挤,吵过架,是不是有点幸灾乐祸?反正他一下冒出风头,是一枝独秀的样子,经常接受我们小孩子的追捧,我们问什么他都不避讳,敢讲,爱讲。他告诉我们,上校所以给小瞎子伤口缝针是怕他失血过多而死,死了就是命案,犯的是死罪。就是说,上校这样做是为自己留条活路,万一被抓捕归案,不会被枪毙,顶多判刑坐牢,不丢命。这是用心盘算过的,设计好的。

这见识深刻的，配得上上校的知识和聪明，我们信服。但针对上校为什么要割人家舌头又挑手筋这问题，他却是深刻不下去，老在浮皮潦草讲空话，一会儿指东，一会儿道西，讲得颠三倒四，漏洞百出，我们听着总觉得不确切，不服气。

要是以往我一定会去问爷爷，我相信他一定会给出确切答案。我爷爷和一般老人不一样，他见多识广，能说会道。我爷爷是个民间思想家、哲学家、评论家，是我课堂外的同学和老师，我们同床共寝，相濡以沫——我给他暖脚，他给我暖心——一个个漫长的冬夜，一个个纳凉的夏夜，我问过他无数无数问题，什么问题我都可以问，什么问题都难不倒他。但现在有关上校的问题，所有问题，我不但不能问，甚至不能想。这是爷爷在这个夏天给我立的死规矩！

事实上从那以后我们家连上校的名字都极少提，谁提就要吃白眼，甚至耳光，好像他是我们祖宗八代的仇人；要不我们一家人都是势利小人，薄情寡义，专干过河拆桥、人走茶凉的事。上校，我父亲曾经最要好的朋友，现在却成了我们全家人的禁忌、毒蛇、地雷，天天藏着、掖着、躲着、避着。该死的上校，你让年少的我尝尽了保守一个秘密的苦头；该死的上校，你到底做了什么，去了哪里，到底为什么要对小瞎子下如此毒手？

没有人知道上校的下落，胡司令派出所有红卫兵四方找也找不到，公安局把通缉令贴满大街也不管用。他消失了，像小瞎子他妈，像一个屁，一夜之间从村里蒸发——我是眼看着他走的，那天夜里，那个惊涛骇浪的恐怖之夜，我和他，仿佛两只溺在洪水的惊涛骇浪中无力靠拢、只能呜咽分别的破船。

和上校一同消失的还有他老母亲。据野路子讲，胡司令得知老太婆在普陀山某寺院修行后，第二天就带着四大金刚星夜兼程，直扑普陀山。但还是迟一步，扑了个空，只扑到老太婆匆匆逃走遗落在客栈里的一副老花镜和一只香炉。香炉里的烟灰还是温热的，指明她刚走不久，也指明菩萨真的保佑了她。那香炉我以前在上校家多次见过，黄铜的，圆口的，立深比海碗深，底托伸着三只四爪龙足，沿口挂着两只凤头耳，掂一掂，沉得很，像盛着菩萨的灵魂。

这个夏天，像这只香炉一样盛着神秘的分量，弥漫着令人好奇又迷惘的气息。尽管村里流传着各种关于上校为什么要这样奇里古怪毒害小瞎子的说法，但大家知道这些说法都不可靠。说法越多越不可靠。可靠的说法只有一个，只有等小瞎子医好病，由他本人公布。即使舌头医不好，医好手也行，可以写出来。但后来小瞎子从公社医院到县医院、省医院，从中医院到西医院，从江湖郎中到教授专家，把老瞎子算命挣来的钱花个精光，两个病照样一个也医不好。用老保长的话讲，钱哗哗流出去，都打了水漂，只买了个屁的声响。

这个夏天，老保长好似把小瞎子的断舌头接在了自己舌头上，成了一个多嘴多舌多事的长舌头，什么事情都要吃一口，插一嘴，嘴唇都被热辣的口沫星子灼疼了。

123

四四

我在多种场合听老保长讲过这样的话:"太监是什么人,聪明绝顶,人精一个。这世道是公平的,老天爷把他的裤裆掏空了,同时把他脑洞填满了。要比脑筋谁都别想比过他,他要救人,死人也救得活,他要害人,神仙也要被害死。所以啊,小瞎子的病去天上也是治不好的。"

这些话本来我爷爷都会讲,现在你给一袋子钱他都不会吐一个字。命丢了,钱顶个屁用场——我想爷爷一定会这样讲。爷爷费尽心机要我忘掉那个夜晚,自己却一直活在那个夜晚制造的恐怖的阴影下。他不懂法律,但知道自己和儿子在那个夜晚犯的罪——这在当时是常识,因为每次批斗会都在讲这些,要大家互相揭发罪行,有罪瞒着、隐情不报也是犯罪,几乎妇孺皆知。正因为不懂法律,法律的威严被爷爷无限放大,压得他抬不起头,喘不了气,惊恐得要死。现在你要跟爷爷谈上校的事,没门,威胁利诱都没用。爷爷像小瞎子一样变成了哑巴,倒是老保长变成了大喇叭,时常在祠堂门口大谈上校和小瞎子的事。

他经常大声地告诉问他的人:"他妈的,这还用问,不明摆的,太监这样子害小瞎子,就是要他闭嘴,有屁不能放,有屎不能屙。小瞎子一定掌握住太监什么见不得人的东西,如果这东西叫小瞎子传出来,他就没法子活了,没脸皮做人了。只有这样他才会下这毒手,舌头手筋一起咔嚓!杀人灭口一样的。太监不杀人,但灭了口,这就是太监高明的地方,他脑筋里有的是这些高明。"

有一次老保长在这么讲时爷爷正好在场,老保长讲完,爷爷似乎很有感想，接着老保长的话讲："是啊，老流氓，历史上杀人灭口的案例多，所以还是什么都不知晓的好。老古话讲得好，箱子里存的钱是越多越好，心里存的事是越少越好。"

老保长问爷爷："你箱子里存了多少钱？"

爷爷嘿嘿笑道："我一没存钱，二没存事，三只剩老命半截子，等着死。"一边掰着满是老茧的手指头。

老保长哈哈笑："提到死，现在排第一的不是你，当然更不是我，我是无论如何要排在你之后的。为什么？因为你满肚肠心思，心思多了，寿命就少了，这是阎罗王定的规矩，反不了的。"又哈哈，又讲："现在排第一的是谁？你推算是谁？当然是太监嘛，他犯罪逃跑，罪加一等，如果被公安捉回来保准要吃黄澄澄的花生米，五毛钱一粒（子弹）。这是国家定的规矩，你讲是不是？"

爷爷对上校的事犯忌，不想多嘴，只笑笑，不出声。

老保长冲着爷爷的笑——像抓住一个笑柄，开怀大笑："看你笑的样子，像钻进了新娘子的被窝里。我知道你讨厌太监，恨不得他早死，可你儿子在哭知道吧，村里谁不知道他们的关系好到门，好得情愿互相顶死。"

爷爷勃然大怒，臭骂他："你放什么屁！都七老八十了还没学会讲人话，要顶死也该是你，凭什么是我儿子，你在批斗会上帮他讲了那么多好话，鬼知道你们是什么关系。"骂完就气呼呼地走，不恋战。

我知道，爷爷是怕吵起来，气生气，话赶话，讲了不该讲的话，给人留下话柄，给公安抓到蛛丝马迹。看见我在场，爷爷一把拉我走。他也怕我留下来被人利用,套出那天晚上我看到的事情。

这些事情讲出来就是父亲和爷爷的罪状，必须烂死在肚皮里。自始至终，爷爷在上校潜逃的问题上一直保持高度警惕，谨小慎微，不松口，不放心。尤其对我，经常提醒我，开导我，甚至威胁我，必须守死。

很长一段时间，爷爷每天晚上睡觉前都对我讲同一句话：这事你守不住，我就喝农药死给你看。害得我经常做噩梦，看见爷爷喝了农药，口吐白沫，翻白眼珠。归根到底，这是上校害我的。该死的上校，你到底做了什么？到底去了哪里？到底为什么要对小瞎子下如此毒手？

四五

和爷爷比，父亲的警惕性要差一些，最显明的例子是表现在对两只猫的态度上。当初表哥把它们从学校领来交给父亲时，爷爷没有反对，以为只是暂时的；后来上校逃跑前想带走它们，他又是反对的，因为这会成为上校来过我家的证据。两只猫就这样阴错阳差在我家待下来，搞得爷爷难过死，老是担惊受怕，好像这是两只老虎，随时要伤害我们。

我发现，两只猫到我家后开始变得有点野，经常出门乱窜。我家没院子，父亲又要做生活，经常不着家，不可能像上校一样时刻守着它们，管着它们，疼爱它们。它们失落了，无聊了，吃饱了要出门溜达，饥饿了要野出去寻食，把人家晾在窗户上、屋檐下的鲞叼走，给我家淘气。关键是，它们是上校落在村里的尾巴，人们看到它们就会想到上校，想到上校和我父亲不寻常的关系。

日复一日，爷爷忍无可忍，时常恨不得一脚踩死它们，用唾沫淹死它们，用铁锅蒸了它们。要不是父亲阻拦，我想两只猫一定早被爷爷弄死，喂狗吃了。为这个，父亲和爷爷经常闹矛盾，吵架。有一次吵得凶，爷爷发了狠，提着刀扬言要剁了它们，父亲一手护白猫一手护黑猫，伸出脖颈对爷爷讲：

"你想要它们的命，先要走我的命。"

另一次吵得更凶，完全像敌人，父亲警告爷爷：

"你敢要它们的命，我就敢要你的命。"

狠话撂到底，两只猫才有幸挺过一道道鬼门。

猫活着，窜着，上校的幽灵就不散，爷爷的心病就除不了。怪的是，后来两只畜生真不见了，爷爷的心病反而变得更严重。那是这年冬天，五谷都入仓了，农活都休眠了，照例是县上整修水利的时节。父亲被派去江北鸡鸣山修水库，山高路远，条件简陋，必须自带碗盏、铺盖、粮食。也许是怕爷爷害死猫，父亲居然要把两只猫也带走。这很滑稽，好像他出门是去管谷仓，领着天兵天将。母亲强烈反对，骂父亲神经病。爷爷袖手旁观，不管，让父亲发神经病，懒得理睬。带走就带走，眼不见为净，最好是死在外面，这大概是爷爷的心理，他恨这两只畜生。

年关前，父亲收工回来，挑着两只大麻袋，一只装的是带去的铺盖、碗盏、衣裳等；一只装的是一些年货，有的是工地发的，有的是山上采的，有的是买的，都是过年吃穿用的东西。父亲从身上摸出一条红丝头巾交给母亲，要她保管好，不许用，因为是给大哥将来谈对象预备的。给我一份礼物是一双新棉袜子，白色的，像供电局工人发的劳保袜。我捧在手里顿时觉得一股暖流火烧似的上了身，浑身都酥了：这是我梦寐以求的新年礼物。这么多喜喜庆庆的东西，一副过新年的样子，我们陶醉在喜悦中，没有发现父亲少带了一样东西回来：两只猫！

爷爷最先发现，责问父亲："两只畜生呢？"

父亲讲："你不是讨厌它们，我把它们煮了吃了。"明显是气话。

爷爷讲："你吃了我也不会吃它们，讲实话。"

父亲讲："死了。"

爷爷不相信，追问："怎么死的？"

父亲答得干脆，像早对人讲过："山上太冷，又没东西吃，就病了，就死了。"

我以为爷爷会开心地打个总结："死了好。"或者"早该死了。"或者相应的话，总之是幸灾乐祸吧。但爷爷似乎给难住，不知道讲什么好，犹豫好久才从牙缝里挤出一句话："这是命，忘了它们吧。"声音幽弱，分明是同情的心情，安慰人的口气，让我觉得爷爷好奇怪的。

春节过后，一天晚上我在猪圈里给兔子喂夜草。这是我睡觉前必须做的事，也是我读书附带的劳务：养好四只长毛兔，我的学费全靠它们洁白柔软的长毛攒出来的。爷爷讲，兔子是我的恩人，我要服侍好它们。所以，我每天下学都要去割一篮兔草，早晚各给它们喂一次食，年三十都免不掉。猪圈里没有电灯，一片黑，爷爷和父亲从屋里出来，没注意到我，就在我眼皮底下吵起来。

爷爷很气，很凶，开口就对父亲吼："告诉我，那两只畜生到底去了哪里！"

父亲像在梦中被突然叫醒,很烦躁,责备的口气,顶撞他:"你凶什么,不是早同你讲过,死了。"

爷爷吓一声,依旧一口恶语:"别自作聪明!你以为我不知道,门旮旯里拉屎总要天亮的。"

父亲讲:"你知道什么。"

爷爷讲:"它们根本没死。"

父亲讲:"哪个鬼跟你讲的?"

爷爷讲:"别管谁跟我讲,你老实跟我讲,它们到底去了哪里?你那天到底去了哪里?"

父亲讲:"什么那天?我都在山里,能去哪里?"是且战且退的样子。

爷爷骂:"真想扇你!都什么年纪了还靠撒谎过日子。讲啊,你不讲是不?好,我来告诉你,"黑暗中,爷爷步步逼近,逼得父亲团团转。"(腊月)十五那日,山里落大雪,休工两天,当天下午你带着两只畜生下了山,第二天中午才回去,畜生不见了。你老实讲,那天你去了哪里,猫去了哪里?"

父亲突然笑起来,好像脖颈里被塞进一把雪,彻底惊醒,也被逗乐了,嬉笑着讲:"这不就对了,我早跟你讲过,山里太冷,没吃的,猫病了,我就下山想找人给它们看病,顺便给它们找点吃的,结果当天夜里就死了。死了我就找地方埋了,我总不可能带回去给他们吃吧,我舍不得的。"

爷爷似乎被说服气,软了口气问:"真是这样?"

父亲变得理直气壮,讲怪话,带脏字,口气坚定又放肆:"还能怎样?就这样,那些厾都以为是我一个人吃了独食,所以才乱嚼舌头。你也不想想,我怎么忍心吃它们?这是人家的孩子,心头肉,我饿死也不会吃的。这个你总可以理解吧,但他们理解不了,就胡说八道,这帮子尻!"

爷爷进一步被说服,口吻里透出一丝关心和担心,问父亲:"你晓得他们在讲什么吗?"

父亲脱口而出:"晓得,就讲我晓得上校在哪儿,我去找他了,给他送猫去了。"

爷爷讲:"这话要传远去,公安听到笃定要来找你麻烦。"

父亲讲:"那我有什么办法,他们要乱嚼舌我能怎样?"

爷爷讲:"你负责管好自己的嘴,我负责去管他们的嘴。"略作停顿,叹了口气,语重心长地劝父亲,"今后你要学学做人,不要动不动跟人发火,这世道越来越乱了,不要老得罪人,多得罪一个人就多一条死路。"

父亲默不作声,摸出两根烟,递给爷爷一根。爷爷掏出火柴,先点了父亲的,再点自己的,然后两人边抽边走,回屋里去,黑暗中显得越发亲密,像一对难兄难弟。没想到一场来势汹汹的干架最后是这么友好收场,我看着他们愈来愈黑远的背影,心里甜滋滋的。天依旧黑乎乎的,我心里却暖洋洋的亮堂,像爷爷划亮的火柴旺在我心头。

我不知道爷爷后来有没有去找人做过工作,只知道后来村里确实有些关于上校和父亲的风言风语在暗地里吹,什么上校没有死,还活着;什么父亲知道他躲在哪里,还去看过他,等等。照理,上校作为公安通缉的逃犯,这些风声极容易散开,浮出水面,兴风作浪。但这次有些反常,风声只限在小范围转,私底下走,没有探出风头，形成风浪，最后公安确实也没来找父亲调查。

四六

爷爷讲过，村子的一年四季，像人的一辈子，春天像少小孩子，看上去五颜六色，生龙活虎，朝气蓬勃，实际上好看不中用，开花不结果，馋死人（春天经常饿死人）；夏天像大小伙子，热度高，精气旺，力（热）气日日长，蛇虫夜夜生，农忙双抢（结婚生子），手忙脚乱，累死人；秋天像精壮汉子，人到中年，成熟了，沉淀了，五谷丰登，六畜兴旺，天高云淡，不冷不热，爽死人；冬天像死老头子，寒气一团团冒，衣服一件件添，出门缩脖子，回家守床板，闷死人。

这里有些是双关语，明的一层意思，暗底一层含义。有些含义好理解，比如"夏天热度高"，既是指天气的热度，也是指人的热情，热火朝天的生活，狗都闲不住。有些含义却不大好理解，比如"夏天蛇虫夜夜生"，既是指大自然里的毒蛇害虫，也是指人口舌上的是是非非。夏天日长夜短，暑热难当，人都不爱待在家里，要出门，三五成群，四六抱团，散在弄堂里，聚在祠堂门口，吃饭、纳凉、打牌、下棋、看戏、闲聊天、拉家常，是制谣传谣、传播小道消息的好时节。

去年夏天，上校失踪后，整个村子都在谈论他，真真假假，犄角旮旯都在浅吟低唱，蘑菇一样的，见风就长。他在"蛇虫夜夜生"的盛夏出事，注定是要被人大张旗鼓地嚼舌，嚼得遍体鳞伤。然后到秋天,盛况逐渐收敛,一路下滑,到冬天滑入谷底。翻过年,只是零星有人提起,提了就提了,气泡一样,风一吹就破了:因为终归是老故事,陈芝麻烂谷子,不可能出现风声四起的老行情。要出现老行情,必须冒出新东西,比如上校被捕了,审出案情真相了;或者小瞎子开口讲话了,揭开一堆秘密真相,等等。新东西迟迟不涌现,上校自然而然在离我们远去,这是大势所趋。

然后到了夏天,不知是谁起的头,也不知是哪一天,一轮嚼上校的新行情平地拔起,势如破竹,风风火火,迅速席卷全村。此轮行情可谓骇人听闻——原来上校是个大骗子,他根本不是什么可笑的太监,而是可恶的鸡奸犯!晴天霹雳,风云突变,一时间全村人顿时兴奋起来,嘈嘈起来,一传十,十传百,干柴遇烈火一样的,台风吹沙尘一样的,转眼间家喻户晓。

我同矮脚虎是小兄弟,经常在七阿太的小店玩,几乎是最先听到这风声的人之一。小店祠堂一样的,也是公共场所,人来人往,七嘴八舌,许多小道消息会第一时间在这里集合又发散开去,像集市。一天我正同矮脚虎在小店门口修弹弓,老保长来买烟,一进小店,七阿太就报喜似的对他讲上校的最新行情。老保长听了哈哈笑,提着大嗓门嚷个响亮:

"这不鬼扯淡嘛,谁不知道他是太监,村里一只狗都知道。"

"是啊,"七阿太配合他,"我也觉得古怪,但这事好像是真的。"

"真个屁。"老保长照旧笑,"你是真老糊涂了。"

"你才糊涂,整天酒醉糊涂。"七阿太有些生气,也放开喉咙,"这事八九假不了,因为是小瞎子自己讲的。"

"小瞎子讲的?"老保长刹住笑,正式问,"他开口了?"

"口是没开，"七阿太讲，"是用脚讲的。"

老保长像被掏了腋窝又大笑起来，笑得立不住，一屁股坐在板凳上，一边咳嗽一边嘲笑七阿太："跷脚佬，看来你他妈的真是老糊涂了，脚怎么会讲话？"

是啊，脚怎么能讲话？

是的，脚可以讲话的，我和爷爷后来都亲眼见过，小瞎子用脚在泥地上骂过人：我操你妈！不过现在还没到那一天，那天是古历七月半，现在才六月底，还隔半个多月呢。现在七阿太用跷的那只脚的大趾头在他家泥地上对老保长写字，写了一个"大"字，一边数落老保长：

"你一生世就是女人，就是酒醉糊涂。看见了没有，脚指头照样可以讲话。"

"哈哈哈，"老保长照旧笑，一边照着七阿太的话顶他嘴，"你一生世就是跷脚，就是这爿小店，村子大门都没出过，天下事屁都不懂。你讲太监是强奸犯我信，讲他是鸡奸犯打死我也不信的。"

老保长和七阿太，一个是祠堂常客，一个死守小店，都是传播小道消息的一把好手。他们以互相配合居多，村里一点屁事总被他们你来我往，嚼得烂熟，无人不晓。有时意见不统一，两人互相拆台，打擂台，一般是老保长得胜。老保长有点赤脚佬的意思，吃过酒，什么话都敢讲，谁家的门都敢进，不忌惮，不保守，敢冲敢拼，豁得出去。而七阿太跷个脚，行动不便，只能守株待兔，加上辈分高，毕竟要端庄的，有些话得守着，不能信口胡诌，有失体面。所以，但凡老保长和七阿太开仗——打嘴仗——一般总是老保长赢。

怪的是,这一次,在上校是鸡奸犯的问题上,老保长一路失败,形势一边倒,都向着七阿太,像大家串通好,像老保长真的酒醉糊涂,犯了大错,失了民心。在我印象中,唯一公开坚定支持老保长的只有一人,就是爷爷。这也是怪的,一般爷爷不大尊重老保长的,这回却尊重到底,情愿为他做恶人,当枪使,是两肋插刀的仗义和英勇,豁出去的样子。结果惹得小瞎子发疯癫,咬人,咬爷爷,疯狗一样的。

这是古历七月半的事,爷爷和小瞎子大闹一场。

四七

七月半是节日,俗称鬼节。

爷爷讲,七月半,鬼一半:一半是活人的,一半是死人的。

按习俗,这一天活人要祭祀死人,做好发糕和桂花饼去祠堂的荫堂敬拜祖宗阴人。荫堂是阴曹地府和阳世人间接头的站点,接口,通道,平时不大有人去的,瘆人。但这天你又是必须去的,不去就是不敬祖宗,搞不好要被恶鬼缠住,更瘆人。一般人家都要派人去,去的多为老人、孩子、妇女。中午去的人最多,最热闹,繁碌时荫堂里都是人,像筷筒里的筷子一样插满,济济一堂,嗡嗡嘤嘤的,就有一种危险似的,像祖宗马上要破壁而出,房子马上会塌掉。

爷爷专挑中午去,带着我,去凑热闹。祠堂门口人来人往,空气里全是桂花和米酒的香气,浓厚得醉人。日头正中,直射下来,收起阴影,阳光铺满空地,放着光芒,刺眼,炽炽的热。进门前,我看到小瞎子坐落在祠堂侧门前，面前放一只筲箕，盛着十几块发糕和饼子，大大小小，形形色色，一看就是多家人送的。小瞎子以前是可恨，现在是可怜，废人一个，有爹没妈，爹又是瞎佬，做不来发糕和饼子，所以只有向人讨，靠有善心的人送他。小瞎子这时节去，也是去要这份善心的。

爷爷讲："形势造人人造孽，现在小瞎子被造成一个只要肚子不要面子的人了。"

敬完祖宗出来，爷爷没有直接回去，而是走到小瞎子面前，从自己的筲箕里取出两块发糕和一个饼子放入小瞎子的筲箕里，随后问他："你讲上校是鸡奸犯，怎么知道的？"小瞎子呜里哇啦一通，当然是听不懂的。爷爷讲："这样吧我问你几个问题，很简单的，你只要点头或摇头好了。"小瞎子点点头。爷爷问："你讲他是鸡奸犯，他是不是鸡奸你了？"小瞎子摇头。爷爷又问："那你有没有看见他鸡奸谁了？"小瞎子又摇头。

爷爷提高声音一通笑，吸引更多的人瞩目、围观。等人围上来后，爷爷开始正经八百地对小瞎子宣讲：

"这就怪了古了，鸡奸犯又不是瞎子瘸子驼子瘫子傻子癞子，是可以看出来的。大家晓得鸡奸犯像聋子婊子夃蛋子（阳痿病人）石女子，光看是看不出来的，它是一种暗病，看不见摸不着嗅不到的怪毛病，他既没有鸡奸你，你也没有看见他鸡奸谁，那你凭什么讲他是鸡奸犯？"

小瞎子想站起来，手忙脚乱的，一边又是呜里哇啦一通。

爷爷扶他坐下，劝他："你就好生坐着吧，别讲了，讲了也是白讲，无人听得懂的。你还是听我讲，村里人是不是一向叫他太监？

你也时常叫的,是不是?是,你就点头,不是就摇头。"

小瞎子急得满脸通红,更是呜里哇啦一大通。但他不点头,也不摇头,好像知道这是个陷阱,他要避开。

爷爷不给他避,直截了当指出:"这你就不对了,为什么不点头?村里人谁不晓得他是太监,从小孩子到老头子都知晓,老保长那次在批判会上也讲过,上上下下明里暗地,讲了几十年了都无人反对,他自己也拿不出证据反对。这是铁板钉钉的事,无人反对得了,现在你非要反对,为什么?凭什么?再讲我们都晓得,他当时关在柴屋里是被五花大绑的,要是没人给他解开绳子,他是孙悟空也伤不了你。那是谁给他解的绳子?他为什么要这样伤害你,割你舌头又挑断你手筋?为什么?"

爷爷问他又不要他答——他也答不了——独自讲到底:"我分析只有一个原因,你是鸡奸犯,你为了鸡奸他,所以才给他解开绳子。因为你鸡奸了他,所以他才要这么整治你,割你舌头,废你手。他这既是为自己报仇,也是为别人着想,不让你去害人。大家晓得,太监最爱帮助人的,他这么废你就是要叫你永世不能再去作践别人。幸亏他把你废了,否则不知道以后你还要作践谁。"

爷爷像打了鸡血,越讲越来劲,吸引所有人围上来听。小瞎子早受不了,不断呜里哇啦叫着、嚷着。爷爷却不管,只管自己讲,口若悬河,滔滔不绝,气得小瞎子捶胸顿足,团团转,哇哇叫,口沫横飞,鼻涕直流。最后他冲出围观人群,跳下台阶,挑到一片泥土,甩掉拖鞋,用脚指头在泥土上写字。他太生气了,人在颤,脚在抖,横不平,竖不直,写出来的字不成形。

爷爷当好人,安慰他别急,慢慢写。

小瞎子写了又写，脚指头磨破了，流血了，终于写成几个字：狗日你妈。

爷爷看了也不生气，反而笑，哈哈笑道："我妈早死了，早烂成一团泥了，你连烂泥都要日，看来你真是鸡奸犯。"气得小瞎子发疯，穷凶极恶朝爷爷扑上来，要打。可他是一双僵尸手，使不上劲的，对不准方向的，爷爷随便一躲，他就扑了个空，扑倒在地上，一个狗啃泥——不是操泥，是吃泥呢。

爷爷不管他，继续奚落他："你有没有良心，刚才我还送你发糕饼子，然后我只是对你和太监之间的冤仇进行一个分析，你就要操我先人，还要出手打人。我都七老八十了，有你这样对待老人的？就算我分析不对，讲错了，你也不能这样对一个老人，既打又骂，有话好好讲嘛，凭什么耍流氓？谁不晓得，鸡奸犯就是流氓犯，凭你今天这个流氓相，我认定你是个鸡奸犯！"

第十一章

四八

我知道强奸犯,但不知道鸡奸犯。我曾问爷爷,什么是鸡奸犯,爷爷剜我一眼,责备我不该关心它。这可是个最下流的污脏东西,爷爷讲,别挂在嘴上,丢人的。看样子,听口吻,比强奸犯更下流,比太监更丢人。

就算很下流丢人吧,可爷爷为什么要在上校是鸡奸犯的问题上那么认真?我觉得奇怪。我觉得小瞎子讲上校什么让他去讲好了,跟我们家有什么关系?反正上校已逃走,讲什么他也听不到,等于白讲。更让我不理解的是,爷爷口口声声讲,要我们以后不提上校,禁止提,自己居然在大庭广众面前提,而且显明是在帮他讲好话。这不是自相矛盾吗?自找麻烦吗?我对爷爷的做法充满疑问。

事实上,后来发生的一系列事情我都不大理解得了,事情变得越来越古怪。

首先,从七月半那天起,爷爷时常去小店、祠堂、理发店、裁缝铺这些人多的地方讲,四面八方讲,小瞎子是鸡奸犯,鸡奸了上校。从爷爷挑的时间、选的地点、讲的话等众方面看,他不是随便这样讲的；他是有计划的，有预备的，有目标的，目标就是要给小瞎子贴一个罪名：他是鸡奸犯，鸡奸了上校。爷爷一向口才好，脑筋也灵，一事一例，讲明道理，立下证据。比如那天晚上，小瞎子为什么要支走其他红卫兵，只留他独个人审问上校？以前胡司令审人不这样，平时公安审人也不这样，他为什么要这样？就是心里有鬼，想做见不得人的事。又比如，以前只听说男人偷看女人上厕所，小瞎子却偷看上校解溲——这个矮脚虎和我都可以作证，我们在场。又比如，小瞎子为什么会得这种怪病——欢喜男人——跟他倒霉的命有关，他生来没被女人疼过爱过养过，一天都没有，所以骨子里头恨女人！又比如，小瞎子从小吃羊奶长大，照吃什么补什么的道理，他补的是畜生那一套，血液里是畜生，不是人。讲完小瞎子又讲上校，讲他年轻时如何乱搞女人，如何把自己搞成太监，等等，种种旧事，沉渣泛起。

爷爷讲的这个那个，总归是一个方向，一个效果：要帮上校洗清鸡奸犯的恶名，把恶名戴到小瞎子头上，戴牢，扣紧。在我看来爷爷讲的那些十分有道理，像孙悟空头上戴的紧箍儿，每讲一遍紧箍儿就紧一轮，牢牢箍在小瞎子头上。我后来完全相信小瞎子是鸡奸犯，虽然我对鸡奸犯的意思照旧是不太理解，对爷爷的做法也照旧是不理解——越来越不理解。真的，每次听爷爷讲那些，我心里总冒出个声音：爷爷，谁是鸡奸犯跟你有什么关系，犯得着你这么认真吗？费尽心机的，干吗？

其次，尽管爷爷为这事费尽心机，但效果总不见好。爷爷像遇到了强大的敌人，但你又不知道敌人是谁，在哪里。敌人神出鬼没的，赶不尽，杀不绝；敌人像风一样的，在弄堂里穿来穿去，去了又来，一波一波的，一阵一阵的。到八月初，这股风突然变得强劲，台风一样的，灾难一样的，来势汹汹，连风带雨，连爷爷带老保长，都被浇成一只落汤鸡，洋相出尽。

这一天小瞎子演戏一样，领着他爹瞎佬和瞎佬弟弟，带着道具，一起来到祠堂门口，扎出场面。瞎佬是主持人的角色，上来就吆喝，敲锣，吸引人来看。道具是一只圆匾、一袋细沙子、一根竹扁担。瞎佬弟弟先上场，把沙子倒在匾内，用扁担抹匀、刮平，然后等着做记录，是配角。主角是小瞎子，由瞎佬撑着，赤一只脚，金鸡独立的样子，专心用赤脚的大指头在抹平的沙子面上写字。沙子松松的，在上面写字比在泥地上容易得多，也好认得多。看样子，他们一定在家里练过，驾轻就熟的，小瞎子写一个，瞎佬弟弟用毛笔抄一个。字写得难看死，大小不匀，歪歪斜斜，但总归是那个字，认得出。瞎佬使劲吆喝，加上事情有看头，很快吸引人一拨拨围上来。中午的阳光烈，小瞎子写得满头大汗，大家看得兴致勃勃，真像看戏一样。

眼看着，一个个歪七扭八的字黑在一张洋白纸上。我看到时已经贴在祠堂墙上，每一个字我都认得——错别字也认得——是这样写的：

> 我讲太监是鸡奸犯，是因为他小肚皮上刺着一行字：这混蛋是鸡奸犯。我亲眼看见，长颈鹿和肉钳子可以作证。

其中好几个字是错别字，比如"监"写成"盐"，"刺"写成"刺"，"鹿"写成"乐"，"眼"的"目"字旁写成"日"，"钳"的"甘"

字写成"廿"。这里所谓的"长颈鹿",就是我表哥。

四九

好久没见到表哥了,他参加工作了,平时不住家里,住镇上。因为参加革命积极,公社成立革委会后,胡司令推荐他去我们公社革委会工作。我们公社小,排不出岗位,派他去公社中学当门卫,一个月工资十三块。开始表哥不想去,不是嫌工资低,是嫌门卫工作不气派。但最终还是去了,因为没其他工作,否则只有留在村里当基干民兵。基干民兵照样做农活,拿工分,工资是一分也没有的,比一比还是当门卫好,就去了。

当天晚上表哥被紧急叫回来,关在厢房里,接受爷爷和父亲的盘问。没有人规定我不准听,我就在门外专心听,没有漏掉一句。爷爷开头就对表哥凶,发警告,要求他必须有什么讲什么,不能瞒一个字。表哥感到事态严重,肯配合,虽然不那么爽快,有些吞吞吐吐,但总归是一五一十地讲出了那天晚上的经历。

表哥讲,那天晚上他和肉钳子、野路子三人开始都在食堂厨房弄夜宵,小瞎子独个人在胡司令办公室审问上校,审问情况他们一无所知——这我可以作证。夜宵弄好后他去叫小瞎子,并和他一起把上校押回来。因为同意上校换衣服,他们没有绑他,准备等他回到柴屋换好衣服后再绑。进柴屋前上校提出来,身上很脏——一身都是煤灰和猫爪子——要求去食堂洗个澡。开始小瞎子根本不同意,骂他:"你想得美!"把他推进屋,命令他马上换衣服。小瞎子手上拿着绳子，准备把他绑好，然后安心去吃夜宵。

但不一会儿，他又同意了。

表哥原话："当时我觉得奇怪，干吗要对他这么好。后来我才明白，也是他小瞎子亲口讲的，这样我们可以偷看他洗澡，看看他下面那地方到底是什么样子。我本来想反对的，但又想这是不可能的，天那么黑，他不可能开灯洗澡，我们要看也看不到什么的，所以就没有反对。"

我觉得表哥说的后半句是假话，他不可能反对，他一定也是想看的。谁不想？我也想呢。他要真不想后来完全可以不参与，做野路子的角色。野路子没参与，也不是他不想，而是受小瞎子奚落，轮不上。总之，对上校裤裆里的好奇，这是我们每个人都有的，谁都不可能反对。

问题是天那么黑，不开灯，你怎么能看到？

小瞎子就是鬼主意多，他知道上校会防范他们偷看，所以事先做好几个布置：一是把厨房的水缸移到一边，这样上校洗澡必定是在窗洞的视线内；二是把厨房电灯的开关线接长，拉到窗洞外——上校进去后保准会关门，但绝对不会开灯，所以一定发现不了；再一个是上校进去洗澡时，他们故意装给他看，四个人一起在隔壁饭堂里喝大酒，估算他已经脱光衣服开始洗澡时才溜出来，躲在窗外偷看。野路子的角色是负责掩护，当受气包，一个人发神经似的在饭堂不停嚷嚷：

"喝！快喝！我已经喝完了。"

"你别耍花招，喝掉！喝完！"

伴着拉凳子、摔缸子的声响，感觉几个人仍在那儿吃大酒。

窗洞是没窗帘的，随便看，但不开灯，什么都看不到。那天天很黑，厨房窗前又有棵皂荚树，更黑。上校看屋子里黑得死沉，即使有人偷看也不怕，加上隔壁还在嚷嚷，所以没有防备，脱个精光，呼啦呼啦洗个痛快。

当小瞎子突然拉亮电灯时，他吓坏了！

兴许是吓坏的缘故，他没做出明智选择——蹲下身，而是下意识地往门前冲，想去关灯。这等于是朝他们迎面冲上来，面对面的，他们三人——表哥、小瞎子、肉钳子——因此都看个清楚：一是他那地方并不短缺，那东西活脱脱地挂在那儿；二是小肚皮上确实写着字，并画着一个醒目的红色箭头，自上向下指着，字在箭头上面和两边。

表哥原话："字有不少个，横的竖的都有，大的有螃蟹那么大，小的也小不了多少，几乎爬满整个小肚皮。但时间太短，我们都没认出那是什么字，只是看到有字，到底是几个字都没看清。小瞎子讲这是什么字应该是后来看到的，当时绝对没看到，因为后来上校穿好衣裳出来，他还当面质问他是什么字，要看到就不会问了。"

小瞎子那么问他，上校便知道他们没看清楚字，于是开心得哈哈笑，逗小瞎子："你们不是在吃酒嘛，你给我一碗酒吃我就告诉你。"小瞎子上当了，带他去饭堂，请他坐下，倒一碗酒给他。他吃酒又吃肉，完了告诉小瞎子，那几个字是：你妈是个大婊子。气得小瞎子要打他。

表哥原话："是我把他拦住的，因为我知道我们打不过他。"

当时上校其实可以逃走，他要逃谁都追不上。但他不要逃，因为两只猫已经得救,他自己澡也洗了,衣服也换了,酒也吃了,又有烟抽,他不怕被关押。毕竟逃是犯法的,他不想犯法,主动去到柴屋,也同意他们绑他。绑好后他们回去继续吃夜宵,一边议论上校,以前讲他没"那东西",现在看肯定不对,那东西明明在那儿,六只眼同时看到,样子也不像假的。

按规定,前半夜由表哥和肉钳子负责看守,后半夜轮到小瞎子和野路子。但野路子起先独自一个人吃,可能吃撑了,回家就肚皮痛,一夜都没去接岗。所以,后半夜只有小瞎子独个人看守上校,那期间发生了什么事没人知道,只有上校和小瞎子知道。

最后表哥讲:"如果他(小瞎子)讲的(其实是写的)那些话是真的,一定是他在后半夜看到的。"

"放屁!"话音未落父亲就发火,骂表哥,"怎么可能真的?全是瞎话!"

"那你知不知道真的是什么?"爷爷问父亲,听口吻父亲好似知道一些。

"我怎么知道?"父亲恶声恶气地回复,"鬼也不知道。"他叫爷爷少管这些屁事,一边气愤地开门出来,一边臭骂表哥,"当初就叫你别跟这畜生往来你就是不听,非要当他跟屁虫,整天跟他混,闹出一堆屁事。你看着好了,哪天我非把他的嘴撕烂不可!"指的当然是小瞎子。

父亲骂骂咧咧地闯出大门,好像真要去撕小瞎子的嘴。我想,撕他嘴没必要的,他已是断舌哑巴,除非剁掉他脚,才能叫他彻底闭嘴。但总体讲我仍是搞不大懂,他们为什么要在这件事上不停地纠来缠去,搞得人心慌乱的,难过死。说到底,我当时仍是不知道什么是鸡奸犯，因此对这件事我一直找不到判断力，也失去想象力和分析力。我在黑暗中觉得孤独无助，举目无亲的感觉，孤儿一样。

五十

表哥平时住学校，四人一间的集体宿舍，只有周末才回家。

现在是夏天，学校放暑假，他回家待几日，老是被姑夫——他父亲——派去做农活，他讨厌，不欢喜，又回学校去住。这时同寝室的另外三张床都空的，他一个人住，很惬意，就更不想回家。有一天，我去学校看他，晚上就睡在他寝室里，反正有三张空床。就是这天晚上，我才真正明白鸡奸犯的意思，是表哥告诉我的。

表哥是在熄灯后跟我讲的，也许他觉得这东西太脏，不适宜开着灯讲。屋里一团黑，窗外更加黑，黑得发亮，有冲力的，洪水一样，排山倒海朝我扑来，把我吞没又抛起，抛起又摔下，摔下又托住，托住又跌落、吞没……什么叫骇人听闻？我那天就骇人听闻了。

我一边听表哥讲着，一边浑身不断起鸡皮疙瘩，发冷，恶心，想吐，想拉肚子，想捂住耳朵，想逃走……好像看见了世上最最下流肮脏的东西：比流氓下流，比强奸犯无耻，比太监流氓强奸犯都肮脏丑恶，脏得恶心，丑得可怕，恶得狰狞，把我吓坏了！不知怎么的，我已经拉亮电灯。

"干吗开灯？"表哥坐起身，看我。

"我怕。"我说，手上仍拽着开关拉线。

表哥直愣愣地看我,看好久,终于问我:"你是不是已经听到了?"

"听到什么?"我松掉开关线,看表哥看我。

"你爹。"表哥扭开头去说。

"我爹怎么了?"我纳闷,这跟我父亲有什么关系。

"你没听到?"表哥躺下,侧过身去,用后背对我说,"算了,我也不想讲,丢死人了。"

话讲到这份上哪有不讲的道理?我非要他讲,求他讲,求一次不行求两次,一而再再而三。最后我去到他身边坐下,拉着他手,强迫他讲,不讲我不睡,赖在他床上。表哥这才开口,骂我:"你怎么这么笨!鸡奸犯是两个人,两个男人,上校只是一个人,必须还有一人,都说是舅舅。"

"怎么可能?"他舅舅就是我父亲,怎么可能?不可能!

"村里人都在讲,"表哥教训我,"但你不能回家讲。"

表哥平时不住村里,风声已刮到他耳朵里,指明确实有很多人在讲,风声已经很大。但我确实没听到过,包括我家其他人,包括以后,我们都没有再听到过,仅此一回。后来我明白,像这种事我家里人是听不到的,人家都躲着我们讲,谁要敢当我们面讲就死定了。爷爷后来就是这么教育我,谁讲打谁,往死里打,不用怕,打死人他去坐牢,因为坐牢也要比被人家讲这个好。

这个晚上表哥把我彻底害苦了!

尽管我可以找出一堆证据反对表哥,但表哥的话总像一条阴险的毒蛇盘在我心头,时不时蹿出来咬我,吓我,恶心我,叫我做噩梦。我经常在梦里骂人、打架、哭叫、逃跑……一天晚上我哭出声，惊叫，讲胡话，把爷爷吵醒。爷爷看我那么伤心，浑身抖，蜷成一团，像发羊癫疯。爷爷心疼我，叫醒我，问我梦见了什么。我要知道我已不在梦里，什么都不会讲的，打死我也不讲。我已经十五岁，快上初三了，虽然孤独无助，虽然青涩苦闷，但已知羞耻、识好歹，也有一定承受力、体谅心。我要一个人替全家人吃苦受难，受不了也要受，宁可死也要受。

但当时我以为自己是在梦里，对爷爷讲了实话……

印象很深，爷爷当时反应很强烈，脸上骤然云遮雾绕的，有震惊，有慌张，有恼怒，有羞赧，总之是很复杂。事情实在太脏、太毒、太丢人了，他都不好意思听，同时又好像不满足只听到一些，想进一步探听更多情况，追问是谁在讲。我不讲，他逼我讲，几番回合下来，我退路断掉，只好如实交代，把表哥出卖。

眼看着，爷爷昏花的老眼迸出火星子，拳头捏得铁紧。我体会到爷爷心如刀绞的痛，感到无比内疚和懊悔，恨自己没有守住秘密，恨不得一头钻进爷爷胸膛，替他刀绞。但爷爷是坚强的、无私的，他宁愿自己痛也不要我痛。他迅速调整好心情，忍住痛，绽出笑，安慰我，给我力量，虽然都是骗人的东西。

爷爷讲："上校怎么可能是鸡奸犯？他年轻时睡过的女人要用汽车装，小瞎子那么讲指明他是疯掉了。只有疯子才会讲这种鬼话，鬼都不信的鬼话。"

爷爷讲："手筋是连着脑筋的，小瞎子手筋断了会影响他脑筋。我看他脑筋也断了，现在他就是个神经病。"

爷爷讲："你爹做人太凶，得罪的人太多，所以容易遭人诬陷……"

不管我懂不懂，信不信，爷爷挖空心思想着、讲着，往我心里灌。天淅淅沥沥下落着小雨，屋檐水滴答滴答滴着，黑暗中我觉得那是爷爷心头滴的血。因为他捏紧的拳头不时嘎嘎响着，是骨头碎裂的声音。这注定是个不堪的夜晚，一个力败气衰的老头，一个世事不谙的少年，承受着世间最羞的辱、最沉的重。

以后接连几天，爷爷都跟踪我，有时秘密，有时公开。他怕我被人用鸡奸犯这顶污名奚落。我大姐已经出嫁，嫁出去的女儿，泼出去的水，管不着了；大哥和二哥也不要管，他们已长成人，要力气有力气，要脾气有脾气，吵架打架不要人帮。只有我，因青而涩，稚气未尽，遇到恶人恶语，保不定会忍气吞声。爷爷跟着我，既是侦察敌情，也是准备为我助战交战的。甚至，他特意给我搞来一把白亮的三角锉刀，配齐套子，让我随身带，交代我，谁要敢对我提那词就捅他，捅死人不要紧。

爷爷几次对我讲："准许天塌下来，也不许鸡奸犯这污名进我家。"

那段时间，爷爷有种兵临城下的紧急和谨慎，像个新兵，眼里塞满放大的敌情，心里盛满誓死的斗志，随时准备与敌人决一死战，绝不容许鸡奸犯这脏东西入侵我家。我知道，爷爷已经做得尽善尽美，该讲的都讲了，该做的都做了，言传身教，不遗余力，从芯子里抚慰我，把我的羞耻心极大地压下去。但不是百分之百的，似乎仍有黑洞，有死角，有深渊，有什么威胁着我。开学那天，我瑟缩着，拖沓着，几次拿起书包又放下，迈不开脚步。我怕同学瞎说八道……同学是最爱瞎说八道的，无风三尺浪，见风就是雨，口无遮拦，舌头子尖，而且专挑你痛处捅，抓你小辫子，揪你烂尾巴，你哪里痛他们往哪里捅，朝你伤口上撒盐。

我的心病也是爷爷的，他虽然安抚我去上了学，却安抚不了自己心底的苦痛。痛苦伤了他身子，他病倒了，一病不起，吃了三位郎中的草药也下不了床，整个人像软壳蛋一样，一日比一日长，一夜比一夜黑，看样子是要死在床上了。

五一

这天，母亲又出门去寻郎中，父亲和大哥照例在出工，家里只有我和爷爷。午后，天滴滴答答下起雨来，我在灶屋里替爷爷煎药，屋子里弥漫着驱不散的甘草味，苦涩的滋味，像我苦闷的心情。我不希望爷爷死，我守着药罐子，希望把我的祈求一起熬进药里，让爷爷走出死路。

我的祈求得到眷顾，有人来救爷爷了：不是母亲寻来的郎中，而是自己上门的老保长。

老保长吃足酒，走路打偏斜，跌跌撞撞闯进我家大门，往退堂钻，找水喝，差点撞上正好从灶屋里出来的我。我手上端着刚煎好的药，他嘴里喷着一股酒气，酒气掺在药气里，那气味怪得恶心人，熏得我几乎要吐。吃饱酒的老保长是个浑蛋，他看我手上端的，明知是药水，却把它倒掉，让我去给他倒碗水，气得我要哭，眼泪涨在眼眶里。他也不管我气不气，径直回头，闯进厢房，对爷爷大声嚷嚷：

"老巫头，听说你要死了，我来看看你。"走到床前，看爷爷像只病猫一样蜷在毯子里,人瘦得不成样子,他开心得不得了。"啊哟哟,我的天哪,怎么十来天不见,瘦得跟只螳螂似的,这么大热天还盖毯子,看样子真要死了。"

爷爷努力从床上坐起来,坐好,有气无力地讲:"真要死了就好了,我现在是被阎罗王点了名,正在去见他的路途上,要死不活,是最难过的。"

老保长讲:"那你到底是想死还是活。"

爷爷回答:"死。"

老保长笑:"别死了,下床,来陪我抽根烟。"

爷爷居然哭起来,"下不了了,只有死才能让我下床了。"

老保长笑得更响,"可我不同意你死,我们做了一世冤家,你死了叫我一个人活着,想吵架都找不到人,还有什么他妈的活头。告诉你,你不能死,也死不了,我是来救你的,当然也是救我自己啊。你从前不是经常骂我作孽太多,一定比你早死,你死了我哪有机会活?所以我一定要救你的。"

爷爷对他翻白眼——看上去更像死人——哼道:"你是来看我死的。"

老保长讲:"你这话伤我心呢老巫头,我今天是来救你的。"他口渴得不行,见我端来水,一口吞光,然后坐到凳子上,喘着气,好像真是伤到心,晃着脑袋讲:"老巫头,我今天是真心来救你的,我们吵了一生世,也好了一生世,我们是一对冤家,也是一双鞋子,左右对上的,你要死我还真舍不得呢。"

爷爷有气也没气地:"刚才我听到的,你把我药水都倒掉了。"

老保长嘿嘿哈哈笑,一边点旺烟,抽着,讲着:"你得的是心病,药水救不了你,只有我能救你。你也不是被阎王爷点了名,而是被小瞎子点了名,他一张大字报贴得你不得安生是吧?这畜生贼精的,知道怎么害你,知道这样就能害你。为什么,因为他戳到你的痛处了是吧?你心里本来就有个鬼,疑心太监跟你儿子在搞鸡奸犯……"

爷爷用脚跟猛敲床板,骂他:"闭嘴……你闭嘴……"听上去不像骂,像在讨饶。

老保长嘴巴张得更大,是一不做二不休的意思,把什么都抖出来。"难道不是吗?"他朝爷爷吐一口烟,甩出一串连珠炮,"你自个儿心头有数你在想什么,你就怀疑太监在外头染上怪病,是个鸡奸犯,回来把病染给了你儿子。你整天四方传播太监把我姘头日了,太监裤裆里空了,他年轻时日过的女人要用汽车装——长年跟人叨叨这些个,就是不想叫人把他往鸡奸犯方向想。你为什么怕人往这方向想?因为你他妈的就在这样想。你比任何人都知晓他跟你儿子关系好得像一对鸳鸯,所以你他妈的比任何人都怀疑他们在搞鬼名堂。你一心想拆散他们,但打骂闹都没屁用场,天打不散,地拆不开,所以你更加怀疑。你怀疑人家也在怀疑,所以大家给他取个雌老虎的绰号。小瞎子这畜生就是顺着你们这个怀疑,贴出这张大字报,把你们的怀疑落实下来,害你一家。"

爷爷一直不响,听着,这时才发问:"他为什么要害我们家?"

老保长干脆讲:"先去问你儿子,再问你自己,你们都对他做了什么?你在祠堂门口当着全村人辱没他,逼他写出大字报。你是自己害自己呢。"

爷爷讲:"我是驳斥他,之前他已经在村里四方乱讲。"

老保长讲:"所以我要你先去问你儿子,他作什么孽啦。"他叫我再去加水,回头对爷爷讲,声音嘶哑,调门却高,我在退堂照样听得见。"我虽没看见也没听见,但可以预见,凭你儿子雌老虎的德行,他一定对小瞎子下过手。他妈的,自己好弟兄被他害得当罪犯,有家不能回,他会饶过他?一定要报复的。怎么报复我不知晓,但他妈的笃定是下了重手的,叫小瞎子恨死他,起足报复心。可他现在这厾样子,打还不了手,骂还不了嘴,怎么报复?就想出这计谋,顺着你们的怀疑心,把太监造成鸡奸犯。太监是鸡奸犯,另一个人是谁?当然是你儿子。这道理小孩子都会算,村里寻个人跟太监配对,排掉你儿子排不出第二人。然后你又去激他,逼得他进一步造谣,把谣造得越大,就是现在这样子,彻底公开,讲得有名有实,叫大家都相信,叫你羞死。我敢讲,我今天不来你必定死,因为你心里就有那个鬼,现在这个鬼比任何时光都活跳,正一口口在活活吃你是不是?可你上当啦老巫头,你是聪明一时糊涂一世。至少在这件事情上,你一向被鬼附着害着,我今天就是来给你驱鬼的。"

老保长想抽烟,拿出烟又放回口袋,板着脸孔对爷爷讲:"我给你驱鬼凭什么吃我自己的烟,先拿包烟来。"我知道烟在哪里——在床头柜里,看爷爷的脸色是同意的,便拿出一包给他。

趁老保长拆烟、叼烟、点烟之际,爷爷幽幽又犹豫地问:"你的意思……小瞎子……在造谣……"

老保长吐出一口烟讲:"笃定!"

爷爷受他笃定的口气鼓励,稍微坐正身子,眼巴巴地望着老保长,畏缩缩地告诉他:"可他身上真有字,肚皮上。"指的当然是上校。

老保长脱口而出："别讲肚皮上，你就是把字刻在他额头上我也不相信。"抽烟，略作停顿，接着讲，"有字我相信，但必定不是那个字。你讲谁死了从棺材里爬出来我相信，你讲我死了要去阴曹地府被一群女鬼生吞活剥我相信，总之你造其他谣我都可以相信，但你讲太监是鸡奸犯我就是不相信。天真地真，都没有自己的经历真，今天我就来同你讲讲我亲身经历的太监的故事。要不是看你要死，我是坚决不会讲的，太监要知道我同你讲这些，非把我剁成肉酱不可。"

五二

这么秘密的事，我当然不能听。老保长把我赶出来。但天在下雨，总没必要出门吧，我上楼去好了。爷爷叫我去退堂楼上，去那里，隔着远，他们在这里吵架我也听不到。我响声上楼，响声去到退堂楼上，然后脱掉鞋子，像只猫一样，敛声收气，轻手轻脚，潜到厢房楼上。楼板是百年前的老木板，像老太婆的脸孔，瘪的地方瘪，褶的地方褶，我站着可以听到老保长放屁，趴着可以听到爷爷叹气，总之什么声音我都可以听一清二楚。你知道我最爱听上校的故事，现在有他一个故事，传了要剁人肉酱的，多诱人啊！我当然要偷听。我索性睡在楼板上听。雨水已经汇聚成流，流入接在屋檐下的竹槽，摔在天井里，噼啪响，我即使翻个身也是有掩护的。

只要不打喷嚏，我相信我比鬼还要隐身。

老保长讲故事的样式跟爷爷比，有两多一少：多的是废话和脏话，少的是具体年份。他讲年份不讲民国哪一年，也不讲公历多少年，统称"那年"，糊里糊涂的，像他人一样。好在我已经听够上校的故事，他糊涂，我不糊涂。我马上听出，故事起头的年份是上校拎着一箱子金银财宝回来（又拎走）的那一年。当时老保长腰杆子钢硬着，住的是大台门屋，门口有两只石狮子、一只拴铁链条的大黄狗。黄狗见了熟人摇尾巴，见了生人汪汪叫，门铃一样的，家丁就被唤出来。家丁是本村的，认得上校，攀谈起来，终究是一个意思：老保长恨你一个洞，劝上校回头，别自讨苦吃。上校不听劝，闯进去，果然遭老保长一顿奚落。

"你来做什么，寻女人？"老保长阴阳怪气讥笑他，"女人是有的，就怕你没毬用，我听说你被阉了。"

上校讲："你不要污辱人，我是好心来跟你了账的。当初我是匆忙走，没机会跟你了清账，今天是专门来还旧债的。"

"还债？你还得起吗？"老保长讲，"你欠我一条命。"

上校笑道："我不欠你人命，只欠你一个女人。"

老保长讲："你他妈的不要忘了，现如今是谁的天下，我当的是谁的保长，我把你押去县里，你就是死罪。"当时我们县是鬼子的地盘，老保长当的是伪保长，有义务把上校押去给鬼子或伪政府。

上校讲："如果你是这号人，欠命的是你，我该把你除掉。"当时上校正在上海跟那女特务做特务工作，除鬼杀奸的是国家派他的使命。"我正念你没当走狗，才登门来谢罪。"上校一边讲着，从口袋里摸出一只金元宝，啪一声跺在桌上，对老保长讲：

"这不是包金，是实金，可以赔你一船女人。"

这玩意足足三寸长，两寸高，冥船一样的搁在桌上，火团一样的旺，把暗沉的桌面映出一层油光。

老保长看着，口水泉水一样往上涌，要流出来。但那时光的他，面子要紧，面子比金子贵。他左看右看，手痒心痒，等着上校好言相劝——只要上校劝慰一句，他是准备撂下面子收起金子的。上校不解他心思，一言不发，掉头走。上校的本意是要给他留面子，免得看到他受宠若惊的样子。老保长却误会，以为上校是冲他摆阔气，耍牛气，一下叫他把面子绷起来，抓起金元宝朝仇人后背掷去，一串恶语，机关枪一样扫。

金元宝从上校肩背上弹出去，在地上打滚。上校忍着痛，拾起金元宝，放回口袋，掏出来的是一把黑亮的小手枪，把老保长逼到墙角，骂他：

"你这是要作死！别叫我提了你脑袋回去领功，老子现在是戴将军的人，专门负责除奸杀鬼。"

老保长听到枪的保险头被咔嗒一声按下，腿脚免不住发软，心想，受过大辱的人必定是大恶的，这家伙现在是一条断尾狗，裤裆里空了，心底断然是越发黑恶，惹不得的。心里发怵，嘴上便是硬中带软，嚷嚷：

"你欠我的是女人，给这东西做啥？这东西是污秽我呢，有本事还我一个女人。"

这是且战且退的意思，生死面前，面子是不值钱的。

"想要女人就跟我走。"上校收起枪，又掏出金元宝，在他眼前晃，"这东西保准你睡上一船女人，个个都比你小店里的人年轻漂亮。"

去哪里？

大上海。

好像是讲着玩的，但话赶话，一句比一句真实，一出比一出戏文。老保长像一下返回童年，七八岁，听故事，惊惊怪怪，眼前不时浮出一个电车叮当作响、洋楼高过天、彩灯刺瞎眼、人比蚂蚁多、钱比石子多、公园比田畈大、女人一个比一个水灵妖怪的花花世界。这世界像纸上画的，假的，白日可以去看电影、逛公园，凳子椅子随便坐；夜里可以去跳舞、汰浴，有人替你搓背修脚；天热有电风扇，天冷有电暖炉。总而言之吧，只要有钱有势，有枪有勇，人人可以活得有天有地，有滋有味。

雨越下越大，老保长啊啊地对爷爷吁叹："我真他妈的鬼迷心窍了，居然真的跟他走了。第三天，半夜三更，月黑风高，我们在洋桥头会合，然后他在前，我在后——我像他影子一样跟着，过桥上路，天不知，地不晓，兴许只有我家的大黄狗猜到我要走远方，看我过了桥，它在桥另一头呜呜地长嚎，分明是叫我回头。"

第十二章

五三

我算过,这一年是民国三十年,即一九四一年,时值秋天。到了冬天,太平洋战争爆发,大上海全是小鬼子的。当时还是全世界的,各种租界犬牙交错,各色人种混居,各方势力掣肘,三教九流,男盗女娼,兵匪流寇,黑道青帮,日伪政权,地下组织,鱼龙混杂,打打杀杀,吃喝嫖赌,闹热热,香喷喷,乱蓬蓬,臭醺醺。尤其愚园路一带,三不管,四不辖,灯红酒绿,满大街茶肆酒楼,却是野地一样,英雄好汉,乌龟王八,妖魔鬼怪,贩夫走卒,嘈嘈杂杂,蛮死蛮活的,漫生漫长的,赶不尽,杀不绝。

不老的老保长由年轻的上校领着,走路,翻山,越岭,搭船,乘车,坐火车,两天两夜。第三天凌晨,由一辆黄包车拉着,在黎明的天光中,在淅淅沥沥的雨丝里,拖拖沓沓地出现在冷寞寂静的愚园路上,然后消失在一个巷口,像是被那口子一口吞掉。老保长初来乍到,看新鲜,发现巷子套弄堂,外弄套里弄,暗道一样,曲里拐弯,断头又接头;巷弄两边,有门有窗,却无音无影,死屋一样。天光本来弱,被左遮右蔽,挤在狭促里,不剩几丝。里弄尽头,大墙里伸出半棵黄山栾树,正是花开季节,在一夜雨线抽打下,落满一地花蕊子,粘鞋子。黄包车停在树底下,老保长从车上下来,看到一边屋门前挂着一块木牌,上头是一个红"十"字,下面是四个黑字:私人诊所。老保长认得字,知道这是看毛病的地方。

老保长讲:"我要看女人,不要看毛病。"

上校解释:"先休息,女人晚上带你去看。"

上校留下一把零钱,告诉他哪里有食铺,哪里上厕所,什么时光来接他去看女人。一番交代,又上黄包车,一眨眼,不见了,只见一通空空的黑弄,像见不到底的黑洞。诊所里有张高脚病床,老保长吃了睡,睡了吃,几次做梦上校来接他。但过了约定钟点,上校迟迟不来,把他急焦得做噩梦。噩梦醒来,见上校从头到脚换一个相,头顶肉色毡帽,脚蹬黑色皮鞋,一身白西服;一只手,指头夹着一根粗壮的旱烟——其实是雪茄;一只手,拎着一只漆藤箱。打开箱盖,是从头到脚、从里到外的两套行头。换上行头,老保长也换一个人,像上校,也是西装革履,戴帽系领。老保长看着脱下的衣裳,魂不守舍的样子,迈不动脚步,像魂灵藏在旧衣裳里,没附体。上校教着他走,走给他看,抬头,挺胸,提腹,收屁股,伸直腿,脚跟先着地,目光朝天看。

怎么学,老保长都不得要领,不是丢三就落四,看得上校又气又笑。最后,逼得上校用土话连叫他两声保长,点拨他:

"你就记牢自己是保长,这地方就是你的村子,你要去见的女人就是你的姘头,你说一她不敢二的。"

这样总算得到一些体会,身子挺起来,步子实起来,目光弹出来。上校看有些样子,便拉着他走,门口黄包车一直等着。天晴了,朗朗的月光照出黄山栾树一大片黑影子，像一摊水。

黄包车走原路，却不再是原样，前次死屋一样的门口窗里，亮灯点火，有人在门口生着炉子炒菜，有人在窗洞里嚷嚷、骂娘，人影人声交织杂乱，烟火味十足。越是往外头走，灯火越是旺，开店设铺，人来车往（黄包车），人影绰绰，烟火味越是足。穿出巷口，一路的霓虹彩灯喷薄出来，光光闪闪的，烁得人头晕，也兴奋。大街上人多车挤，铺一层潮汐一样的市声，稀里哗啦的，穿来梭去的，是乱的，又是不乱的；两边橱窗一律亮堂，从吃喝到穿戴、到日用，一应俱全，招摇得搔首弄姿的，像是等你去拿，又是碰不着的，因为有玻璃隔着。玻璃，这么多玻璃！灯光，这么多灯光！像是全世界的玻璃和灯光都被集合到这儿，老保长来不及看，眼前和心里是一团乱，是碎掉的感觉。

黄包车一往直前，碎掉的感觉也是一路跟着。开始老保长是新奇的、兴奋的，后来无端地悲凉起来，是孤单的感觉，被抛弃的感觉，好像要被拉去枪毙，是束手待毙的悲凉。车夫恰似体会到他心思，将车子一个慢下来，然后一个转向，弯进巷子里，那些灯火和穿心的乱便倏地消失了。巷子是新式的，样相比刚才出来的巷子要宽大些，也阔绰些，两边多的是高围墙，有的爬满密麻麻的爬墙虎，有的探出一蓬黑森森的夹竹桃，有的甚至架着刺啦啦的铁丝网，总之是一个字——静。开在墙上的院门，多的是大铁门，关死，闭紧，闭声；有的带岗立哨，等于是更加关紧——得用枪才能打开。就是讲，墙和门是勾结的，加到一起，便是静到芯子里，有一种肃穆的感觉。

路上行人稀少，黄包车又添上速度，老保长听到速度的声音，呼呼的，刮刮的。呼呼的是风声，刮刮的是车篷迎风飘的声音，同时老保长心头冒出一串嘀咕声：这是看女人的地方吗？这是关禁闭的地方还差不多，里头的人被钱财和权势关着，守着，罩着，呵着，宠物一样的。好在两天来，一路上，他同上校已达成谅解，两人交了心，结了盟，上校给了他分量足足的信任和服气，否则他真想回头。巷子这么深，这么阔气，这么森严，他总之是觉得古怪、吊诡，鬼知道前面是什么，反正去看女人的样相是越来越不像了，倒像去看女鬼，吸血鬼，对准你脖颈咬一口，血淋漓地被一根温软的舌头吮出、舔光——据说这是很痛快的，他以前听人讲过。

老保长对爷爷讲："你是知道的，我那时当着伪保长，虽不直接同鬼子打交道，但鬼子的事总归比你们听的多。据讲鬼子有些女佬是专门干这烂事的，男人死在战场上，给她们留下一大堆钱财和地位，她们整天吃香喝辣，吃喝玩乐，最想玩的当然是男人。哈哈，好吃不如茶泡饭，好玩不如人玩人。老巫头，这个你是没体验的，我有，我闯去上海就是奔着这个去的，最后也是体验足的。但那种玩法，咬脖颈，吮血，这个从没玩过，不敢。谁敢？只有鬼子！为什么叫他们鬼子，因为不是人，是鬼嘛。自古以来，你听见过有像鬼子那么糟蹋女人的？从六七岁的小女孩一直糟蹋到六七十岁的老太婆，大白天，大街上，什么地方、什么时候、什么人都糟蹋，畜生都不如。我在县城亲眼见过，真是不要脸的，也是没有脸的，鬼就是没有脸的嘛。那么女鬼呢？更可怕！我刚才讲过，有的女鬼子就专干那事，咬脖颈，吮血吃，哪天厌了，就把你血吮光为止，真正可怕啊。"

这么想着，魑魅魍魉都追着黄包车来，车子跑得快，它们追得快,比黑风快;巷子钻得深,它们潜得深,比阴沟深。甚至遍地都是,墙头,屋角,树枝间,花丛里,阴沟里,随处都伸着根猩红的舌头,随时都可能从背后扑上来,恶狼一样的,对准你脖颈一口咬。这么想着,老保长也开始不大信任上校,甚至想到,他裤裆里空了,所以只能让女鬼咬脖颈。这么想着,老保长越发不信任上校,也是越发地怕了。

"怕到什么地步?"老保长对爷爷讲,"当车子停在一个院门前,下车时我发现双腿是浮软的,踏在地上像踏在棉花上。更吓人的是,我发现自己的裤裆里也空了,两个卵蛋不见了,那玩意像乌龟头一样缩进去,只有半个拇指大,隔着裤子几乎摸不着。你该知道,那玩意是最胆小的,受到惊吓时,它总是首先被吓倒的。"

五四

围墙和周边几乎是同样高的,院门大小也差不多,是双开门,又高壮又宽大。虽不是铁门,是木门,但很厚实,漆成大红色,门襟嵌着两盘黑色狮子头门环,像煞两只洞悉人世的大黑乌珠。月色毕竟是月色,上校并不觉察到老保长慌张的神色,付掉车钱即掉头去敲门,用衔环敲狮子头,咔咔两下,停一停,又一下,暗号一样的,门就从里面稀开一个人头宽,探出一个光头。见是上校,门立即开大,放两人进去。光头对上校点头哈腰,像老保长在县城见到鬼子。

院子不大,当中开路,铺的是青石,两边是修剪整齐的冬青;

路尽头是一个花坛，花坛后边是一棵阔叶广玉兰树；树两侧是各一栋西式洋楼，一大一小，大的三层，小的两层。树高过三层楼，枝繁叶茂，挤满天空，也被月光铺满院子，院子因此嫌小，满负荷的。两栋楼都亮着灯，大的窗多，显得更亮。上校领着老保长，熟门熟路的，绕过花坛，径直往大的三层楼走去。

像得到通报，两人走到楼前，刚准备上台阶，一门灯光，水一样扑出来，铺满台阶，同时传出一个银亮的声音：

"啊哟哟，你去哪里了，十几天了，都以为你跳黄浦江了。"

声音比朗的月光亮。她是这儿的主人家，一屋子烟花柳女的总管，俗称老鸨，这里人都叫她小妈，涂一脸桃红和白粉。年纪是看不出的，皮肉却随便看，穿的衣裳那个少，衣裳料子的那个薄啊，灯光都照进去，透亮的，透出一身白肉和曲线，也是一身胆量和欲望。走进门，客堂里，沙发上，楼梯上，茶桌前，有站有坐有躺有簇的，散着八九十来个女子，个个是小妈的翻版，穿得少，涂得浓，妖得艳，见了上校，叫得响，像见了亲爹——她们确实也叫他爹：小爹，跟小妈配合的。

小爹也是像足爹，一进门，手上已捏着一沓钞票，啪啪地拍在另一只手掌里，最后拍在茶桌上，转着头，冲四周的人嚷：

"人手一份，不多不少。"

惹得八九十来个女子一齐尖着声又叫又嚷，嘻嘻哈哈，屋子像被火点着似的。

老保长啊啊地发感叹："啊那个派头啊，啊那个威风啊，你想不到的，也想不通的。这哪是你我认得的那个小木匠！这也不是营长团长的阵势，营长团长只配给他当勤务兵！啊那个夜里啊，我经历了一生世，没见过的钱，没见过的女人，没见过的生死，都活脱脱经历了，一切都像在梦里的梦里。"

上校拍了钱，径直把小妈和老保长领进隔壁一间小屋里。小屋是小妈的私人待客室，弥漫着酒气、香气、胭脂粉、烟味、药水味，混乱得乌烟瘴气，梳妆台上的镜子闪烁出妖气的反光。上校在沙发上坐下，一把将小妈拉在怀里，又一把将那只被老保长掷弃的金元宝嵌入她肥厚的胸沟里。

小妈用手勾住小爹脖颈，嗲着声问："这什么意思？"一边的薄丝短袖子缩到肩膀上，露出臂膀上绣的一朵牡丹，白肉红花，分外诱人。

上校天花乱坠，把老保长描成自己多年前的救命恩人，对小妈吩咐：这是恩人的嫖资！

小妈咯咯咯笑，笑弯了腰，两堆胸肉从蕾丝花边里放荡出来，一口吴侬软语腔的北方话嗲声嗲气地钻出来：你这是要他命呢，我看他年岁也不轻壮了，哪消受得了这宝贝疙瘩？上校讲：这你不管，你只管给他消受，享受，是我欠他的。几番来回，小妈正式行使职权，从茶几隔层抽出一本相册，啪啪翻着，对老保长讲：货都在这儿，编了号的，一到十九号，没有四号、十三号、十四号，总共有十六人，除掉九号，其他十五个号，任你在一个月内随便享受；中途也可能送来鲜货，你照样有权享受，只要她们有空档，你有力气，只怕你消受不了。

上校问："为什么要排掉九号？"

小妈答："我确定她染上病了。"

上校讲："那得叫她走，留着害人呢。"

小妈讲："我就要留她专门用来害人。"

上校讲："作孽呢。"

小妈讲："到这里来的人都是来作孽的。"

当天夜里，老保长吃了两份夜宵，叫了五个号。清早走时，小妈把他叫去隔壁两层楼吃早饭，一边问他许多事：同上校结交的来历、行业、收入、老家、住的酒店，等等。老保长都照上校事先规定的讲，全是瞎话，不透露一丝真相。两人往来的声音一律小，做贼骨头似的。老保长预感楼上房间里睡着她男人，兴许正是上校。

分手时，小妈对老保长讲，以他这个年岁，一夜能叫五个号，不是饿鬼就是煞佬。如果他能这样坚持三日，说明真是煞佬，那她也是他的，照样也是免费用。

老保长笑道："这是个大骚货，专挑能干的，那些号都是她的试验田。"

爷爷不高兴："你同我讲这些做啥？我不要听，快讲事实吧。"

老保长训道："冤有头，债有主，壳得一层层剥，话得一句句讲，你不听这些哪听得懂事实。你不知道接下来的事情有多稀奇，我要不经历也理解不了的。"

我连这些都已经理解不了，叫了五个号，什么意思？试验田什么意思？如果不排四号和十四号，是因为"四""死"音近，不吉利，那为什么不排十三号？还有，九号得的什么病？一定是传染病吧——我想应该是肺病。可肺病是要传染身边所有人的，怎么可以专门用来害人？我理解不了，完全理解不了。当然最不能理解的是上校，他不是在当军统特务嘛，上有上级，下有下级，有组织和使命任务的——专门除鬼杀奸，怎么搞得这么无组织无纪律,跟个大流氓似的?

五五

这一个月——老保长继续讲——我白天就待在他诊所里无所事事,夜里就去那里吃喝玩乐。我可以随便叫吃叫喝,也可以随便叫号,这日子过得真叫舒坦,神仙也不过如此。我不大见得到他人,我是讲太监,他似乎是躲着我,也似乎真是忙,每次见面都匆匆忙忙的,提了箱子就走——手术箱。他的诊所开得怪,通常不开门,却又是名声在外,时不时有人寻上门,要不就把他接走。这些人,寻来的也好,接走的也好,都有来头的,不是大富大贵,就是藏枪带刀的,都有名堂。有些人他不许我见,就临时把我支开,有些可以见的,我就当他配手的角色,负责端茶倒水,迎来送往。这些人多半非富即贵,出手阔绰,给我小费都是大钞票。

刚才讲了,我晚上都在那儿吃喝玩乐,玩乐什么?就是嫖和赌。嫖赌是一家,有嫖必有赌,我就是在那儿迷上赌博的。怪得很,头些年我都赢的,后来有些小输,最后你晓得,倾家荡产,妻离子散。我记得清爽,这是抗战最后一年五月里的事,我把祖传的台门屋典给当铺,准备最后一赌,赢了钱去买个县长当,输了就跳黄浦江。最后输个精光又不敢跳江,就回来认孬了,猪狗一样活着。世上事就是这么怪,我骨头里是讨厌鬼子的,但命相里鬼子好似是旺我的,他兴我兴,他败我败,赌桌上都是这样的。

爷爷又驳他:"讲这些做啥,我都清爽的。"

是的，这些你都清爽——老保长回头讲——那个月里，头半个月，我把那里的每个号都叫了个几遍，后半个月我只叫一个号——七号，其他人厌了，只对七号好，她也对我好。人就是这样，你好我好，合配的，对上的。就是这七号，把我拉到赌桌上，天天赌，输了我全认，赢了对半分。她赢了很多钱，因此对我愈加好，后来我反复去也是念着她的好去的。这就是我的命，要被她作死。

好了，现在可以讲你要的事实了，就是这个七号，后来对我透露了不少太监的事。先前那半个月，我叫遍每个号，也问遍每个号，想打探太监一些事，没一个号敢对我吐一个字，显明是那个大婊子（小妈）下过死规矩，不准她们讲。后来七号对我好，信服我，也是被我催着，诱着，慢慢开始对我透露一些事。许多事也是以后一年年长出来的，我就总着给你讲吧，全是稀奇事。

原来太监名义上在开诊所，实质上是军统特务，诊所是掩护身份用的。他的顶头上司是国民党特务头子戴笠的亲信，一个漂亮到每根眼睫毛、凶狠到每根汗毛的女特务，据讲也是戴笠的姘头。一次她在南京受伤，连夜送出城，送到太监手上，太监不但救了她的大命，还意外送她一条小命，给她当了一回接生婆。这故事太监自己公开讲过。

确实，我听上校讲过这故事，一个女的，肩膀大腿肚皮，身上三处受伤，找他救命结果救下两条命：女人自己并不知道，她肚皮里怀着一个七个月大的婴儿，挖出来，只有拳头的大，像只小猫。

就是这女的——老保长讲——看太监聪明能干又会医术，通过戴笠的权力，把他弄到上海，教成一个高级特务。为什么是上海？因为她在南京出过事，身份败露必须换地方。这我在前面也讲过，他那次回来曾拿枪抵着我脑袋警告我,他现在的职务是除鬼杀奸,我那个……

爷爷劝他:"讲过的不讲了,讲上海的事。"

上海?那个——老保长被突然打断,脑筋一时有些短路,新点一支烟后才接着讲——然后要讲的就是那大骚货,那个小妈,她何止是个大婊子,告诉你,她是个实芯子坏透的大汉奸,专给鬼子拉皮条的。她在那里开一爿窑子,三百米开外还开着另一爿,那是特别给鬼子开的,高级得气死你!我去看过,当然进不了门,门口有两个彪形大汉,是走狗,也有狼狗,你过去,隔着几十米远走狗和狼狗就对你吼,叫你滚开;不听话,不是放狼狗咬你,就是走狗上来扇你耳光。我只是远远看,进出的都是小汽车、大美人,那围墙,那院门,那屋顶,处处包金闪银的,刺你眼,烧你心,恨杀你。

总而言之吧,那大婊子同时开着两爿暗店,一爿是替另一爿打底的,预备的,试验把关的。什么意思?就是一个个四方八方搜来的号,先在这儿培养,训练,试过,挑过,好的派过去,给鬼子用,差的留下,作预备用。预备的意思是,比如临时开来部队,那边的号不够用,这边的号也要顶上去,清场,不准中国人来用,只准鬼子包场用。当然,平时这边主要是中国人在用,你只要有钱,任何人都可以去嫖,去赌。

据七号讲,太监是那年春节后冒出来的,他必是探到情报,那大婊子在替小鬼子开暗店,想通过她接近鬼子,便寻上门来。一来就出了名,出手阔绰不讲,关键是他那个家伙奇特,功夫好得不得了。什么家伙?就是裤裆里的家伙,男人的家伙。他那家伙稀奇,一下在店里出大名。

不用讲，七号是接待过他的，她亲口告诉我，他那个家伙跟任何人都不一样。怎么个不一样？补过的！头子上像开过花，破掉过，然后被缝好，补过。然后这家伙就变了，变得像个核桃壳一样糙，而且大。这你总可以理解吧，受伤的地方总会结疤，结疤总会长出一些新肉，拱起一块或一条。总之是不平整，不光滑，像补过的断墙，总比原先壮实。这看上去是很难看的，但这玩意天生不是叫人看的，是让人使的。使起来就好啦，这你可以想的，越糙越撩人。你也可以想，什么七号八号几号，这些人专吃这门饭，自然见得多，比得多，拿七号的话讲，没一个人可以跟他比，那功夫，那滋味，那痛快，叫人活活发癫……

爷爷讨饶似的劝他："啊呀，这个你就少讲吧。"

好，这个我少讲，总之他那东西确实受过伤。这跟我们当初听到的传闻是一致的，只是我们都是道听途说，不全面，不客观。尤其是我，当初恨死他，硬是造出谣言，讲他是被他们师长活阉的。事实我早知道，他是在战场上受了伤。但之前我不知道，谁也不知道，它已经被修好，并且因祸得福，反而变成稀奇宝贝了，一去那儿就出了名。那些号都是碎嘴长舌头，爱传话，你传我，我传她，搞得每个号都抢他。他出手阔，东西奇，功夫好，哪个不想尝一下稀奇？七号讲，店里每个号都抢着要他，都不止多少次接待过他。所以你讲他是鸡奸犯，怎么可能？一万个不可能！后头故事还有一大堆呢，都是证明他那东西的稀奇的。

五六

老保长吃足酒，不停吃水，便要撒尿。撒完尿回来，老保长接着讲——

我前面讲过，每个号都是那大婊子的试验田，大家试过是好的，她自然要亲自上阵，尝一尝，验一验。一验，名不虚传啊，也是发癫啊。七号讲，从她验过后，那大婊子就召大家开会，定下两条死规矩：一是所有号不准碰他（身子），二是所有人不准传他（事情）。她一边把他当私货藏起来，自个儿享用，一边将他当宝贝供上去。供给谁？当然是女鬼，女鬼佬。我之前便听闻过，有些女鬼佬，男人死在战场上，她们要钱有钱——都是男人从我们中国人身上掠来的钱财；要地位有地位——也是男人用性命换来的；要空闲有空闲，就是没有男人，在家里守活寡，熬着，饿着，便要胡搞乱来，乌七八糟的。

那大婊子——更是大汉奸——起头是专替男鬼佬拉皮条、做肉生意的，明的，开店摆摊的。但经常同鬼子进出往来，也接触到这样一些女鬼佬，活寡妇，便做起顺水人情。这是暗的，是顺手撩一把的意思，反正她手头有的是这种烂男人，要钱不要命的，志气骨气是更不要的。窑子总的是像一块腐肉，专门聚会烂人的。

太监当然不烂，他一身志气和骨气——也是国气。他恨死小鬼子！你想，小鬼子害死了他亲爹，也差点绝了他男人最根子的东西，能不恨吗？于公于私都是恨的。他不在后方当军医，甘愿到大上海这个魔窟来冒生死，当特务，除鬼杀奸，为的就是报国仇，雪私恨。他去那儿接触那大婊子，本是出于特务工作需要，为国家收集鬼子情报，现在有机遇打入敌人内部，他当仁不让，求之不得呢。俗话讲，不……不……怎么讲的？

我知道，他想讲："不入虎穴，焉得虎子。"

因为村里有老虎山（后山），爷爷教过我许多跟老虎有关的成语俗语，比如初生牛犊不怕虎；虎毒不食子；将门出虎子；前怕狼后怕虎；一山不容二虎；有胆子摸老虎屁股；老虎嘴里讨不到肉吃；山中无老虎，猴子称大王；兵马不离阵，虎狼不离山；打虎要打头，杀鸡要割喉；人到四十五，正如出山虎；凤凰落架不如鸡，猛虎下山被犬欺；深山藏虎豹，乱世出英雄；擒龙要下海，打虎要上山；不入虎穴，焉得虎子；明知山有虎，偏向虎山行，等等，一大堆。

在爷爷帮助下，老保长前后用了两句：一句是"不入虎穴，焉得虎子"，另一句是"明知山有虎，偏向虎山行"。

对，就是这句——老保长讲——明知山有虎，偏向虎山行。他就是这样子，明知道那大婊子不安好心，在卖他，那帮女鬼佬也不是吃素的，他踏上这条贼船有可能是一条死路。即便不死吧，也可能说不清道不白，被人明里暗地骂。人不能吃错饭，更不能睡错床；吃鬼子的饭是汉奸，被人戳脊梁骨骂，睡鬼子的床——要是女人就是汉奸加婊子，罪加一等，要是男人要加十等罪，你讲是不是？这社会就是这样，女人卖是一分罪，男人卖是三分罪；如果卖给鬼子，女人是十分罪，男人就是猪狗——猪狗不如，罪不罪都不讲了，因为不是人了，是畜生了。鬼子打到家门口，男人就该上战场，上战场死了，一白遮百丑，千错万错都可以原谅；要上了女鬼佬的床，鬼知道会落个什么下场，千秋万代都可能要遭后代吐口水骂的。

你知晓，太监是个聪明人，这些道理他不可能不懂。他比谁都懂得，一旦踏上那艘贼船可能临面什么——被人误解，遭人唾骂，人不人鬼不鬼，跳进黄河也洗不清。但为了当好特务，完成任务，他不管不顾，豁出去了。这是合贴太监性子的，他骨头比谁都硬，胆量比谁都大，脾气比谁都犟，认领的事十头牛拉不回。就那样，他顺着那大婊子安的黑心、铺的黑路，深入虎穴，不时出入鬼子营地，跟一帮子女鬼佬混在一起。我第一次去那儿时，他大体就过着这种日子，一边被那大婊子霸着，一边也被她卖着，同时还要领带一个组工作，还要出诊看病，还要管我，所以是很忙的。同时在那儿，在那些号面前，他地位又蛮高的，派头十足，是那大婊子的心肝宝贝，所以大家叫他小爹，是后台老板的意思。虽然我不大见得到他，但估算他是时常在那儿的，在隔壁那两层楼里。这从那些号的碎嘴里可以得知。

当然，当时我并不知晓他这些底细，包括军统的事，他也总避着我，不对我讲，不准我问。有时我问起，他总是一句话：

"我的事你还是不知道的好，更不能让人知道。"

你知晓他讲话蛮风趣的，有一次他特别警告我：

"你在这儿下口可以放肆，上口必须闭紧；下口放肆只伤你身子，上口放肆会要你的性命。"

我觉得这日子过得跟神仙似的，可不想丢掉性命，所以严格听他的，只放开下口，不放松上口，闭得紧。

什么上口下口，放松闭紧，我完全听不懂。其实，老保长这会儿讲的许多事我都不大听得懂，半懂不懂吧。我最懂的只有一个：

明知山有虎，偏向虎山行，这话是形容一个人英雄勇敢的。如果讲这是烂，绝不是腐烂的烂，而是灿烂——阳光灿烂——的烂。我想，老保长大致在讲一个上校光辉灿烂的故事，而不是阴暗腐烂的。

五七

遇到听不懂的内容，注意力会从耳朵溜到眼睛上去。我躺在地板上，窗户含着一个斜的天空，雨线也被风拉斜，往窗户一边倒，感觉都要往窗洞里钻，却又滴水不进，像隔一块玻璃。其实隔的是视觉错误，是我躺着、看不到屋檐的缘故。屋檐有一米多深，除非风力大，雨才飘得进窗，现在风力不够，都散落在屋檐下。

一阵猛烈的咳嗽，把我注意力拉回来。

是爷爷在咳嗽，是老保长抽的烟让他咳嗽的。我都闻得到，楼下一定早已烟雾腾腾，把病弱的爷爷熏得够呛。但我担心的不是爷爷的身体，而是担心老保长把一包烟抽完又要第二包。真的，不一会儿我听到老保长嚷嚷：

"没烟了，抽完了。好事成双，再来一包。"

爷爷二话不讲，让他自己拿。这烟以前是爷爷的宝贝，都是一根根数着抽的，现在这么爽快送人的样子，好像料定自己要死了。想到爷爷要死，我心里就难过，难过得连上校的故事都不想听，倒是爷爷急着想听。

趁老保长拆烟的工夫，爷爷便催他接着讲，火急火烧的心情，好像马上要死，只怕被耽误，听不完故事就死。老保长却一再耽误，叼着烟又去退堂倒水，可能又去撒尿，反正好一会儿才回来。回来后倒是利落，没坐下就开讲——

现在讲第二年。开过春，我又去（上海），发现情况有变化，变化大得很。首先那些号很少谈起他（上校），见是根本见不到。我去诊所寻他，诊所的样子是老样子，但去十次没一次开门，像个死屋。其次，那些号偶尔谈起他，称呼和口气都变了，不再叫他小爹，叫法变得五花八门，有的叫"那郎中"，有的叫"那家伙"，有的甚至直呼"那个核桃壳"，总之是不尊敬的。以前是尊敬又亲热，现在是随便带轻蔑，完全变样子，凤凰变鸡了。正因此七号才敢对我讲他的一些事，主要是"核桃壳"的事。以前哪敢讲？失宠了才敢的。至于为什么失宠，七号讲不知道，但感觉又是知道的，只是不肯讲。

那年我一共去过四次，是我去那儿最多的一年，也是我在赌桌上运气最旺的一年，去一回，赢一回，把我赌胆越壮越大，也是陷阱越挖越深。应该是第三次吧，有一天我赢了很多钱，开心得要死，跟七号在房间里吃酒，两人都吃个烂醉。她醉成死猪，闷头大睡，我醉成疯狗，跑去隔壁两层楼里找那个大婊子打听太监下落，正好撞上76号的一个恶煞。

76号知道不？极司菲而路76号。这是汪精卫的特务组织，当时在上海大名鼎鼎，一帮子流氓汉奸仗着鬼子势力，无法无天，杀人不眨眼，吃人不剥皮。我醉成那样，什么都不记得，只记得醒来时在医院里，照镜子，不认得自己，半张脸跟煮熟的猪头一样紫红绽开，手一戳要破，流出油水。后来知道我撞上的那个恶煞是76号的杀手，杀人跟杀鸡一样的，我坏了他的好事，没丢性命要拜菩萨了。

七号正是由此起了菩提心,怕我再吃醉酒去找那大婊子打听太监,便在一天夜里斗胆对我抖出太监的机密。原来,那些女鬼佬——不止一个,据说有三个——尝过太监那个核桃壳的滋味后,起黑心,要吃独食,想霸占他,禁止他同中国人上床。她们把中国人当狗看,才不想跟狗共用一个东西,包括那大婊子。这便是鬼子的德行,你大婊子对她们好,她们可不领情。但当时太监跟她小爹小妈的,经常出入那里,哪能守得住规定,明的不做暗的做——这种事暗做比明做更蛊人。只是,他们大意了,以为神不知鬼不觉,哪知道那些女鬼佬派人来暗查,买到一个奸细,就是那九号。

前面讲过,她身子染上病,终归是生意不好,缺钱花,见钱眼开,把他们的暗事揭发出来,换了钱。他妈的,这还了得,太岁头上动土,找死!那大婊子毕竟交际广,有攀附,从鬼子司令部到76号,都有她的来头,仅凭女鬼佬那点日落西山的势力是治不了她的。她们甚至不如她势力大,何况行的事龌龊,不能明目张胆跟她斗,只好把气撒在太监身上。而太监为了继续搞情报,跑不能跑,躲不愿躲,只好认她们罚。怎么罚?就在他肚皮上绣字,教训他,警告他,也是警告那大婊子,不准他们往来。

讲到这里老保长停下来,似乎是存心吊爷爷的胃口。

爷爷确实也被吊起胃口,忍不住问:"什么字呢?"

这个还真不知道——老保长讲——七号跟我讲,从那以后她没有再见过太监,但绣字的事是笃定的,因为是那大婊子亲口讲的,有一次吃醉酒,讲漏嘴的。七号讲,那几个女鬼佬中有一人,以前是专门给人身上绣字作画的,那大婊子臂膀上的牡丹花就是她绣的，我亲眼见过。现在小瞎子，包括你那外孙和肉钳子都这么讲，指明那大婊子确实也没有瞎讲，确实绣着字。至于什么字，绣在那暗地方谁看得见？但我思忖，那字不外乎是一个意思吧，就是把她们立下的规矩——禁止太监跟中国人好——写明吧。

老保长解释，在身上绣字是鬼子的风俗，他当保长时年年要去县里开会，每次开会都是岁末年底，大冬天，作为优待、福利，他们几个保长都会被安排去鬼子的澡堂汰浴，是犒劳的意思。汰浴嘛，总赤条条的，他便见识过不少鬼子身上都绣着字，有的是"武"字，有的是"忍"字，有的是"忠"字；有的绣在胸口，有的绣在手臂上，有的绣在背脊上；颜色有的青，有的黑，有的是红。

爷爷不要听这些，要他继续讲上校的事。

老保长却起身，拍拍屁股准备走，一边讲："够了，够了，这些都是太监不准讲的，往后的事就更不准啦，你就别害我啦。"走到门口又补充，"好啦，你该起床啦，不管太监肚皮上写的是什么，总不会写他是鸡奸犯吧。这你总该放心，称心，而不是被小瞎子气成这个死样。"

讲完就走，不啰唆。

我和爷爷一样遗憾，老保长没有回头。但爷爷回头了，当天夜饭吃了一碗热粥，好似就有了力气，天色暗黑时，摸摸索索下了床，坐到下午老保长坐的椅子上，抽了生病以来的第一支烟。当时父亲在天井里，闻到烟味从厢房里飘出来，对母亲讲：看来你这回寻来的药管用了。

175

第十三章

五八

爷爷的病一天比一天见好。对父亲是一下子见好,彻底好,一口口叫父亲的小名,好得我都有点替他难为情。以前爷爷连父亲大名也不大叫的,有事——如果在身边总是哎或嗨一声;如果不在身边,要叫才叫得应,爷爷从不亲自叫,总是让我或旁人叫。爷爷的变化让我心里暖烘烘的。但父亲照旧对爷爷爱理不理,不变。自从鸡奸犯的问题冒出后,父子俩关系仇敌一样的,见面不是互相甩冷眼就是吵架,冷战加嘴仗,家里不是冰冻三尺,就是烽火连天。

爷爷讲:"两人心头都装满恨,一个是羞恨,一个是怨恨。"

现在爷爷的羞恨化为内疚,一口口叫父亲的小名,是内疚的体现,也是想唤醒父亲的感情,陪他来好好聊场天,化掉父子间的怨恨。有一天就聊了,爷爷把老保长对他讲的,从头到脚对父亲讲一遍。我发现尽管父亲同上校关系好到门,但对上校同"那些号"的事还是知之不多,听了很意外,连着几次讲:"我怎么不知道呢?"

父亲几乎有些生气,盲目地责怪上校:"这人真是,连我都瞒。"

爷爷告诉他,老保长肚皮里还藏着不少货,"往后的事"只字没提。"我估算啊,"爷爷长吁短叹,"那些事也都是你不知晓的。"

于是两人变成战友,一起谋略,怎么样去撬开老保长闭紧的嘴。

一日午后,爷爷拿出私钱,叫我去七阿太小店买两斤烧酒、四包烟。我从小店回来,看见父亲正在装一盘炒花生米,装在一只茶缸里,然后带着烟酒,和爷爷一道出门。我知道他们要去干什么:去找老保长,用酒把他灌醉,套他讲出"往后的事"。

老保长住在村口,在老虎的尾巴上,一间孤零零的石头屋,以前是地主家存放棺材的寿屋,造得也同棺材一样,只有门,没有窗——仅有两孔窄小的气窗,开在东西两堵侧墙的天花板下,像只狗眼,看人低。老保长去上海吃喝嫖赌的下场就是倾家荡产,家破人亡,从全村最富豪有势的头人,沦为最贫落孤零的贱人,一度如猫狗一样的,吃住在寺庙里,解放后才分到这屋。

爷爷讲:"这是轧姘头最好的地方,四边无耳目,像在棺材里一样安全。"

当然也是谈论机密的好地方,敞开门大呼小叫,都不一定有人听得见。这也是爷爷和父亲所以不在家里,而是专程上门请老保长吃酒的原因,就是要"四边无耳目"。他们一定想不到,其实还有我一副耳目。屋西侧靠墙垛着一堆干柴,我爬上柴堆,气窗就在眼前,屋里每句话都送进我耳朵。有时候我自己也觉得奇怪,那么多事都躲不掉我的耳目,好像我有搞侦探的天才,将来可以去当大特务。

五九

"这是什么?"

"烧酒。"父亲应答老保长,"十足两斤。"

"我当然晓得这是烧酒,你们没进门我就闻到了。我问你们这是什么意思?"老保长自问自答,"我知道什么意思,老巫头已跟你讲了太监的事,然后你们还想听他后事,就想灌醉我,叫我酒后吐真言是吧?"

"不是的,不是的。"爷爷连声否认,感觉满脸堆着笑,"我是来谢你的,这不我下床了,没死,多亏你救我啊。我得的确实是心病,你那场话确实是最好的药水,把我从阎罗王手里要回来,今天是专门来谢你的。"

"谢我是对的。"老保长讲,"给我送酒也是对的,我最爱吃酒。"

"还有烟。"父亲递上烟,几包听不出来,我猜应该是两包。

"送烟也是对的,我也爱吃烟。"老保长讲,"但你们的想法是不对的,你们以为我吃醉酒就什么都会讲?也不想想,我吃了一生世酒,酒醉糊涂的时节多了去,可你们见我跟谁提过太监那些事?那天对你(爷爷)讲是因为看你要死了,救你命,才讲的。这些事我绝对是第一次同人讲,想必你(父亲)也没听过吧。他同你这么好,好得要被人怀疑是鸡奸犯也不对你讲,为什么?因为不能讲啊,以后你们也不能对外讲,要保证!"

"他在上海当军统特务的事有什么不能讲的,"父亲给老保长递烟,点烟,一边讲,"这我早就知道,他都当故事给我讲过。这是替国家做事,杀鬼子,杀汉奸,光荣的,有什么不能讲?窑子里的事他也同我讲过一些，只是那大婊子和女鬼佬绣字的事，我确实没有听他讲过。"

老保长的口气坚决："你不知晓的事多着呢。"

刚才他们一直站着讲。爷爷大病一场，身体虚弱，拉出凳子先坐下，一边讲：

"所以还是想请你讲一讲啊，我们保证不会对外讲。"

"要讲可以，"老保长也坐下，"但你儿子得先讲。"

"我讲什么？"父亲笑道，"我能讲的你都知道的。"

"有不知道的。"

"哪个方面的？"

"他在哪里？现在！"老保长的口气比刚才更加坚决，给我感觉应该是瞪着眼，用手指着父亲，"你去看过他是不是？必须讲实话！"面对沉默，老保长给父亲打气，"知道就是知道，莫非你还怕我揭发他？我只是也想去看看他。我心里惦记着他呢，他是我活着唯一的惦记呢。"

父亲仍是沉默。

老保长接着讲，感觉蛮动感情的："这村里人全死光光我都无所谓，只希望他别不得好死。如今这世道真他妈的作孽，把一个大好人糟蹋成这样，拖着老母亲四方流浪，要藏着躲着过日子。这都是小瞎子这畜生害的，要早二十几年我当着保长，必定把这畜生枪毙了。糟蹋一个好人就是罪，活该枪毙。你们不晓得他为国家立过多大功，又受过多少罪？那个罪过啊你们想不到的，生不如死啊！他是个英雄你们知道吧，只是……只是……怎么讲呢，人是有命的，他命苦，总被人糟蹋。这不，到今天还在吃苦，我真替他难过。"声音颤颤的，我怀疑他流泪了，屋里静得可以听到爷爷的喘气声。

过一会儿，老保长的精神头又起来，吊着嗓门叫爷爷："老巫头啊，劝劝你儿子，知道就告诉我，我要去看他，哪怕红卫兵要我的命也要去。"

不等爷爷劝，父亲已开口：

"你放心，他都好的。"

声不响，音不高，却震耳欲聋，像雷劈。

我不知道爷爷当时的表情和心情，我是吓坏了。因为我知道这是犯法的，公安一直四处在寻上校，父亲隐瞒不报，可能还偷偷去看过他，这不是知法犯法吗？上校出走那天夜里，因为来过我家，这成了我们家一个炸弹，导火线就在我手上。我突然后悔来偷听，家里多了一个炸弹，我身上也多了一根导火线。

更气人的是，本来约好的，父亲讲，老保长也讲，临时他却假惺惺当好人，讲起什么狗屁大道理：

"有些事你们还是不知道为好，知道是罪，就让它们烂在我肚皮里吧。"

这不是要无赖嘛，气得爷爷骂他。

父亲似乎是想搞激将法，对老保长讲："其实他后来的事我也知道，他一个手下被76号逮捕，受不住严刑拷打，叛变，把他出卖，于是被鬼子抓去湖州长兴战俘营挖煤。这是民国三十二年的事，是不是？"

"然后呢？"老保长问，"关键是进了鬼子战俘营怎么出来的。"

"因为他救了一个鬼子大官的命。"父亲讲。

老保长哈哈笑，是嘲笑。"你以为鬼子是新四军啊，医药水平差？告诉你鬼子的医药水平是全天下第一。"老保长讲，"一次我发高烧，连着三天神志不清，讲胡话，那些号都以为我要死了。七号可怜我，去求那大姨子，求到两粒药片，就这么丁点儿大，绿色，扁圆的，像粒被压扁的绿豆。我吃下一颗，不到半个时辰，烧眼看着退下去，像一盆炭火裸在雨天里。那个奇迹啊真像是仙丹，死人都救得活的。你想，鬼子这么好的医药水平，凭什么大官的命要他救？没脑筋的，这种鬼话也要听。"

"那你就同我们讲讲人话吧，"爷爷恶声恶气又是讨好的样相，巴巴地望着老保长，"他究竟是怎么出去的？"

"我敢讲就怕你不敢听，听了是罪知道吧。"老保长振振有词，"刚才你骂我无赖，可我是为你好，你一大家子，有老有小，身上担那么多罪，担得起吗？你比不得我，我独孤孤的一人，老不死一个，天大的罪都担得起，大不了一个死，早死早了。我现在唯一惦记的就是死之前想去看看他，现在好了，既然你（父亲）知道，有地址，可以去了，礼物也有了。这酒我不会自己吃的，我要送给太监。"

我听着，心里不由害怕起来，像看见父亲领着老保长去看上校，公安在后面悄悄跟着。我讨厌这个棺材屋，这个下午，全是晦气，什么故事都没有听到，反而身上多了一个炸弹，夜里一定又要做噩梦了。

六十

尽管上校的"后事"悬空着,但爷爷的心头是十足踏实了的,几十年的担心、疑心被一扫而空,填进去称心、开心、放心、高兴、庆幸——怎么这么多 xin 音?我们口音里没有后鼻音的,"心""兴""幸"是一个音——总之是一种甜香味,在蜜罐里的样子。兴许是香味太过浓郁,我家屋子太小,装不下,爷爷没守住老保长的告诫,将上校跟那大婊子合配当小爹小妈的下流故事,以及被女鬼佬刺字的悲惨故事,相继一点点掏出来,拿去祠堂、小店、理发店、裁缝铺等地偷偷传。

老保长消息灵,很快找上门,骂爷爷不讲信誉。开始爷爷耍赖皮,否认讲过,后来被老保长有证有据扒下皮,只好承认,并解释他正是"要信誉"才讲的。他们当着我的面争来吵去,一个朝东,一个朝西,面对面,头冲头,像两只斗鸡,伸长脖颈,吵翻天。起初我觉得爷爷讲得有道理,后来又觉得道理在老保长身上。

东讲:"现在我是已经知晓他们不是鸡奸犯,可村里人谁知晓,他们照样在传小瞎子的瞎话。你耳朵聋了,难道没听见?"

西讲:"我就是耳朵聋了也比你听得多,这种话你一家人必定是听得少的。"

东讲:"所以你要允许我讲啊,谁能背得起这种恶名?我做梦都羞死。"

西讲:"你讲顶个屁用,你讲只会叫人笑话,人家背后都讲你在造谣言。"

东讲:"我指明是你讲的。"

西讲:"我不会承认的,我才不情愿为你得罪太监,我跟他有约定,绝对不讲这些事。"

东讲:"可小瞎子讲的是瞎话,你只要指明他在讲瞎话就好了。老保长,"爷爷少见地没叫他老流氓,因为这是恳切相求的大实话,"我们相好了一生世,你就帮帮我吧,把事实讲给大家听,好让我日后死个闭目。人言可畏啊老保长,他们要是把生米煮成熟饭,你让我把脸皮往哪里放嘛?"

"老巫头,不是我不肯帮你,"老保长讲,也是诚实的,"我为救你命都破了跟太监的约定,怎么不帮你?现在是我帮不了你。正因为我们相好一生世,大家都晓得,所以我讲是没用的,人家只会笑我吃了你烟酒,帮你造谣。你满肚子道理,难道还不懂这道理?"看爷爷不响,又讲,"老巫头,我劝你把这事情放下,想开点,别管它,别整天喜鹊乌鸦地四处乱叫,叫了只会更难堪,你我都他妈的难堪。有些事你得认命,这恐怕是你命中一个劫,躲不过去就扛着吧。"

爷爷眼巴巴地望着老保长,"你帮我想想,看有没有其他法子?"

老保长为自己的一番苦心失效而失望,毅然起身走。"法子就是你咽下去!"他边走边骂,"你这人就是自私,总想着要体面,把面子当命根子。他妈的,面子顶个屁用!我当初像狗一样活着,人家太监现在也是一只丧家之犬,小瞎子是废物一个,屙屎连屁股都不会擦,不都照样活着。照你这样想,我们都该去死,就你一个人活着。"

我看到,爷爷呆若木鸡,一脸丢魂落魄的死相,好似面对一泡屎——小瞎子屙的——必须吃下去,没有退路,吓傻了。事后我看他确实是有点傻,傻到家了,有一天居然拎了一篮子玉秫,要我陪他去看瞎佬。

我说:"你不是最恨小瞎子,去他家干吗?"

他讲:"我要同他爹去讲点事。"

时间是选过的,专挑小瞎子出门瞎逛的时段。去到他家,爷爷首先向瞎佬递烟,嘘寒问暖,然后认错,承认当初骂他儿子鸡奸犯是他昏了头,搞得很丢人现眼,叫我替他害臊。我拽他衣服,想拉他走。他不识相,瞪我眼。好在瞎佬什么也看不见,他闻到新摘来的玉秫的清香,像看见一样,夸这玉秫好新鲜。爷爷讲是他早晨刚去地里摘的,一副讨好卖乖的奴才相,我恨不能朝玉秫撒泡尿。

瞎佬比我父亲小两岁,可看上去比我爷爷还老相,半头白发,胡子拉碴,一脸营养不良的菜色,衣服纽扣扣错,拖一双豁嘴的烂布鞋,穿一条沿口脱丝的破大裤衩,可怜是蛮可怜相的,只是并不让我可怜。小瞎子乱造谣,故意害我们一家,我也恨他们一家,看到瞎佬的可怜相,我心里只有高兴。

瞎佬替人算一生世命,讲话是有一套的。"我算你不是来找我算命的。"他讲,白乌珠朝上瞪着,手指头习惯地拨弄着,像在拨弄爷爷的心肠,"你该是来寻我儿子谈事的吧,他出去了,你有什么事谈吧,我回头可以转告他。"

爷爷本来有副好口才,这天却有口无才,讲得含糊其辞,支支吾吾,乱七八糟的。听好久我才明白他讲的意思,是他从多方面听闻上校肚皮上的字不是小瞎子上次用匦写出来的那句话,同时他认为小瞎子必定知晓真正的话是什么，希望瞎佬做做他儿子的工作，叫他把真话写出来。

爷爷讲："太监从前待你不错的，别埋汰他。"

瞎佬讲："你凭什么讲那句话不是真话。"

爷爷讲："因为他不可能是鸡奸犯，有人亲口对我讲的。"

瞎佬讲："谁讲的？"

我朝爷爷挥手，让他别讲。但爷爷思量一会儿，还是指出是老保长，气得我像瞎佬一样对他翻白眼，气死了。

瞎佬讲："他嘛，你给他吃两碗烧酒女人都可以让出来，更别讲替人擦屁股。"这话已经带点攻击性，但爷爷仍是不识相，继续做他工作。

爷爷讲："如果是那句话，太监不会灭你儿子口的。这是毛病，又不是罪行，为什么要封他口？"

瞎佬讲："你好可笑，既然这不算什么你又干吗操心这事？这事跟你家没关系，你干吗瞎操心？"一边嘿嘿笑。

我听出这是冷笑，也听出这是正话反说，身上起鸡皮疙瘩，又去拽爷爷，要他走。爷爷再次推开我，简直傻到头，人家吐他口水，他仍旧笑颜相待。我气得不行，不管他，索性走掉，晾他去丢人现眼。所以，后来他们说什么我不知道，也不想知道。我觉得爷爷让我很丢脸，正如他从前讲过的一句话：这是去讨粪吃，脑筋长到屁眼里了。

果然，后来爷爷回来，一进家门就朝天骂："个狗日的东西，老天有眼，叫他一辈子做瞎佬。我也真是瞎了眼，去狗嘴里寻象牙。"

我出去想对爷爷说："你这是去讨粪吃，脑筋长到屁眼里了。"

可出来看到爷爷被愤怒放大涨红的脸，吓得我不敢吱声，那样子像一头受伤的野兽，是要拼命的。这天我懂了一个新道理：人和兽之间，只隔着一团愤怒，像生死之间只隔着一层纸——后面这话当然是爷爷讲的。

六一

路顺着溪坎修，溪坎弯头多，路也是弯来绕去的。我说的是公路，往山里走，到砚口后路分岔两头，一头可以去到铁匠木匠的老家永康、东阳、义乌、金华，一头可以去萧山、诸暨、绍兴；往江边——富春江——走，可以去镇上、县城，乃至杭州、苏州、上海。县城在江北，我们在江南，要渡船过江。渡船一小时一轮，叫轮渡，像一个篮球场大，可以开吉普车上船。

爷爷讲，以前没有轮渡，也没有公路，这些都是日本佬搞出来的。鬼子打到杭州，当时钱塘江大桥刚修好，炸了，阻止鬼子过江。鬼子沿着江一路逆流而上，找过江的地段。到我们县城，找到了，那儿江面窄，两岸平缓，鬼子搭码头，通轮船。轮船把一辆辆坦克、一队队人马送过江，一路烧杀抢掠，往金华永康方向扑去，那边有新迁的省政府和国民党大部队。大部队打不过小鬼子，一路撤退逃跑，逃得快的去了江西，慢的只好躲进附近山里。前山海一样大，是藏伏人的好地方，几百人散漫在丛山峻岭里，偶尔出来打个伏击，骚乱一下。鬼子摸清情况后——有汉奸嘛——派来飞机，开来坦克，狂轰乱炸，把前山好些个山头烧成癞痢头。飞机丢了炸弹就走，坦克不走,排成队,停在溪坎边,十几天不走。村里人能逃的都逃走,逃不了的躲进观德寺,求菩萨保佑。菩萨显灵,派出老和尚和鬼子小队长比武,立好规矩,赢退兵,秋毫不能犯,输则杀人烧庙。结果小鬼子输得一塌糊涂,只好退兵,寺院和躲在里面的人总算躲过一劫。

但十几天下来,村子已经被鬼子劫蹋个惨,粮食被吃光,畜生被杀光,值钱的东西被抢光——这就是爷爷时常讲的鬼子的"三光"政策。到老保长嘴里,要加一个"光":女人被糟蹋光。我听老保长多次讲过,鬼子进村时村里女人跑个精光,但他们从外边抓来十几个女人,关在祠堂里,日里夜里轮奸。鬼子撤走时祠堂里丢着两具女尸,一个是小女孩,一个是老太婆,都一丝不挂,一副被活活糟蹋死的样子。

老保长讲:"自古有话,哭不死的孩子,累不死的伙子,犁不死的女子。但这俩女哪是能犁的嘛,一个门还没开,一个门已关死。糟蹋这样的女人,指明鬼子不是人,是畜生,连畜生都不如。"

爷爷一向不对我讲这些事,大概是怕脏着我吧。爷爷讲公路的起头,其实是鬼子坦克碾出来的,一部坦克十个汽碾子,开到哪里都留下一路辙子,来往几次一条路便成形。早先路面是夯实的泥地,坑坑洼洼,不平整,晴天干燥,人跑过,一路灰尘,雨天泥泞,粘脚板。新中国,劳动人民当家做主后,政府号召大家修路,把路面修平整,又盖一层砾子,至少雨天吸水,不粘脚。砾子是放炮从山上开采下来的,用轧石机碾碎,大小差不多,带各式颜色:大多灰色、褐色,少数白色,少少数是青石板的颜色。下雨天,各种颜色一统消失,褪色,褪成一路湿漉漉的水印子;阳光下,各种颜色被放亮,天上地上都是光,遇到风,阳光被吹淡,光亮也淡了。

爷爷每个月都要上路一次,往山里走,是去大姑、三姑家,往江边走,是去二姑家。以前,爷爷上路的日子,我就可能看到上校来我家;现在,爷爷照旧月月上路,但上校不可能上我家了。他在哪里,村里大概只有父亲一人知道——这是他亲口承认的——我倒不希望他知道。想到父亲知道上校在哪里,而且有一天会领着老保长去寻他,我心里就有一种盲目又茫然的害怕,好像公安随时会来找我审问。

胡司令抄在学校墙上的革命诗,在日晒雨淋和风吹雪打下,失消了当初鲜艳夺目的红,变得淡红而有些脏。脏是皮球印子,上体育课,我们经常把墙上的字当篮筐瞄准,投篮;下雨天,皮球湿的,脏的,嘭一声,墙上便有一个黑印子。大多数印子会被雨水洗掉、阳光晒干;也有些洗不掉,跟字一样牢牢长在墙上,看上去,便是脏。我平时不大想得起胡司令,只有看见这些字时才偶尔会想到。想到他,就会想到上校,想到父亲,想到公安民警,然后生出害怕。

我觉得我的胆量是越来越小了,不像力气,去年还背不动爷爷,现在可以把他背上楼。当然爷爷不需要我背,他也不需要上楼。我是说,我的力气这一年长了许许多,但胆量却不长,反而小了,萎了,缩了,像爷爷的身子骨,那场濒临死亡的大病后,整个人小了一轮,穿的衣裤显明宽大了,背后看,衣裤四处里灌进风,飘飘忽忽的,有一种凄凉和孤独。爷爷讲,马瘦毛长,人瘦嘴大。我发现,他的嘴巴包括眼睛确实都大了一些,似乎在配合他讲的道理的真实。好在瘦是瘦,但精神头还是不错,照旧日日出门,去祠堂门口或小店转转看看,月月上路,去女儿家享享清福,不耽误。

我照旧是天天守着几本功课书和几只兔子撞日子。我已经读初三，成绩不好也不坏，但上高中是必须要好的、拔尖的。我料定自己上不了高中，最后一年便有些结束前的松懈和放弃，便是撞日子，像和尚撞钟，样子做到算数。甚至样子也做不足，常常编造各种理由迟到早退。进入十月份(阳历)，山上的野柿子一天天由青变红，味道也由酸涩向酸甜变，等不到真正蜜甜时，它们将消失得一个不剩。这天下午最后一堂课是体育，我和矮脚虎合谋扮戏，他负责受伤，我负责送他回家。我们扮得十分像，矮脚虎坐在沙坑里，抱着一只脚啊哟啊哟叫，我报告老师，然后背着他回家。一出校门他跑得比我快，我们从老虎尾巴上山，直奔老虎屁股。

村里人有忌惮，老虎屁股摸不得，没人敢去那儿动刀子，那里的树木、柴藤天长日久养着，野着，原始森林一样的，树大林深，柴藤蔓生蔓长，密不透风。林子大了，什么鸟都有，也是什么树和果子都有。春天，我们来这里摘覆盆子，夏天摘野桃子，这季节就是野山柿。我们爬上树，轻轻摇树枝，掉下来的柿子必是熟的。如果使劲摇，生的也掉下来，这是不道德的。别以为我们是野孩子，不讲道德，祖宗定下的道德是长在我们身上的，像胎记，抹不掉的，人人得讲，尤其在老虎屁股上更要讲。什么是道德？损人利己的事可以做，损人不利己的事不能做。我们把熟柿子摇下来，吃到肚皮里，这是损人利己，可以的。如果把生柿子摇下来，猪都不要吃，只能烂掉，让苍蝇蚊子吃，这就是损人害己，不道德的。

我们来早了，只掉下来几个柿子，吃了舌头像被砂纸磨过一样的麻木，说明它并没有熟透。我们约好过两天再来，扫兴而归。下了山，在关帝庙附近，我们意外撞到小瞎子，他对我们呜里哇啦一通叫。鬼知道他在叫什么，但从表情看我感觉到他心底很高兴。我心想难道他刚才去关帝庙里认罪，得到关公原谅，答应给他治病了？但又想怎么可能，关公像已被捣毁——正是他带头捣毁的——谁给他治病？他的病只有下到阴曹地府才能治。这是爷爷和老保长一致认定的，两人很少意见统一，对这件事却一口咬定，从不改口，铁铸似的。我最后想，他高兴大概是在庙里捡到了点吃的吧。

爷爷讲："寺庙嘛，再破总有人去拜的，哪怕叫花子也有三个搭子。"

这一年多来小瞎子家已穷得叮当响，钱都花在他看病上，病看不好，家眼看着败了，一日三顿都凑不齐，经常饿肚皮。肚皮是不要面子的，只要有的吃，管它是什么。现在他经常去观德寺偷吃祭物，谁家挂在窗前檐下的腌肉笋干也要偷，甚至剩菜剩饭也要偷。如果他能爬树，山上的野果子一定轮不到我们。饥肠辘辘的肚皮让他对食物产生了像前山一样海深的感情，如果能在关帝庙里捡到一些食物吃，他一定是高兴的。我想不出还有什么东西能让他这么高兴。

回到家，母亲已经烧好饭菜，端上桌，冒着热气，却没有一个人吃。爷爷坐在东厢房的门前吃烟，父亲低头立在西厢房前，也是吃烟，中间隔着整个天井。我从他们寒风凛冽的脸上看出，感觉到，他们都在吃苦，中间隔着一个苦大仇深的世界，吓得我不敢往前走——踏入天井——好像天井里盛满苦水、血水，刀光剑影的。我不知道发生了什么事，直到夜里睡觉前才知道，上校被公安抓了！

第十四章

六二

从我们村往山里走十几里,是一个叫秦坞的小村庄,我大姑就嫁到那村庄里。从秦坞再往山里走十几里,是一个叫骆村的大村庄,我三姑家就在那儿。每年春节,我都要跟爷爷去几个姑姑家拜年,三姑家是我最不爱去的,因为太远。不爱去也得去,这是礼数。去多了,我对这些村庄都有些了解,比如骆村为什么叫骆村,是村里人都姓骆吗?不是的。骆村跟骆驼有关,意思是这地方缺水,村里人像骆驼一样,要四处寻水吃。这儿没有大源溪,只有两条山涧小溪,经常断流,冬天几乎勺不到一碗水。所以,这儿家家户户门前屋后都挖一个水窖,储水的。

爷爷讲,骆村缺水跟这儿的山矮有关。其实,严格讲,这儿都没有山,只有一支岭,叫蚂蟥岭,意思是它像蚂蟥一样,细长细长的——好似还可以拉长,上去后一时下不来的,样子和性子都类似蚂蟥。蚂蟥不像蚊虫和其他虫子,叮在身上,人动一下就开溜,警觉得很。蚂蟥是个笨蛋,癞皮狗,叮上身,你扯不下来的,扯下来得有耐心和窍门,要慢慢地轻轻地挠它,挠得它痒痒的,它才会松口，溜掉。很多外乡人经常上蚂蟥岭的当，不吃饱饭就上山，结果肚皮饿瘪了，还只是走在蚂蟥的背脊上，离下山还远着呢。

细长的蚂蟥岭卧在像大海一样的丛山峻岭里，像一条海峡，很合适当边界，岭背便是界线，这边是我们县，那边是邻县萧山。下了山，是萧山的小陈村，捂在山坳里；走出山坳是大陈村，那儿已是杭嘉湖平原散落的一角。平原上的村庄可以无限止扩大，大陈村居然比我们村庄还大一倍，有近万人，大概也是我们省里最大的村庄吧——我不知道，是爷爷这么讲的。

爷爷讲："人多好藏人，好像树叶藏在树叶里，最难找。"

上校聪明绝顶，怎么可能不懂这道理？他就藏在大陈村，和老母亲一起落脚在当地一个老庙里，庙里的大和尚是他母亲在普陀山修行时相识的。大和尚背上长一个瘤子，活的，年年在长个儿，已经大得像一只老太婆的瘪奶子，耷拉下来，走路晃荡晃荡的。天大地大，上校哪儿不去，偏投奔这儿，正是得知这情况，他可以帮大和尚驱病消灾，建立交情，然后留下来。

这里，我们的公安管不到，大街上没有通缉他的头像，没人知晓他是罪犯。一年多来，他天天晨早傍晚扫地，白天夜里陪母亲念经，念经的水平已追上大和尚。他甚至已经学会一口地道的萧山话，剃一个光头，穿一身僧服，没人看得清他的来历，也没人去看去想。他在这里像在我们村里，照样是好人缘，大家尊敬，上下欢喜，以致那天我们的公安去抓他们母子俩时，和尚结集起来，拦在门口，不准公安带人走。最后是上校，知道胳膊拧不过大腿，劝散和尚，公安才把他们押上吉普车。

吉普车翻过蚂蟥岭，往县城开，中途必经我们村。经过时，公安把车停在祠堂门口,押着上校,许他回家十分钟,拿取即将坐牢必备的东西。那时我正和矮脚虎一起在老虎屁股上摇柿子吃呢,所以没见着,而多数人是见着了,没见着的人也很快听着了。父亲、爷爷、老保长,包括小瞎子都是亲眼见着的。

爷爷讲:"他白了,胖了,光一个头,一身和尚穿扮,看上去真像一个和尚。"

但其实已是一个被抓捕归案的罪犯,双手被手铐铐着,步步被公安押着,不准同任何人讲话,没有一点自由。父亲想凑上去同他讲句话,被公安一把推开;小瞎子跳到他面前,想吐他口水,也被公安挡开并训斥。公安押着他,也保护他,像管着公家的一头水牛。他母亲一直没下车,埋着头,在小心翼翼地抽泣,不敢哭,哭出声,公安就骂,要她闭嘴。你看不到她脸,只看到一头蓬乱的白发和半身黑衣裳,埋伏在前座的靠背后,随着抽泣在索索发抖,像一只关在笼里等着宰杀的白头黑羊。有人看见,她手也是被铐牢的,银色的手铐,从黑的袖子里露出一半,像戴着银手镯。

这天晚上全村人都在问同一个问题:公安是怎么发现上校的?爷爷怀疑是老保长透露的风声,因为父亲带他去看过上校。

爷爷讲:"他这个嘴,吃醉酒,肠子都要吐出来。"

父亲讲:"这我不信,上校身上绣字的事就是例子。"

爷爷讲:"倒也是,二十多年他一个字都没吐过。"

父亲讲:"上校的事你杀他头他都不会松一次口。"

爷爷问:"那你还跟谁讲过?"

父亲嚷:"你以为我是三岁小孩!"

爷爷讲:"你嚷什么,怕人家听不见?跟你讲,你还是要装着不知道，公安要知道你知情不报也会把你抓进去的。他妈不就是例子，为什么抓她？她犯的是包庇罪，包庇罪犯也是罪行知道不？"

他们在前堂里讲着，我躺在厢房里的床上听着、想着。尽管他们谁都没提到，尽管我什么也没看见，但我脑海里总浮现一个情景：村里人成群结队从弄堂出来，聚在祠堂门口，把吉普车团团围住，等着上校回来……当上校回来时，大家的目光都没看他脸，而是盯着他的小肚皮，希望用目光扒下他裤子……这不是说大家不同情他，要看他笑话，而是大家都首先想满足自己的好奇心。我自己就是例子，听说公安把他当一头水牛一样押着、管着，我顿时对公安生出一种恨，同时我又想叫公安扒下他裤子，让我看看他肚皮上到底绣着什么字。我徒劳地想着他的肚皮、肚皮，以致怎么也想不起他的长相。窗外，风有气无力地吹着，我被纷乱的空想弄得精疲力尽，以致没有力气睡着。

六三

上校的聪明体现在四四面面，公安抓他时毕竟意外，突然袭击，速战速决，庙里的东西他什么都没带——正因两手空空，他才说服公安准许他回一趟家。机不可失时不再来，他要趁机给父亲递话，去收养他的猫。但明的不能讲，公安禁止。于是他盘着父亲的心思布局，先埋下暗号，在屋门口随意丢一条专给猫汰浴的毛巾，然后不关院门。他盘算，父亲只要看他家院门没关好，一定会进院门去看看，然后看到毛巾，想到猫。后来临时冒出小瞎子吐他口水的事，他趁机设计，连声骂小瞎子："畜生！畜生！"而眼睛死死看着父亲。父亲当即明白，是在提醒他猫的事，回头就去上校屋里看。

开始父亲以为猫已被上校带回家，看到毛巾，看不到猫，知道猫还在庙里。第二天一早，父亲便去大陈村，领回两只猫，挑回一担东西。我不知道有什么东西，东西存在上校屋里，猫被父亲带回家里。从此我家又多出两张刁嘴，我吃鱼鲞的机会被大打折扣。如果说上校有什么东西让我讨厌，首先就是这两只猫，然后才是他神神叨叨的老母亲。不过老太婆倒是怪可怜的，她对观音菩萨这么好，菩萨却不顾念她，不报答她，这么一大把年纪还让她去坐牢。

猫的事刚平顺，父亲便约老保长陪他去县城看上校。

老保长因为赌博经常进出公安局，反倒认得公安局里一个管后勤的干部，沾点亲故关系的。干部待人客气，请他们到办公室坐沙发，泡茶递烟，礼数周到。但讲到具体事情——要会上校——他一通摇头，老师一样，上课一样，给他们讲一番大道理，大道理扣着铁面无私的纪律，叫他们死透心。两人铩羽而归，一路攒满疲惫和懊丧。我看见父亲进门时脸色青晦得像一叶蔫菜，回家就上楼睡觉，夜饭都没吃。爷爷留老保长吃夜饭，拿出烧酒，存心要探听情况。

老保长长了见识，要传播，加上烧酒，在饭桌上大肆宣扬，毫无保留。

"今天我当了一回小学生，"老保长开讲，"同样是犯罪，以前我只知晓分轻重，不晓得还分门类。门类分民事和刑事两路，像赌博嫖娼、偷鸡摸狗、腐化堕落，哪怕打架斗殴，只要不伤人，不见血，都算民事犯罪。民事犯罪关派出所，有熟人可以探访。太监伤了人，犯的是刑事罪，关的是牢房，判刑前不准任何人探访。加上他伤的人是红卫兵，加上潜逃一年多，加上从前历史问题，罪行一级级加，太监已被列入重犯名单，保不准要判死刑。"

爷爷不是无知识的，家有家规，国有国法，伤归伤，命归命，一条条数出来跟老保长摆事实，讲道理，认定上校不是死罪。老保长讲，现在是造反派当道保不准的。爷爷讲，死罪必须死人，这是国家保证的。老保长讲，你又不代表国家，能保证个屁。爷爷讲，我保证顶多判无期徒刑。老保长讲，无期徒刑不如死。爷爷讲好死不如赖活；老保长讲活在监狱里哪能叫活？那叫活受罪；爷爷讲人生无常苦有常，做人就是活受罪；老保长讲对于我只要有烟抽有酒吃，快活如神仙呢……两人一人一路，话赶话，路岔路，最后不知岔到哪里去。这也是老人容易犯的错误。

爷爷讲："年轻人容易心碎，老人容易嘴碎。"

但这时节父亲哪受得了他们嘴碎，还快乐如神仙！他气得跳下床，探出窗，往楼下扔鞋子，骂娘。老保长自知理亏，连扇自己两个巴掌，把酒泼在地上，灰溜溜走掉。我看父亲气急败坏的样子，看到的是他碎掉的心。父亲本是闷葫芦一个，心思重，嘴巴紧，从此后变得更闷，几乎不跟人言语，只跟猫讲话。每次看他跟猫讲话，我心里总是辛酸叽叽的，想他是不是心也碎掉了？

一天下午我放学回家，老远看到祠堂门口聚一堆人在看什么——肯定是大字报。谁写的大字报？我马上想到小瞎子。他会写什么？一定又是关于上校鸡奸什么的。他不可能不知道爷爷在反击他，他也不可能甘心认输，现在上校被抓捕归案，时机大好，趁热打铁，痛打落水狗。这么想着，我就不敢往那边走。我不想自讨没趣，虽然我敢肯定他在胡说八道，但大多数人都爱听胡说八道，不爱听真话。谁说的？老师说的？真理掌握在少数人手上。

爷爷讲："一个字，一盏灯。"

村里多数人是文盲，大字不识一个，心里乌漆麻黑。跟这些人讲道理是对牛弹琴，所以尽管爷爷反复讲了那么多上校不是鸡奸犯的真事，但效果并不好，原因就在这儿：人们爱听瞎话，不爱听真话，正如大家互相不叫名字，爱叫绰号一样。

我埋头走着，恨不得飞过去，却被矮脚虎发现。他兴冲冲朝我跑过来，乌鸦一样，大声向我叫：

"快来看，公安局出通知了，上校是大汉奸，不是鸡奸犯。"

不是鸡奸犯？乌鸦原来是喜鹊。我这才过去看，一张洋白纸，一手黑色毛笔字，每个字我都认得，每句话都写得考究，文绉绉又威风凛凛的：

公告

据悉，贵村盛传反革命分子蒋正南（绰号太监）小腹有文身，内容直指其为鸡奸犯。现经查明，文身系真，内容为假。真实内容指明他是日本鬼子的大走狗！大汉奸！望大家端正视听，勿以讹传讹，将一个罪大恶极的大汉奸当作一个笑柄，丧失无产阶级革命斗志。特此公告。

伟大领袖毛主席万岁！

无产阶级文化大革命万岁！

下面盖的果然是县公安局的大红图章，落的是前一天的日期。

我从头到脚反复看几遍，感觉每个字都像是被念过咒，有魔力的，吸着我目光，戳着我心尖。我心情是复杂的，既有高兴也有疑惑，甚至有担忧。但总的是高兴、开心、庆幸，压倒性的——又是那么多 xin！你知道，鸡奸犯的事害得我们一家人难受死，像得了某种丢人的暗病，说不清道不白：说是越描越黑，不说是默认事实。我因此自卑得不行，像身后拖着一根大尾巴，时刻怕同学来揪、来踩。爷爷给我备一把三角刀，专门用来对付可能出现的坏蛋，保护我和全家尊严。现在尾巴叫这公告彻底割断，我因羞耻而担惊受怕的日子，从此一去不复返啦！

六四

我的心情也是全家人的心情，尤其是爷爷的，他特意杀一只鸡，张罗出一桌酒菜，犒劳这个特别的日子。这只鸡香喷喷、油汪汪、满当当地盛在陶钵里，大张旗鼓地展示着我们心里那么多的 xin。呃，xin 就甭提了，满得溢出来，连上校的两只猫都闻得见，尝得到，挺立着尾巴在天井里美美地享受着两份鱼头和鱼尾巴——它们不吃鸡肉，但在这个大喜之日，爷爷怎么会亏待它们？

好啦，别 xin 啦，说说疑惑吧，上校怎么一下子变成大汉奸了？那公告上讲他小腹确有"文身"，那么到底文着什么字？还有，公安干吗要特意来贴这个公告？好像专门要对我们家行好，为什么？

父亲关心前面的问题,但答不了;爷爷关心后面的问题,并一语道破。

爷爷讲:"这不明摆的,是他(上校)在帮你,当然也是帮他自己。你去大陈村看他时一定同他讲过小瞎子贴大字报的事吧?"看父亲点头,接着讲:"这显明对他对你和我们一家人都是泼粪,多污秽!鸡奸犯比罪犯还丢人,罪犯只是坏人,鸡奸犯是畜生,谁愿意丢这个人!哪怕不为你着想,他也得为自个儿想,一定要澄清这事实。怎么澄清?口说无凭,用公告白纸黑字来讲最好。"

父亲问:"公安干吗要听他的?"

爷爷答:"你还不了解他嘛,他是多聪明的人,他要做的事哪有做不了的?再讲这也并非什么难事,要是我也想得到法子,很简单嘛,你公安不是要审问我?好,我讲,什么都可以讲,但有个条件,你们要帮我澄清一个事实。对公安来讲,这不就是写张东西,叫摩托车跑一趟而已,干吗不应他?"

我觉得爷爷讲得有道理。

以我对上校的认识,哪怕不为自己,只为父亲他也笃定会这样做,他们兄弟一生世,他又是那么讲情义的,怎么可能让父亲陪他背这个黑锅?上校是天底下最有担当的人,爷爷是世面上最有见地的老人,父亲——怎么讲?只能讲他的嘴巴是那个最熬得住声响的,即便在这个喜庆之时,依然没几句话。相比,爷爷连讲带笑喜洋洋的,配这个喜滋滋的日子,配得合榫合卯,无缝无隙。平时爷爷老眼昏花,眼光是黯淡的,这天却泛出一轮轮光波,把我罩进去又照出来。

天凉好个秋,天高气爽,蚊蝇差不多死光,阴沟里的臭气也收光，天井迎来一年里最好的时光。吃过夜饭，我和爷爷享受着这好时光，坐在天井里聊天，一边剥着玉秫——明早煮粥用的。父亲是不聊天的，至少不跟我们聊天，他给两只猫汰浴，一黑一白，在银亮的月光下，黑的更黑，白的更白，喵喵地叫，有一股妖气和怨气，跟这个夜晚是不配的。玉秫剥落后，空芯子堆起来，散发出一种淡淡的谷物的草香，和这个夜晚是配的。这种日子从前上校是经历过的，以后大概是经历不了了。

爷爷曾认定上校不会判死罪——因为没杀人，但现在，加上一个汉奸罪，奸到什么程度不知道，就不好下判断。爷爷讲，鬼子投降那年，汉奸是排成队被一批批枪毙的，枪毙作废的子弹壳，在刑场上随地捡。村里有人就拿捡来的子弹壳用锉刀磨一眼孔，做哨子，吹出来的哨音尖锋得很，吓麻雀贼灵光。这季节你去稻田菜地，四处会瞧见稻草人，小丑一样招摇着，干吗？吓麻雀。

爷爷讲，麻雀灰不溜秋，一副贼相，贪吃，是农民的天敌，赶不尽，杀不绝；燕子一身漆黑，一副忠诚相，是农民的长工，所以家家户户留它们在屋檐下作窠。自古，远亲不如近邻，近邻不如长工，所以对长工是要待好的。

六五

自贴出公告后，好似公安局在我们村里凿通一个窗洞，风来雨来，不时传来上校一缕缕音讯，众说纷纭的，如一锅热粥，四处冒泡，稀里糊涂，见不着个底，你不知道信谁不信谁。一种说法，上校骨头刚硬，在铁皮牢屋里被连吊几夜，肋排骨被打断几根，就是死不开口，宁死不屈。一种说法，上校当过军统特务，有本事对付公安，轻松耍花招，把公安蒙鼓里，根本没挨打。一种说法，公安从省里请来专家，专家带来药，药无色无味，掺进白开水，上校喝下去，不过十分钟换一个人，问什么讲什么，一五一十全交代。种种说法都有人信，也有人不信，没威信。

对上校肚皮上的字也是这样，大家好像猜谜，什么都不顾忌，乱猜，一下猜出多个底本，诸如：我是皇军一条狗；皇军万岁；皇军大大的好；我是汉奸我该死；太监是假汉奸是真，等等。好像在猜一句鬼话，说什么的都有，甚至有人说，那根本不是一句话，而是一张地图，地图上标的是当时上海军统特务的秘密联络图。

爷爷几次约老保长讨教，老保长一律骂，那都是胡说八道！

直到一天，村里有人打架，派出所来人处理，聊起上校，撂下一个说法，有权威性，很快传散开来，把那些乱七八糟的东西盖下去，一枝独秀。这说法不关心上校有没有挨打或吃药：这是过程，可能也是秘密，人家不讲。人家讲的只是结果：上校已经接受坦白从宽的政策，承认小瞎子是他害的；为什么害他？因为他看见了他肚皮上的字；什么字？是一句下流话；什么下流话？这不能讲，因为太下流，开不了口——有些话太脏，毒药似的，人是不能碰的，碰了脏你嘴，毒你心。关键,这不是个下流的问题,而是汉奸的问题：那句下流话像句口号似的，彻头彻尾指明上校是个十恶不赦的大汉奸！

爷爷讲："收音机里看不见人，玻璃柜里藏不了人。"意思是做人要亮身子，讲话要见芯子。

你说话光露一个把子，不露芯子，就别怪人家编鬼话，瞎扯胡诌。一时间，村里编出各式各样的下流话，贴在上校肚皮上。那个下流啊，真是下得脱底，流得满地都是，反正不是杆子就是洞子，精赤赤的，淫荡荡的，不留一片布丝盖头。我每次听到都起鸡皮疙瘩，真正尝到什么是"毒药似的脏"，别说嘴巴子不敢碰，耳朵根也不敢。毕竟我才十六虚岁，用爷爷的话讲，刚出屄毛，面皮子薄。

不久后的一天晚上，我已上床睡觉，爷爷正准备去关大门，老保长闯进来，喝得醉醺醺的，进门就吆喝，讨烟抽。爷爷递给他烟，取笑他：怎么有人请你吃酒不送你烟？他拍拍裤袋讲，烟在这儿，整包的。爷爷讲，那该你请我抽。他讲，好，那就你来讲故事。爷爷问什么故事，他讲当然是上校的故事。

"太阳从西边出来了。"爷爷一通笑，嘲弄他，"上次送你两斤烧酒你都诓我，毛都没让我见着一根，今天怎么主动送上门，该不是又想诓我？"

老保长讲："上次诓你是因为我跟太监有约定，不准讲，讲了对他不尊敬。今天他自己已经开口讲了，约定就取消了。你没听见嘛，全村人都在讲他的故事，下流得要淹死人，可那都是他妈的瞎扯淡。今天我讲是为了尊敬他，是要叫人别乱嚼舌。"一边冲楼上嚷，叫父亲一起来听，接着对爷爷讲，"今天我讲的事你可以四方八远讲，去堵堵那些烂舌根，叫他们知晓什么是真的。"

父亲下来，给他泡好茶，选好位置，摆好凳子。本来这季节天井是谈天的好位置，但他们选在前堂，目的是不想吵着人；可能也是因为要讲的事太过那个吧，不合适其他人听，尤其是我。可我是笃定要听的，远远的棺材屋我都要跟去听，何况送上门来的。

其实我想不听都不成，老保长喝足酒，嗓门大，兴许母亲和大哥在楼上都听得到。

爷爷讲："酒鬼嗓门大，死鬼乌珠大。"

这话一点不假，尽管父亲和爷爷多次劝老保长小声点，可小一会儿又会变大，没用的。

六六

在父亲和爷爷提醒下，这回老保长是从上校被鬼子抓去湖州战俘营后开始讲的，这是民国三十二年的事。

那年我一共去了四次上海——老保长讲——最后一次是过完冬至节去的。去了以后就听闻太监出事了，被手下出卖，抓起来，关在湖州长兴的战俘营在挖煤。那时间我跟他交情很深，人家落难，我当然要去看他。原想回家中途改个道，从苏州下火车，走太湖去看他。可一打听，去不了，时机不对，大冬天，太湖结冰，轮船不开。走杭州也不行，那时杭州到湖州还没开通火车，也没公交车，主要交通工具是脚：人脚、马脚。我那时手头有钱，包个马车不在话下。但马车也不行，天寒地冻的，马去哪里找草吃？自带干草？那么路远迢迢，车子还不够装草料呢。行不通，只有等来年再讲。

过了年，三月底，春暖花开，田头路边的青草跟庄稼一样盛，马可以上路了，我就出门了。先坐船到杭州，在客栈过一夜，雇好马车，第二天清早上路，天黑赶到长兴县城。战俘营在牛头山一带，从县城过去马车还得几小时，到地方还得寻地点，到地点还得寻人。

总之紧赶慢赶，第二天下午三四点钟，总算熬出头，寻到人。不是太监本人，是管太监的人，牢头。战俘营属鬼子管，其实又没几个鬼子，管事的大多是中国人，汉奸，见钱眼开的。我寻到一个管事的牢头，送他两块银圆，他眼睛亮得！恨不得要造出一个太监给我。

是的，太监走掉啦，就在我去前一个月，春节前，有人开来小轿车把他接走啦。牢头看我是有钱人，对我客气，给我泡茶，陪我在工棚里聊了一个多小时天。他告诉我，来接他的人好一副派头，穿一身西装革履，戴一顶黑毡帽，拿出来的证件是南京鬼子司令部发的，汽车挂的也是鬼子的军牌照。开始我的想法跟你（父亲）一样，以为太监是被人接去行医，他在上海开过诊所，名声在外，人家慕名而来，是要他去救命——这样的话，太监应该还要回来。牢头讲，这阵势是去天堂的，死了都不会回来了。那天堂在哪里？不知道，去干吗也不知道，总之很机密。牢头是个小喽啰，只管着地狱，天上的事够不着。

后来到上海，七号告诉我，太监去了北京——当时叫北平。我问他去北平干吗，她反问我，他一个牢犯还能干吗？除了他那个"核桃壳"。原来那大姨子又把他卖了，当然本意可能也是为他好，想救他，把他卖给了一个有权势的女鬼佬。能把一个战俘从牢里救出来，我想得是什么人物啊。七号报了一个人名，一个日本女人的名字，问我有没有听闻过。我哪儿听过，听过也记不得。我只记得什么号，名字听了也记不牢。日本佬的名字怪，女的都叫什么子，男的都叫什么郎什么村，长长一串难记得很。七号讲她本是中国人，打小过继给日本人，才起个日本名。她继父可是个通天的大人物，汪精卫见了都要对他点头哈腰，端茶递水。就这样，因着继父的权势，加上人聪明漂亮能干，吃得开，吃得香，她在鬼子圈内可以上下通吃，杀人救人都是一两句话，稀松平常得很。

我无法想这到底是个什么人物，有一次七号给我拿来一张报纸，上面有她照片，长得真是蛮漂亮，瓜子脸，水蛇腰，穿扮洋派，面容端正。我想，太监这回沾着了，这模样看上去怎么都不像个坏人。可实际，是个坏到底的大汉奸、女流氓。七号讲——当然七号也是听那大婊子讲的——她每天都少不得男人，甚至跟干爹、继父都上床，猪狗不如。她玩的男人要用火车装，飞机运，但尝过太监那"核桃壳"的滋味后，其他男人一概不要了。她把太监当宠物养起来，高围墙，大花园，一堆佣工，好吃好喝，什么都有，就是没自由，出门有保镖盯着，回家有狼狗看着。这日子过个十天半月，那是神仙，过久了就是坐牢。关键，她是出名出头的大汉奸，本是太监要除杀的对象，现在却成了她玩物。这是让太监最难过的，日后怎么跟国家交代嘛？

"他应该趁机把她杀了。"爷爷突然冒一句。

"就你聪明。"老保长用一种谴责的口气顶撞爷爷，"人家不是吃素的，人家吃的味精比你吃的盐还多，轮不到你来聪明。她知晓太监以前是军统特务，防着他，一到手就给他盖印章，把自己名字盖在他肚皮上。你们晓得，你家外孙（表哥）就见过，太监肚皮上本是被那些女鬼佬绣过字的，一行大字，横着绣，下面是一个箭头，箭头两边正好有个空，她就在空处添上自己名字，拍好照，照片锁在保险柜里。这样你杀她也没毬用场，照片是证据，他们相好过，你太监杀她，外人多半会想这是情场上的屁事，不会是国家大事。

后来太监吃的就是这苦头，跳进黄河也说不清。这是后话。"

话讲回来——老保长吃口茶，接着讲——当时太监还有好的盼头，想有朝一日跟组织接上头，可以利用她搞情报。当初他在上海跟那些女鬼佬鬼混就是这样，利用她们搞情报。现在只要接上组织他就可以打到大老虎，干吗不试试看？人就这样的，往回看什么人都可以做诸葛亮，但往前看诸葛亮也要被气死。太监想得美好，可下场不好，一年多下来都接头不上组织。他组织在上海，北京人生地不熟，又时刻被人看着管着，哪容易接上组织？接不上组织，做不成事，他就成了那女人私养的一条狗，女人是大汉奸，他就是大汉奸的走狗，最后被国民政府判刑，关在北京一座监狱里。

讲到这里老保长停下来，问父亲："他在北京坐牢这历史你知晓吗？"父亲没出声，大概是在摇头。他接着讲："是的，这历史污脏，他一向对人瞒着。可这回我听闻他主动对公安交代了，所以我怀疑公安真的给他上了药，否则他死不会讲的。"

"我了解他后来又回国民党部队去当了军医。"父亲讲，"坐牢怎么当军医？"

"照你这么讲他后来又怎么能去当解放军、志愿军呢？"老保长反问父亲，"事情在变的嘛。他妈的，他这辈子简直跟牢房结了仇，之前坐日本佬的牢，之后坐国民党的牢，马上又要去坐共产党的牢，不知这一次还能不能出得来。"长叹一口气，带出一个响嗝，"事情就是这样的，日本佬投降后他被判汉奸罪关在北京——当时叫北平——炮局胡同的陆军监狱。这是归国民党中统管的监狱。中统军统是对家，也是一家，反正都是特务机关。这些我后来都是搞清爽了的，因为有一天我被军统抓去审问了。"

我本来是靠在床上听的，后来老保长去猪圈撒泡尿回来，入座前拉一下椅子，一下改变朝向，有些话我听不大清楚，只好下床，坐在爷爷的躺椅上听。我把躺椅拉到门背后，再把门稍稍稀开一条缝，比刚才听得更清楚。

这是个月黑之夜，月黑生风，风从门缝里一缕缕切进来，吹到身上已经有些凉意。椅子上搭着一条棉毛薄毯，爷爷有老寒腿，经常拿它捂膝盖和小腿，毯子上附着爷爷的体味和脚气。我是在爷爷的脚气中长大的，小时候我总要抱着爷爷的脚才睡得着，现在抱着毯子，感觉又抱着爷爷的脚，昏昏欲睡，又不忍睡去。

第十五章

六七

村里老人不一定记得自己生于哪年,却都记牢日本佬投降的年份:是民国三十四年,公历一九四五年。爷爷时常讲,这年夏日里的一天,美国佬在日本投下一颗原子弹,隔两天又投一颗,然后日本佬就乖乖地宣布投降。用老保长的话讲:美国佬的两个蘑菇弹把日本佬的两个卵蛋都炸成肉酱。但同时,也把他炸成一个穷光蛋、晦气鬼,以前在赌桌上的进账哗哗哗出去,挡不住,摧枯拉朽的。

鬼子投降初期,窑子里生意出奇的好,嫖客赌棍洪水泛滥的多,都是趁乱作乱掠到横财的贼鬼烂佬,赌注下得大,心眼黑得辣,不守规矩,耍鬼名堂。老保长不知深浅,不出半月老本已输个精光。不甘心,借钱博,又输光,欠下一屁股赌债,剩下狗命一条。债主怕他赖账跑路,把他剥光衣服,关进窑子地下室,派出七号去搬救兵,筹款来要命。

七号从此一去不返,这也是符合这些号的人性的。

眼看老保长只有等死,却意想不到等来救星。一日上午窑子里外清风素静的,人都还在睡大觉,只有院子里的花草醒着,在阳光下争奇斗艳,吐故纳新。突然,院子的朱红大木门被生生撞开,闯入一女子,人称长官,三十出头,长得标致,穿得普通,却是一副凶相,带一队宪兵,进门就放两枪,把两条嗷嗷叫的狼狗杀掉,然后封死门前屋后,实施抓人。抓的是那大姨子,她正在浴缸里洗澡,当兵的不敢进,女长官亲自上阵,三下五除二,用一个被套把她裹个严实,对她当场审问。完了,交给当兵的,押上车,抓走。

女长官不走,指挥手下在大姨子住的两层楼的一楼客厅摆好桌椅,叫人把隔壁三层楼里的所有号一个个带过来审问。审问分两项内容,一是要她们揭发大姨子做汉奸的事,二是向她们打听上校的下落。当时老保长已在地下室关了三日三夜,当兵的发现他时,他已饿得肚皮贴在背脊上,脚长在手上,走路得靠手,扶着墙走。走出地下室,他已经累倒,口吐白沫,要死不活的样子。窨子里零食多,饼干、糕点、糖果、香烟、酒水,像农家院里的鸡粪,四地散落着。

老保长讲:"我见什么吃什么,吃到又是口吐白沫为止。"

女长官最后一个提审他,那时太阳已经西下,院子里一蓬芙蓉树在经受一天阳光的暴晒后,花朵蔫耷耷的,但夕阳的光芒依然照得它一团桃红,红得刺眼。此时的老保长已死过两回,一点不怕死,他知道要去见谁、做什么——那些号受审回来,叽叽喳喳的,把女长官形容成一个女魔头,目光刀子一样尖,发火时把乌黑的手枪从腰里掏出来,拍在朱红漆亮的桌面上。那是那大姨子的餐桌,老保长曾在那儿吃过饭,印象很深,桌面光滑得像绸缎子,红亮得像漆过血精,可以对它照镜子。老保长满嘴酸水,打着饱嗝,在红桌子面前坐落时,首先从桌面上看见女长官的脸,晃晃悠悠的,像浸在水里。

"起先我一直低着头。"老保长讲,"我不敢抬头看她,又惦记着桌上有没有手枪和刑具什么的,便偷偷看。"

没有手枪,没有刑具,什么也没有,桌面像镜子一样干净,只见桌沿上支着两只袖着浅白碎花的肘子,中间夹着一张女人模糊压扁的脸。桌子底下,跷着一副二郎腿,左腿搁着右脚,露出右脚白皙玲珑的脚踝。此时的老保长对女人的心肠基本上还是个糊涂蛋,但对女人的身体已经研究透,看这脚踝,他知道这一定是个生相标致的女人,身形偏瘦,年纪在三十岁上下。

"抬起头来!"女长官发话,"你是这里什么人,怎么身上臭烘烘的?"

老保长抬头看她,左看,眼睛发亮,右看,脑袋发黑……他怎么也没想到,在这地方遇到她!他以为自己还关在地下室做噩梦,扭自己大腿,大腿生生的痛;看窗外,斜阳的光芒从窗洞里亮亮地射进来,绝对不是在地下室;再看她,左看是她,右看还是她,而且她刀子一样尖的目光在他痴痴的注视下,削铁如泥似的,明显收起了尖芒,露出疑惑和惊讶,也可能是惊喜。

六八

刚才还是月黑风高,而风是会拨开乌云吹来月亮的。时值古历十月,蛇虫百豸死掉的死掉,躲掉的躲掉,销声匿迹,夜深人静。当老保长闭口时,我听得见月光在屋顶上走动的声音,它们赶着黑暗，走入天井，爬上墙，天井变得更大，也更静了。

爷爷讲："月光爬上墙，人爬上床。"

这是劝我睡觉的道理。爷爷讲道理的水平一套一套的，睡觉是睡觉的理，起床有起床的理，什么东西都有理。要讲道理，我笃定，爷爷的水平高高在上，没人能占他上风。但讲故事和吵架，老保长的水平绝对在他之上。老保长吵架，操爹日娘，句句带把子，可以把死人气活，活人气死；讲故事能从赌桌上讲到响床上，从白花花的银子讲到白生生的身子，从白生生的身子讲到暗搓搓的窑子，可以把每个好人教坏。他见酒就喝，喝了就醉，醉了就讲，不分场合，不知疲倦，一个故事能讲几十上百遍，也把好多好人教坏几十上百遍，至少在心里吧。你看他不停地把一个个老故事颠三倒四地讲，以为他早已倾家荡产，想不到还埋着这么大一个金矿。我无法想象一个整天酒醉糊涂的人是靠什么锁住这个金矿的，正如无法想象一个老酒鬼守着一缸老酒不喝一口。这个事实让我对老保长肃然起敬，我觉得我们所有人都应该尊敬他。

月光在老保长不语时显得更亮，好像沉默真的是金子，可以发光，照亮月光。老保长讲故事有门道的，每讲到关键处，总要停下来喝水，重新点一支烟。这是吊人胃口，也是为了把故事讲出门道——好像讲不下去，其实是要个停顿，摆个样子而已。

摆完样子，老保长又开始讲——

这女长官是什么人呢？就是把太监调去做军统特务的那人。这人你们总该听闻过吧，太监救过她命，还给她当过接生婆。我头一回去上海，在太监诊所里曾跟她撞过一面，半夜三更，她乘一部黑轿车来。那天真见鬼了，我不该在诊所反而在，太监该在诊所反而不在，两个"反而"好像是摸了她两只奶子，叫她很生气，对我一通训和审，好像她是警察我是流氓似的，好像我真摸了她奶子。她奶子是蛮鼓的，条杆也上好，手长脚长的，上床笃定是把好手。可那时我在窑子里已经玩了一只金元宝的女人，吃饱了撑的，红烧油肉也不想吃。我只是奇怪，她一个女的，年纪轻轻，怎么训人的口气那么老到，跟练过似的，张口就来，接二连三，句句盘到我底细。我照太监事先教的，讲土话，装傻子，一问三不知，只管点头哈腰，赔笑脸。她看我是个土鳖，听不懂她话，回头自己翻箱倒柜寻了一些酒精纱布走。这时我才知晓她来找太监是去救人命的，太监不在只好自己先去急救一下。临走她交代我，要太监回来后迅速去寻她，她叫姜太公。完了想起我是个"聋子"，她从头上拔下一支玉簪，丢在案台上，意思是这代表她。

她头上本是对着插着两支簪子，拔下一支，头发散开一撮，她索性拔下另一支，一头长发瀑布一样泻下来，散在肩头，披在背上，拖到腰线。她穿的是草绿的紧身旗袍，配上一身乌黑长发，整个人顿时柔媚得闪闪发光起来，像奶罩，明明是加盖一层，却比扒掉一层更撩人。她很会打扮自己，用手上的簪子把头发稍梳理一下，又活活添一份妩媚，有窑子里那些号的姿色，但又比那些号雅致清洁。我看着她出门，一扭一扭走，钻进车门，那腰身，那屁股，把黑暗都照亮。我当时想，操他妈的，老子睡了一只金元宝的号都不及她漂亮。我后来跟那些号来事时，脑子里经常想的是她，有时不行了，乌龟了，一想起她就行了。跟女人那个，紧要的是想头，那个是次要的，那个……

老保长那个那个的，又是满嘴下流话。爷爷听不下去，让他别讲这些,他还不高兴,发脾气,要走。走是假,讨个好是真。好好好,父亲出来打圆场,递烟又点烟,劝他接着讲。从后面讲的情况看,他好像真有些生气,至少是泄了气,讲得浮皮潦草的,要不断追问才能问清一些事实。

"后头的事就简单啦,"老保长讲,语焉不详,声音里透出一股没有泄尽的怨气,"她派我去北京找太监。"

"谁?"父亲问,"谁派你?"

"这还用问?"老保长讲,"当然是姜太公。"

"她怎么知晓他在北京?"爷爷问。

"你说呢?"老保长哼一声,反问,"人家已在那儿拎人审问了一整天,什么事不知道?这些风尘女子哪有什么道义,基本规矩都没有的,包括七号也是下三流,你好她好,你不好她更不好。面对宪兵,对着乌黑的枪口,她们可以把肠子奶子都掏出来,这就是婊子。总之,审我之前她已从各路打探到,太监曾被那女汉奸弄去北京养着。当时这女汉奸刚在北京被抓牢,报纸上都登了的,她自然想到太监可能也被当汉奸抓牢。想想看,汉奸养的男人能是好人吗?一条吃里扒外的狗而已,不抓他抓谁?谁了解他太监的底细啊,只有她姜太公,她想救他,便派我去找他,我就这样去了北京,当时叫北平……"

"不,"父亲打断他,"你先别去,先讲明她干吗派你去?"

"就是。"爷爷附和道,"她手下那么多兵,干吗非派你去?"

"干吗?"老保长提高声音,分明是冲着爷爷撒气,"因为养他的人是个大汉奸!报上登着,风口浪尖的,社会上都睁大眼盯着,你不先摸个底就派人去公事公干,不遭人风言风语吗,万一太监真做了汉奸呢？多难堪。派我去，能进能退，进可以救他，退可以放手不管。你以为她姜太公的名头是白取的？她心机比姜太公还深厚，事事想得周全，进退自如。天晓得，她知晓，除了派我去，找不到第二个合适的人。"

六九

老保长是以上校娘舅的身份去北平的。父亲已亡，母亲一双裹成粽子一样的小脚，不便出远门，派娘舅去寻，名正言顺。为了把事情做实，姜太公先安排老保长回家，和上校母亲合一张影，做证据。这事情很简单，麻烦的是老保长两手空空回来，先前典给当铺的田产房契，掌柜的着急要转手，一堆手续要办。此时他作为保长的名头和地位已坍掉，人家发了国难财，在镇上有钱有势，比他狠，不办手续就关你黑屋子。周折一番，七八日过去，等他回到上海已挨拢农历十月半。在上海又耽搁数日，出发的日子正好是十月半。这日深夜十点，姜太公亲自开吉普车把他送到火车站，一路上，四方瞅见磕头烧纸钱的人，街头巷尾，香火缭绕，鬼影幢幢。十月半是又一个鬼节，俗称下元节，是三大鬼节的收官之节。

这个日子上路，老保长心头多少有些不祥的预兆。

火车一路北上，也是一路停。一半是临时停，停下来都是一件事：查证件，抓汉奸。这年月，汉奸不是关在监牢里就是逃在路上，火车人多，好掩护，是汉奸逃跑的首选路线。老保长手头有一本证件，是姜太公给他备的，蓝面子，黑印章，有见官高一级的权威。

坐他对面的是个书生模样的中年人，戴眼镜，穿长衫，言少笑多，待人彬彬有礼。首次查证件，他顺便刮了一眼老保长的证件，然后便对老保长恭恭敬敬，给他递烟买包子，跟勤务兵似的。车上有不少军人，士兵军官，三五成群，吆三喝四，把自己当战斗英雄，把布衣百姓当鬼子，手下败将，想训斥就训斥，要座位就得让，横行霸道。书生悄悄对老保长讲，中国要有这么多战斗英雄，日本佬该早滚蛋了。

这也是老保长的想法，两人因此有好感，一路攀谈。

车到镇江，要加挂一节车厢，据说车厢里全是黄金和保卫黄金的机枪和机枪手。黄金哪来的不知道，只知道是要去南京。火车迟迟不发，两人在月台上抽烟、散步、聊天，一个大大咧咧，一个毕恭毕敬，一前一后，一问一答，倒真有些主仆的样子。上车前，书生从随身拎的皮包里摸出两盒烟送给老保长，请求做他随员。老保长纳闷天下怎会有这么好的事，对方以为他在犹豫，又塞给他两块银圆。这反而引起老保长一些犹豫，怀疑他来路不正。但又想前回查过他证件，没问题的，看人相也是有模有样，干吗客气？他先接过银圆揣入胸口暗袋，再接过烟塞入裤袋，然后拍拍书生肩膀，以保长的口气讲：

"好，就这么定了。"转眼又退一步，"要不我做你的随员也可以。"

"不不不。"对方连连摇头，"我是随员，我是你的随员。"

随后一路上，老保长都把他当随员向人介绍，他也一口口称他为"头"，照顾周到。老保长心想这真是遇见鬼了，平白无故捡个大便宜。火车总是停，也总是在开，只是慢。徐州是个大站，下去半车人，一路拥挤的车厢一下空出不少座位。老保长对随员讲，这才叫坐火车，刚才连牛车都不是，满车厢都是屁臭、吵闹。随员讲，待会儿将上来更多人。

他是有远见的，后来果然上来更多人，车厢里人头攒动，连行李架上都爬满孩子，他们根本不敢下来，下来就可能被挤扁。不过随员是看不见这些了的，因为他在这些人上来前已被宪兵带走。虽然他身上有证件，但宪兵手上有他照片，在照片面前，证件屁都不是，哪怕老保长把证件调给他也免不了他罪——他是在逃的汉奸！这件事让老保长受到教训，好像身边每个人都可能是汉奸。后来一路上他再没有接人家一支烟，随员给他的烟和银圆也如数交给宪兵：这是他受骗的证据，必须交出来。

事实上他不缺钱，姜太公是给足盘缠和开销费用的，包括御寒的棉大衣和大棉鞋，虽然是二手货，兴许是从死人身上扒下来的。但到了北平，没它们你可能成死人，冻死！火车一路北上，季节一路入冬，农历十月半的上海，白日是夏天，夜里是秋天，到了北平，日里夜里都是严冬，北风呼啸，寒风凛冽。

火车在半夜里，在一层雾白的霜气里开进北平，头一夜老保长将就寄宿在火车站附近的一家小旅店，因时值凌晨，他跟店小二讨价，只付半夜房费。小二同意，同时也刻薄他，把他排进没暖炉的一间冷屋，冻得他头皮发麻，清鼻涕直流。

第二天，他住进一个四合院，院内蹲一棵古松，形状古怪，侏儒似的，杆粗个矮，枝丫曲直有度，有造型，显明是人工精打细作过。七八间正屋偏房都贴着白纸黑字的封条，单有一间灶屋和下人寝室，门窗上贴的是红色剪纸，有字有图，内容都是喜庆的，只是历经风吹日晒，一律褪色，有的破损，有的卷角，与四周的封条合配出一副败落相。一个断手佬守着偌大一个空院，寂寞使他对老保长的到来绽放出热烈而夸张的笑容。这也是老保长心里的笑容，因为他预感自己时来运转了。

七十

盘缠，证件，照片，是寻不着人的。寻人得靠人，当地人，地头蛇。爷爷讲："强龙不压地头蛇，天大地大地头蛇大。"

姜太公在上海是一条暗龙，地头蛇，而各地的暗龙、地头蛇是响应的，如官官相护，青帮黑路私通一起一个样。临行前，姜太公交给老保长三封信，密封，编了号：1、2、3，张三李四，单位地址，一一写明，让他依次去寻人。运气好，三人中必有一主认他这个"娘舅"，帮他去寻见可能落难的"外甥"。寻到人该如何应待，一是一，二是二，分门别类，都有相应方案和禁令，不能擅自发话，只能照令传令。运气不好，路路不通，他自行回家，销毁证件，不准对任何人提这事，提了她也不认，将会当他骗子论罪。

老保长没想到，运气出奇的好，寻的第一人——1号信主——便认下他，待他客气，安顿他住处，满口答应他所求——与外甥见面。好似上校就在他工厂里做工，可随时安排他们会面，先去洗尘歇息吧。

便来到这一副败相的四合院，见到断手佬。

院子曾经是个汉奸窝，关着太多汉奸的故事。断手佬靠山吃山，满嘴巴喷着一个个汉奸故事，几天几夜讲不完。至此至时，老保长恍然有悟，姜太公为什么有那么多忌惮和禁令，因为这年月汉奸实在太多啦，当汉奸实在太容易啦，上校被大汉奸包养，罪名上已是汉奸，谁敢保证他实际里不曾失过节？失过节，她周折此事便是自取其辱。

断手佬是有故事的，曾是飞行员，去过美国，到过缅甸，跟鬼子打过空仗，最后一仗飞机坠落悬崖，一个大铁家伙摔个粉碎，他却命大，只摔掉半只胳膊。老保长跟他一个炕上睡过几夜，对他印象深，有感情，讲他讲个没完，直到爷爷和父亲把他拉回来。

爷爷讲："这人的故事大，一时讲不完，改天讲吧。"

父亲讲："现在讲上校的事，他在哪里？"

第二天晌午时节，便有人乘黄包车来，又乘黄包车去，领着"娘舅"去那胡同的监牢里会见"外甥"。

老保长讲："我在空屋里等着，眼看狱头押一人出来，干尸的瘦，剃一个光头，穿一套脱壳棉衣裤，我根本认不出他是太监。他瘦得脱形了，又出格的白净，像一头饿死的脱毛死猪，眼珠子从眶子里凸出来，腮帮子瘪进去，两撇牙床青筋一样暴着，我他妈的死活都认不得。我认不得他，他认得我，对我哎一声，问我怎么来了。我连忙一口口叫他外甥，一口口自称娘舅，给他看我和活观音（上校母亲）的合影照，讲她在四方寻儿的罪过。他觉出异样，配合我，也叫我娘舅，问家里一些事。狱头虽在身边，我们讲土话他听不懂，却也不来阻止，其实是容许我们讲些私话的。我便把姜太公对我的托付，她设定的要求，原话讲给他听。"

姜太公让老保长转告上校，必须讲实话，有没有被鬼子收买行过汉奸事，有就有，没有就没有；有没有她都会帮他，但有是有的帮法，没有是没有的帮法，所以容不得一丁点儿虚假，弄虚作假最后会把大家都害了。

上校听过，先是激动，满脸涨红，骂一通脏话，眼眶子里满是泪花，是受尽冤屈污辱的样子。平静下来，他一字一字对老保长保证：

"你回去告诉她，我对天发誓，老子除了自己被糟蹋外，没有糟蹋国家任何一个人一件事，有一个假字，天打雷劈！"

老保长照话传话："那你就给她写封信，讲明经过，指明事实，申冤喊冤，信上要盖上血手印。"

第二天，照约定，差不多时间，又是同人同车，带老保长去同一间屋与上校会面。他整夜没合眼，脸色更惨白，乌珠却是血红的，血乌珠下是一对黑眼圈，看着叫人心酸心疼。他已经写好两封信，一封给母亲，一封给姜太公，一封封交给老保长。对母亲的信，他不犹豫不多语，只交代一句：你跟她什么都别讲，就讲我一切都好的，我信里也是这么写的。对另一封信，他好像在称重似的，捏在手里好久才交出，再三叮嘱老保长一定要亲自交到姜太公手上。

老保长讲："这信虽然封了口子，但我还是偷偷看过。我好奇他在讲什么，拆开信却吓得我不敢看。为什么？五张信纸，张张写满字，每一个字都是用血写的，最后盖着五个大血手指印，那看得我！虽然没看内容，可已经叫我看得哭了。我心想这太监啊真是命苦啊，如果可以以罪换罪，我当时的心情真愿意替他坐牢，哪怕死也情愿，反正我已经家破人亡，穷光蛋一个，活着也没甚意思，不如替他死。"

这天上校心情较日前沉实许多，跟老保长拉了些家常。他知道老保长已经把家产败光还欠一屁股债后，直摇头，讲这些黑道的人是惹不起躲不开的，早迟要找老保长还账。老保长讲，我只剩狗命一条，账是还不起了，只有还命。他沉默大半晌，向狱头讨来纸笔，当场给姜太公另写一段话。他告诉老保长，他手下被捕后，相关人是有防备的，转移了住址，暂停了联络。后来大家看那人没变节，以为没事了又出来联络，恰恰这时他又叛变了，把一组人都害惨。但上校转移后的新住址只有姜太公一人知晓，公私财物都在那儿，如果不出意外，他认为姜太公应该收着他的财物。他补写的话讲的就是这事：如果她收着他的财物，让她替老保长还掉赌债。后来老保长就是这么还掉赌债的，用上校的钱，躲掉祸水。

老保长讲："据我知晓，姜太公确实收着他的财物，后来也是都还给他的，包括你们见过的那一盒子金子打的手术刀具。"

爷爷问道："他替你还了多少赌债？"

老保长讲："你不是只准我讲太监的事？这是另一件事，我不想讲。"

当天确实没有讲，后来爷爷告诉我，姜太公问清老保长赌债的数目后，狠狠扇他两个大巴掌，一个巴掌值一根他拇指一样粗、筷子一样长的金条。爷爷讲，把我们家房子卖掉也买不来这样一根金条，那么等于上校给老保长造过两栋比我们家还大的楼房。这样我一下子理解老保长为什么那么保护上校，一直为他封口，也敢为他冒险同红卫兵斗争，重金之下必有勇夫嘛——爷爷讲的。

七一

周折的火车票，有限地周转了断手佬多日寂寞，也给了老保长多方见识，比如空军的来历、汉奸的等级、中统和军统的关系等。在断手佬嘴里，中统的特权要大于军统，但从火车票的周来折去中，老保长认为他在吹牛皮，至少1号信主的权力大不如姜太公。当初姜太公手上根本没票，仅凭一本证件把吉普车开进火车站，直接把他送上车。而1号信主却为一张票让他干等了三天，好没有派头。临行前，老保长又去监牢看上校，这权力1号信主倒是有派头，想去就去，去就可以见到人。事实上1号信主就是这监狱的头目，他已在短时间内给上校调整牢房和工种，当老保长去同他告别时，他身上热烘烘的，鼻头额角都红热的，像刚从澡堂子出来。上校告诉他，他现在的工作是烧锅炉，这是这儿冬天最好的工种。

老保长讲："分手前，他交代我，回去同姜太公讲，国共军队已经在东北、山东、山西局部开战，第三次全面内战势在必然，让她把他丢到战场上去送死好了，他死之前一定能救活一些人。"

后来果然如此，内战火势越烧越大，前线军医只嫌少。他耀武扬威的"金一刀"本是名声在外，姜太公只需略施小技，便有在东北抚顺浴血的司令长官，以一纸命令把他调到前线干起老本行。在枪林弹雨的战场上，在鲜血淋漓的生死线上，他最擅长创造传奇，传播英名。第二年夏天，有人曾在《东北战报》上为他写过一首诗，洋洋洒洒几十行，其中有这样一段：

我看见了死亡的狰狞

血盆大口　獠牙双戟
　　他悄悄来到我身边
　　手上钳着金子光芒
　　嘴里含着绿色钥匙
　　生死一页纸
　　阎王是活鬼
　　他最巧于对死鬼施令
　　让阎王回归人的良心

　　战火自北向南一路烧，解放军一路围追堵截，上校随国军一路败退，最后退到江苏镇江，阴差阳错当了国民党海军军医。后来，一夜之间，他的部队弃暗投明，改了姓。解放军讲道理，对不愿改姓的官兵不歧视，不苛刻，可以选择回老家，并且发放盘缠。那时他已看透荣辱生死利害，生活里最看紧的东西是猫，对部队姓什么无所谓，只关心一事：当解放军能不能继续养猫，能就当，不能则罢。他抱着猫去找解放军一个领导问情况，领导对他讲，养猫还是回家便当。于是他回手术室收拾好手术器具——这是他拿自己金子打制的，属个人财产——准备去操场领盘缠走人。他抱着猫，走出弥漫着混乱和药水气的红砖门诊楼，去到操场，排在一长溜等着领盘缠回家的队伍里。猫哪见过这场面，不时喵喵叫，壮胆子，引来不少好奇的目光。一个负责维护现场秩序的解放军，讨厌这猫，也讨厌这人，准备去批评他，甚至打算把猫缴走，交给炊事班去烧一道荤菜。他提着枪，气呼呼冲过来，见到人，却笑了。

　　老保长讲："他们是老相识，几个月前就是他把太监绑去给他们大首长救命。以后的事情反正你们都知晓的，我就不讲了。"

确实，以后的事我都知晓，大首长带着他先驰骋在长江两岸打国民党，后雄赳赳跨过鸭绿江去抗美援朝，打美国佬。打谁都需要军医，上校是最好的军医，把他留在身边，等于给性命留条后路，阎王爷找上门，可以抢命。从此他一直跟着大首长走南闯北，救死扶伤，立功受奖，享尽"金一刀"的名誉。后来从朝鲜回国后，本来是英雄，可以过好好的日子，不知怎么的又跌跟斗，被开除军籍，遣返老家，重新当农民。所谓"不知怎么的"不是没有说法，而是说法太多，有说他手术失误害死一个师长，有说他调戏妇女被人告倒，有说保他的大首长出事，殃及池鱼。总之形形种种，反而不知怎么的。

七二

月光爬在墙上，久了，累了，都从墙上下来，匍匐在天井里，把灰白的地砖照得冒出冷气。我蹑手蹑脚坐在门背后，久了，也累了，真想回床上去躺着听，但又怕去床上有些话听不清爽。老保长讲话带着酒性，抑扬顿挫的，飞扬时捂着耳朵也钻进来，下挫时竖起耳朵都听不见。所以我一直熬着，不敢上床。天不寒，但地上已浸透凉气，我从床上下来，只穿个裤头，单薄一层，坐久了就觉得冷，好在有床薄毯。

老保长大概也是累了，没个收场，说走就走。"他妈的，脊梁骨都直不起了，走了，走了。"椅子脚在地上发出撕心裂肺的挣扎声，然后便是吧嗒吧嗒的脚步声,向天井的方向吧嗒来。

爷爷哎一声,挽留他:"别走,你事情没讲完呢,讲完再走。"

老保长一边走一边应:"完了,都讲完了。"走到天井,停下来,抬头看,"你看,月亮都直射了,该是子夜了,早点睡吧。你没事可以睡懒觉,你儿子明早还要替你挣工分呢。走了,走了。"

爷爷不准他走,追到天井拦住他,批评他:"你上海北京的讲了一大通,关键的东西还没讲呢,怎么能走?讲了再走。"

老保长讲:"什么东西?"

爷爷冷笑:"你别装糊涂,那东西,他肚皮上的字。"

老保长哈哈大笑:"老巫头啊你不愧是个老巫头,我绕了一大圈,想把你绕晕,忘掉这东西,你居然还惦记着。"

爷爷讲:"我还没有老糊涂。"他一半身子已走进我视线里,我可以看见他手上燃着的烟头,在月光下淡薄的红,像快熄灭似的。

"好吧。"老保长倒爽快,"既然你惦记着这事,我满足你,反正公安已查过,迟早要传出来,我就让你享个先吧。写的是这东西——"我看见老保长的手伸进我的视线里,往爷爷的裤裆处捞一下,吓得爷爷一步后退,完全进入我视线里。

爷爷骂他:"你干什么,老流氓!"

老保长哈哈笑,一边也走入我视线里,对爷爷笑道:"你不是要我讲他肚皮上写的东西嘛,写的就是这东西,下流死了,我老流氓也不好意思开口呢。"

这时父亲也走进我视线里,挨着老保长立着。老保长看看父亲,又回头看看爷爷,唉口气,声音低下来。但四周静得很,一字一句都静静地送入我耳朵——

"老巫头，别怪我嘴脏，是你一定要我讲的。"干咳两声，像要给脏东西做个掩护似的，"我听到的情况是——听见没有，我也是听来的，信不信由你，真不真由不得我。"又干咳两声，像要把脏东西咽下去，但兴许是被爷爷目光逼促着，终是吐出来，"字分两项，主项是上海那些女鬼佬绣的一句下流话——此物只归日本国——横排在肚脐眼下面，然后是一个红箭头，直插下来，插到底。副项是北京那女汉奸绣的自己的日本名字，四个字，竖起立在箭头两边，什么字我忘了……"

我记不得老保长还说些什么，那句话，像一个手榴弹，把我和爷爷及父亲一时都炸晕过去。等我清醒时，老保长已影子不见，只听见弄堂里响着一个拖沓的脚步声在远去，爷爷和父亲像一对木桩一样杵着，无声，显明是还晕着。

爷爷比父亲先醒，他看看父亲，似乎要催他醒，少见地骂了句娘，然后咕哝道："鬼子就是鬼子，什么鬼事都做得出来，什么好东西都想归他们霸占。"

父亲如梦初醒，怔怔地望着爷爷，仿如是被月光吸走了魂。爷爷四周看看，像在寻他的魂灵，接着又骂一句娘，上前拍一下父亲肩膀，劝他："去睡吧，确实不早了。"说着走出我视线。我知道他要去猪圈解手。

父亲追上去，也脱离我视线，但声音我依然听得见，虽是怯生生，幽幽的："这……你说……会不会加重他罪行？"

爷爷答不了，叹着气，沉吟道："晓不得是不是真的。"沉默一会儿，又开口，显明在安慰父亲："就算是真的你也不用怕，他命里是有贵人的，保不准又有人会救他，我们就在心里给他求祈个贵人吧。"

　　随后父亲一直没出声，爷爷解完手回来又劝他去睡觉，他仍旧没声响。爷爷已经呼噜呼噜，我一直侧着身，睁眼盯着门缝里射进来的一束月光，阻止自己睡着。我在等父亲上楼的声音，等啊等，等啊等，眼看着那束月光一点点打斜，一丝丝淡弱，最后黑掉——我不知是自己睡着的缘故，还是门板挡住了月光，还是乌云遮住了月亮。我只知道，半夜里我被尿憋醒，迷迷蒙蒙跑去撒尿，经过前堂时一头撞见父亲跪在地上，在对祖先磕头。第二天，我注意到父亲额头上有一块乌青，我看着就想哭了。

第十六章

七三

惊蛰不动土,春分不上山。

清明吃青果,冬至吃白饼。

立夏小满足,大雪兆丰年。

鲤鱼跳龙门,雷公进屋门。

朝霞不出门,晚霞行千里。

这些都是爷爷讲的,跟我讲,跟表哥讲,有时也跟非亲非故的人讲。有一回,我看到他在路上拦下我的几个同学,考他们:

"你讲,为什么惊蛰不能动土?"

谁知道呢?谁也不想知道。

你不想知道他也会告知你:

"因为惊蛰是蛇虫百豸苏醒的节气,地里土里都窠着各种幼虫胎卵,娇气得很,动了土就要了它们命了。哪怕害虫也是性命,要让它们投胎活一世,不能叫它们投不了胎,死在胎盘里,这是做人的起码。"

你不知道爷爷哪来这么多道理,正如无法知道老保长哪来那么多女人，而且两人都爱宣扬自己的特长。村里有种传言：不让老巫头讲道理，他就上头疼；不让老保长讲女人，他就下头疼。上头是头脑的头，下头就是那个头……算啦，小孩子有些话是不能讲的，否则就是老脸皮。

爷爷讲："树老皮厚，但世间最厚的皮是脸皮，老脸皮。"

小孩子不能老脸皮，少时老脸皮，老来没脸皮——当然，这肯定又是爷爷讲的啦。

老保长不止一次讲过，如果道理可以当钞票用，我们家笃定是全村最富裕的人家。我们家并不富裕，这话是带点笑弄爷爷的意思。爷爷不听见则罢，听见一定要顶他，有时讲："如果做人不讲道理，吃再多的饭都是白吃，穿金丝绸缎也是马戏团里的猴子。"有时讲："你就是不懂做人的道理，把女人当钱用，结果变成穷光蛋，老光棍。"有时讲："你要笑话我得重新投胎从头学起，让我来教教你害臊识相的道理道德。"这等于是骂人了，骂他不害臊，不识相，不知耻。总之，在做人上，爷爷在老保长面前是有道德优越感的，口碑在那儿，道理在那儿。

这年冬天有点反常，冬至节出大太阳，小寒不出霜，大寒不结冰，整个腊月没有落一场雪，只下了几个雪珠子。老天似乎在体恤上校，不让他孤苦伶仃在监牢里受寒挨冻；政府似乎也在同情他，迟迟没有对他宣判。从被捕之后，几个月里，关于判决他的传闻接踵而来，好几次都是有鼻子有眼的，有时间，有地点：地点是公社中学操场，时间一会儿是冬至节，一会儿是某个赶集日。但几次落空后，慢慢地大家也不大关心这事。大冬天，村子里是不大生事情的，精壮劳力大多被派去江北修水利，老人妇女大多待在家里，生火盆取暖，给孩子纳鞋底、做新鞋,只有小孩子在外头乱窜,在干涸的溪床里翻开石头抓冻僵的泥鳅螃蟹,刨开洞穴捉黄鼠狼和冬眠的蛇。

父亲照例被派去江北修水利,上校似乎也因此被带走。老实讲,我有很长一段时间都想不起他,只有偶尔看见猫才会想起他。冬天楼下冷,猫一般不下楼,老待在楼上,楼上你也不知道它们在哪里。猫只跟父亲有感情,父亲不在家它们很落寞的,经常东躲西藏,有点抗拒同我们碰面。

时近年关,村子里又闹热起来,最热闹的当然是春节,家家户户忙着拜年,走亲戚,迎亲戚,大人都在酒桌上,小孩都在数压岁钱。一般这种热闹要到正月初十才会冷下来,但这年春节一场大雪提前让热闹冷清下来。

是正月初七这天,一场迟到的大雪因为来得迟,似乎带补偿性的,下得特别大,一夜间封了村庄,把我家猪圈的茅草屋也压垮一角。这天早上,我在天井里扫积雪,不知怎么的突然想起上校,想起他的大头皮靴对着冰雪刀割、锤击的喀喀声。这几乎是我最早的记忆,年复一年被唤醒、叠加、固定,有点牢不可破的意味。这天,我心里是有些替上校忧伤的,因为天这么冷,我不知道监狱里有没有给他配棉袄棉裤,没有的话那一定蛮受罪的。

七四

这天晌午,天还在下雪,老保长突然一身雪花,一声不响,出现在我家天井里。还是节日间,家里有客人,爷爷和父亲正在前堂陪客人聊天，看见老保长，两人都起身招呼他，给他让座。老保长却不理睬，一脸杀气，径直走到爷爷面前，二话不讲，抡起手朝爷爷脸上连扇两巴掌，一边骂：

"你个王八蛋，老子操你的祖宗！"

大过年的，上门打人骂祖宗，岂有此理！父亲和客人都上来连骂带动手，推搡老保长。父亲揪住他胸脯把他抵到柱子上，用手钳住他脖颈，狠狠骂道："除非你承认吃醉酒，否则我今天要你的老命！"

老保长嚷嚷："我没喝醉酒，我是替你兄弟打他的。你问他，到底作了什么孽。"趁着父亲手松缓，他挣脱出来，又冲到爷爷面前骂：

"你个王八蛋！老子瞎了眼，跟你好了一生世。"

父亲拦在中间，责问老保长："你讲清爽，他作什么孽了。"

老保长哼一声："你自己问他吧，我反正以后再不会踏进你家一步，他也别让我在外头看见，看见我就要骂，就要打，打死他我就去坐牢，你就去给我送饭。真是滑稽，整日子对人讲这个大道理那个大道德，结果自己畜生都不如。"

老保长一边骂一边气呼呼往外走，经过我身边时，我紧张得喘不过气来。我想一脚踢死他，但又怕父亲不同意——父亲在场轮不到我威风。我注意到，他没有喝酒，身上一点酒气也没有。我觉得他是疯了，想找死。天井里落满雪，滑脚，他踉踉跄跄走着，我希望他跌倒，摔死。

父亲追上去，追出门，消失在大门口。

我来到爷爷身边，拉着他手，想安慰他，又不知讲什么，气愤让我变成了废物。爷爷也是，自挨老保长打骂后，一直呆若木鸡，傻愣着，既不还嘴骂也不叫苦申辩，好像老保长事先给他灌过迷魂药，他神志不清了，体面不要了，道理丢完了，成了个十足足的糊涂蛋、可怜虫。我既觉得有些可怜爷爷，又觉得这里面可能有什么古怪：兴许是爷爷有错在先，他认错了。

这么想着我心里少了气愤，多了紧张，怕他有错。

不一会儿，父亲回来，像老保长刚才一样，也是一脸杀气，一声不响地走到爷爷面前，也像刚才对老保长一样，一把揪住爷爷胸口，推他到板壁前，抵住，恶声恶气地责问爷爷：

"你给我讲实话，是不是你向公安揭发了上校？是不是？讲实话！讲啊！"

爷爷，你开口啊，不是的，你又不知道上校躲在那里，没人跟你讲过啊；爷爷，你快否认啊，你是冤枉的；爷爷，你一向懂得做人道德的，你不可能干这种缺德事；爷爷，你快讲啊，大声地讲出来。

可爷爷一言不发，一声不吭，只闭了眼，流出两行泪，虫一样爬着，鼻涕也流出来。看着这样子，我心都碎掉了。我号啕大哭，像爷爷死了。这个该死的下午，天地是雪白，可人是污黑的，坏人打好人，儿子骂老子，天理皇道塌下来，压得我窒息，心里眼前一团黑，恨不得哭死。

七五

事情很快搞清楚，确实是爷爷揭发的上校，他虽然不知道上校躲在大陈村，但他派三姑跟踪了父亲，就知道了。

父亲每次去大陈村看上校,因为要翻长长的蚂蟥岭,总要先去三姑家周转,吃饱饭再出发,否则要被"蚂蟥"榨干拖垮的。爷爷每月轮流去一次女儿家,那次去三姑家,三姑顺便讲起不久前父亲带老保长去过她家。而在那之前,父亲当着爷爷面,在老保长的棺材屋里承认他知晓上校藏在哪儿,也答应哪天带老保长去看他。爷爷一点不老糊涂的,听三姑那么讲后马上猜到,父亲这是在带老保长去看上校。以前三姑虽然也讲过,父亲最近常去她家,但不冒出老保长,爷爷也想不到这点,而现在又太容易想到这点:这是个打雷下雨的关系,雷在先,雨在后,倒着算,九算十准;再算,八九不离十,上校应该就躲在附近。

爷爷把情况告诉三姑,要求下次父亲再去她家,她跟他走一趟。三姑是他女儿,父亲的话就是圣旨。第一次跟,没想到要上蚂蟥岭,这么远,都是山路,步步要力气,她一个女人家哪儿熬得起,跟丢了。第二次她派老二跟,我五表哥,十九岁,身子燕子一样轻,眼睛老鹰一样尖,跟到底,一点没差错。爷爷就这样掌握到地址,然后去二姑家。二姑的公公在县城开一爿豆腐店,认得不少城里人,其中有个公安局干部,就是老保长在公安局的那个亲眷:他管后勤,吃喝拉撒都管,多次来过豆腐店,有时验货,有时对账,一回生,二回熟,便有些交情。

通过二姑公公牵线,干部在办公室接见爷爷,问什么事。爷爷从小瞎子造上校是鸡奸犯的谣言给我家造成的恶劣影响讲起,把来龙去脉讲一通,只怕漏掉,反复强调现在村里多数人仍认为上校是鸡奸犯。虽讲得颠三倒四的,干部倒也听出头绪:在逃的犯人(上校)肚皮上有字是真,鸡奸犯是假,村里人把假的当真的,连带到我父亲，害得我家名声坏，不好堂正做人。

干部忙，不耐烦，打断爷爷："你讲这些有什么用，犯人逃窜在外，我帮不了你。"

爷爷讲："你答应帮我，我可以帮你抓到罪犯。"

干部问："我怎么帮你？"

爷爷讲："你抓到他，查明他肚皮上的字，肯定不是鸡奸犯。"

干部笑："然后呢？"

爷爷讲："你公安局给村里出证明，讲明事实。我们讲破天都没用，你们写一张证明就有用。"

干部终于明白爷爷的心思，这是个交易，互相帮助，互相给好处。这是合情合理合法合规的，干部爽直答应下来，爷爷便交出地址。然后便有后来的一切，上校被捕，公安来村里贴公告，交易是成功的，双方都满意。

交易还有一项内容，干部要替爷爷保密，不能对外讲是他举报的。保护举报人的私隐，这也是合情合理合法合规的，干部也答应，也遵守。所以前次老保长带父亲去寻他时，他客气接待他们，只讲明的法规和道理，不讲暗的背景和私情。但干部管后勤，经常陪领导吃酒，练出一副酒量和爱好，春节是难得满足他爱好的节日，走到哪里都有人请他吃酒。公安局干部嘛，吃你家酒是给你家面子，没有酒也要借来酒请他喝。前一天，他和老保长一起坐到一张酒桌上，他们不是直接的亲眷，中间隔一层的。这一天机缘巧合，两人同时到中间这人家做客，酒逢对手，喝个酣畅。酒后吐真言，干部把爷爷的私隐吐出来，气得老保长吃醉酒。因为酒醉，他睡到晌午才醒，醒来就直奔我家。

七六

不论老保长打骂,不论父亲威逼,爷爷既不承认也不否认。不否认其实就是承认。但父亲要弄个明白,毕竟是老子,不能莽撞,万一事出有因呢,比如有人架着刀逼他讲,或无意漏嘴的。性质不一样,他应对也不一样。左思右想,父亲想到三姑,当天冒着大雪去找三姑问情况。

三姑经不起父亲逼,一五一十交代,把父亲气得当场哭——性质恶劣严重啊!

父亲回家已经天黑,爷爷已经上床睡觉。其实哪睡得着,他是砧板上的鱼,只等着挨刀子。父亲走几十里雪路,又气又累,推门进来,没有发话,先坐在凳上,点旺一支烟,慢慢吃着,样子是要同爷爷推心置腹。我看着,心里一阵暗喜,想爷爷得救了。哪知道,父亲抽完烟,讲的话句句是要人死的。

父亲讲,声不高,音偏轻,一字一字吐出来:"你,不是人,从今后,我,不会再叫你一声爹,不会同你,吃一桌饭,不会管你,是死是活。我只管葬你,料你也活不长了,早死早收场。"

爷爷终于发话,有气无力,断断续续,声音幽得像死人在留遗言:"我……是……不想让你……背黑锅,叫……一家人……被……当贼看,丢人……"

父亲倏地弹起身,像炸弹一样爆开,对爷爷吼:

"那黑锅你还背得起,现在这黑锅才他妈的背不起!你看着好啦,今后我们一家人都成了人家心头的畜生、恶棍,保准用口水淹死你!作死你!"

父亲是半个哑巴，闷葫芦，平时不大开口讲话，开口也是笨嘴笨舌，讲不出个理，要讲都是事。这回却翻转，变一个人，句句是道理，机关枪似的扫出来，可想是盘算了一路，想透彻了的。更怪的是，这回他讲的话，像菩萨一样，句句灵验。没几天，我家接连出了一堆怪事：窗户里丢进一只死老鼠；两只水鸭出门回不来，回来的是一地鸭毛，撒在我家门口，显明是被人做了下酒菜，还羞辱你；我大哥跟人打了一架，因为人家骂他是白眼狼的种操；我去七阿太小店打酱油，矮脚虎趁机要同我下军棋——这是以往常有的事，这回却被七阿太扇一个巴掌，叫他滚，其实是叫我滚。

父亲知道缘故，决定认错，大冷天，在祠堂门口跪了一天，讨饶。讨到的却是一顿难听话，什么黄鼠狼给鸡拜年，什么既当婊子又立牌坊，什么有本事去替上校顶死，等等，听了气死人。这也是他们的目的，气死你，好解他们的气。村里大概只有老保长知晓我父亲是清白的，但老保长也不体恤父亲，袖手旁观，看热闹，不帮衬他，甚至落井下石，讲风凉话。

"你就受着吧。"他对父亲讲，"老子作恶，儿子顶罪，天经地义。"后一句是爷爷以往讲过的话，他套用的。

爷爷瘫在床上，根本不敢出门，因为母亲多次告诫他，出门要受罪，保不准要被人吐口水骂。他不出门，有人找上门来骂。是小爷爷，门耶稣，爷爷的堂兄弟。小爷爷平时满口阿门阿门的善良，连牲口都不杀不吃的，这回却破口大骂，把爷爷从头到脚骂出血。他带来上校从杭州给他捎来的耶稣像，放在我家堂前阁几上，要爷爷对着耶稣跪下认罪。爷爷像小孩子一样听话，咚地跪在耶稣面前，呜呜哭，一边流眼泪鼻涕，一边骂自己该死，张口骂，闭口哭，一点不要体面。

小爷爷在一旁威风凛凛地教训他:"你是聪明一世糊涂一时啊,他是什么人?你们嘴上叫他太监,实际他是皇帝啊,村里哪个人不敬重他?不念想他好?我就是例子,你对他那么恶,随口骂他断子绝孙,可我出事他照样救我,不记你恨,也不顾他妈信观音,只顾念我们好。世上有耶稣才出这种大好人,他是不信耶稣的耶稣,你对他作恶就是对耶稣作恶。看耶稣能不能救你吧,我反正是救不了你了。"

我在一旁望着耶稣,耶稣站在阁几上,背靠着板壁,头歪着,牵拉着,手伸着,被钉子钉着,流着血,脚上也流着血,是一副受苦落难的样子,也是要人去救的样子。我突然觉得爷爷就是这个样子,受苦落难,要人去救。耶稣真能救他吗?我心里犹豫着,双脚却已经信服,顺从地跪下来,祈求耶稣救爷爷。与此同时,父亲在祠堂门口跪着。爷爷对我讲过,男儿膝下有黄金,宁可死,不可跪,可现在我们一家三代男人都跪着。这么想着,我对耶稣又有新的求,我求他从阁几上跳下来,把我和爷爷都掐死算了,生不如死啊!

七七

这天是融雪的日子。

融雪的日子比下雪的日子冷,父亲跪一天,回家时走路比七阿太还要跛。七阿太只有一只脚跛,走路一顿一顿的,父亲是双脚跛,变成一跳一跳的，更难堪，更吃力。第二天大清早，母亲叫醒我，叫我上楼去给父亲用热毛巾敷膝盖。

父亲两只膝盖肿得像各贴着一个馒头，摸上去软沓沓的，指甲掐得破。我在给父亲敷膝盖时，母亲在旁边给父亲收拾东西，内衣内裤、被单毛巾什么的，看样子父亲像又要去江北修水利。我想父亲这样子怎么能出远门干重活？后来想，这大概就是对父亲的惩罚吧，乘人之危，痛打落水狗。这也是爷爷以前教育过我的，人就这样世故，你好给你锦上添花，不好给你雪上加霜。

下午发现，我想错了，父亲不是去修水利，而是去上校家。他让我牵着两只猫，让大哥扛着一麻袋东西，自己一跳一跳的，去了上校家。母亲已经把楼下前厅和猫房收拾得干干净净，等大哥来了，一起给父亲在猫房里搭了一张床。从此，父亲就和猫住在一起，除了回家吃饭，其余时间一律待在上校家，家里像饭店。父亲坚持不同爷爷同桌吃饭，爷爷上桌他离桌，爷爷叫他听不见，爷爷哭他看不见，总之以前怎么立的誓，他讲到做到。其实，父亲做的已超过讲的，之前他可没有讲要离家去上校家住，难道这是他向全村人讨饶的一个新样式吗，替上校守好家，争取大家原谅？我不知道。

但我知道，这个讨饶也不起作用，村里人仍旧敌视我们，包括我。开学了，没有一个同学情愿跟我同桌坐，老师把我安排到最后一排，一张断脚的破桌上，并且阴阳怪气对我讲一句意味深长的话：

"桌子是有些烂，只要人不烂就好。从前有个人，家里穷得很，点不起油灯，他凿壁借光，照样读好书，考上古代的大学，成为一朝朝人的佳话。"

第二天，我发现桌子变得更破，有人——据说是我昔日的难兄弟矮脚虎——带头在我桌上用小刀划了一个大大的叉，它像一只母鸡，隔一夜生下一窝小鸡，我的课桌转眼变成一个鸡窝，一桌子叉叉，看上去鸡零狗碎的。老师（同一个）见此，同样拖着阴阳怪气的腔调，劝我要正确看待这事。她是女老师，声音尖利，像刀子一样戳我心，字字见血：

"大家知道，在试卷上叉代表做错题，这么多叉叉，没一个钩，叫剃光头，吃鸭蛋，考零分；在大字报上，叉代表坏蛋、反革命分子、人民公敌，群众要群起攻之，甚至要杀头。但在课桌上代表什么呢？我不知道，希望你知道。你要不知道可以回家问你爷爷，他是什么都知晓的老巫头。"

老实讲，鸡奸犯是很丢人，但以前闹鸡奸犯时大家从没有这样当面歧视我，公开奚落我，顶多个别人背后嘀嘀咕咕，用怪的目光看我，而且只是偷看，不敢直看。因为他们知晓，我身上揣着一把锋利的三角锉刀，谁惹我就是惹火烧身，找死。这次开学前我预感要受奚落，跟爷爷讨那把刀，爷爷却不给。

爷爷哭着对我讲："这回不同，你就忍着点吧。你长大了，要学会吃苦头。"

我忍着，苦着，煎着，熬着，下场却同父亲下跪一样，讨不到饶，甚至变本加厉，差点叫我丢掉性命。一天下学，天阴沉沉的，像又要落雪，同学三五成群，嬉笑打骂，只有我，独孤孤一人，灰头土脸，心空比天空阴沉。我不知道什么时候才能回到同学中去，从前的未来什么时候才能回来？不知道。我默默走着，默默忍受着孤独和恐惧的煎熬,心里生出对爷爷从未有过的厌恶和恨。我知道,这一次他把自己一辈子和一家子都毁了,他一错百错,我们家一落千丈。我觉得他正在活活腐烂,散发出来的臭气让人人都讨厌,连我也受不了。几天前我就在想,我是不是应该离开他,搬到楼上去住?

这天下午一块断砖头从空中落下,促使我下定主意,立刻行动。

我回家必须经过七阿太小店,然后进入祠堂弄。祠堂高,弄堂长,天空狭长一条,天色更加阴沉。正常,我一分钟可以走完这条弄堂,我已经走过十六年,无数次。但这天下午的一分钟差点成了我一辈子:一块断头砖从祠堂窗口飞出,无声地冲着我坠落,擦着我背脊滑下,砸碎在地上。我只受皮伤,擦出一道血印子,但如果我慢半步,就是一辈子,比爷爷先死。

这天我终于明白,爷爷为什么从那天起不再出门,他像只老鼠一样,宁愿去猪圈里待着也不迈出大门一步。因为他知道,出门必定会有更多的窗户飞出断砖碎瓦。你无法寻出谁是凶手,人们会说,凶手是风,是猫,是老鼠。我怀疑小爷爷都可能这样说:耶稣知晓他们在撒谎,但耶稣又会原谅他们的。

爷爷啊!

爷爷啊!

这天晚上,我毫不犹豫搬上楼去,睡在二哥床上。二哥长年在外学手艺,平时难得回家,现在更不想回家了:家像敌人的碉堡,有人无数次在心里想把它炸毁。我一个人睡在陌生的床上,少了爷爷的鼾声,多了背脊的痛,怎么也睡不着。我也不想睡着,怕睡过去再也醒不来。死是如此活的,真的,近的,看得见,摸得着,像我养的兔子，就在我身边，我生活里。

我不怕死，我才十六岁，怕父亲打，怕母亲骂，对死是一点不怕的。但爱我的人怕！你别以为，我活得不如上校家的两只猫好，就没人爱了。

爷爷讲："所有父母都爱自己孩子，像所有树都爱挡风一样。"

第二天，父亲通知我别去上学，别出门；如果出门，必须由大哥陪着。他自己倒是夹着油纸伞，带着干粮，冒着漫天的雪珠子出门了。他好几天才回来，然后第二天大清早又领着我出门，先乘船，后乘车，不知要去一个什么地方。我不知道这是一次漫长的离别，加上是大清早，我瞌睡蒙眬的，没有和爷爷告别。大哥送我到公路上，母亲送我到镇上，江边，船埠头，抱着我呜呜咽咽一通哭，求老天保我一生平安。

母亲对我哭诉着："你一定要平安，一定要回来看我。"

这时我才警觉到，我要去很远很远的地方，今后我们可能再也见不着面了。天已经放大亮，远的江面上，含着一个红太阳，近的江面上，波光粼粼，反射的光芒落在母亲头上，我第一次注意到，母亲的黑发里掺着不少白发，咽咽的哭声里透出深厚的胆怯、痛苦和无限的疲惫。

我在海边的一个不知名的村落里，一户曾经被上校看好病、救过命、父亲也认识的渔民家里，待了将近一个月，然后在一个漆黑的夜晚登上一艘小渔船。天麻麻亮时，我看见一艘像小山一样大的远洋轮船。正午时分，我登上大轮船，船上都是中国一种稀特的土石，在潮漉漉海风的侵蚀下，放肆地挥发着一种既咸又苦的气味。有人领着我，花半个多小时，穿过一道道厚铁门，走下三层铅灰色的铁楼梯，最后来到一个储物舱里，里面堆满土豆、芋头、萝卜、包心菜、笋干、粉条，总之是吃的菜蔬和腌鱼腊肉；几个角落里，或坐或躺着几十人，有男有女，有老有小，似乎都讨厌我，没一人理睬我，我却有心情把他们理解为累极了。

确实，那天我心情很好，尽管我不受人待见，尽管我知晓这是逃命，尽管我也担心有可能逃命不成，死在路上，丢进大海喂鱼。但有个天大的好消息鼓舞着我——出海前，有人捎给我消息，父亲去公安局门口守了一天，终于见到那个管后勤的干部，在他周转帮衬下，父亲拿到一份上校亲笔写的申明书，大纸大字，写给全体村民，希望大家原谅我爷爷。上校写得情真意切，有理有据，大家看了都感动，都服气，就原谅我爷爷了。

据说申明书的最后一句话是：一切都是命。

我无所谓自己的命是好是坏，只在乎这消息是真是假——如果是真的，其实我不用逃命啦。但等我有这个思想时我已经上了船，下不了船啦。我想这可能就是我的命，逃命的命，亡命天涯的命。

一切都是命，这话爷爷以往多回讲过。那天，我十分后悔离家时没有和爷爷告个别，我猜他一定为我的无情无义伤心死了。这大概就是他的命，对我好言好待十六年，却没有得到我一分钟的话别。爷爷讲过，一分钟的和好抵得过一辈子的仇恨，我和他正好反过来。想到这点我忍不住大声哭起来，那时船正好起航，阵阵巨大的轮机声把我的哭声吞没得连我自己都听不见一丝毫。

第三部

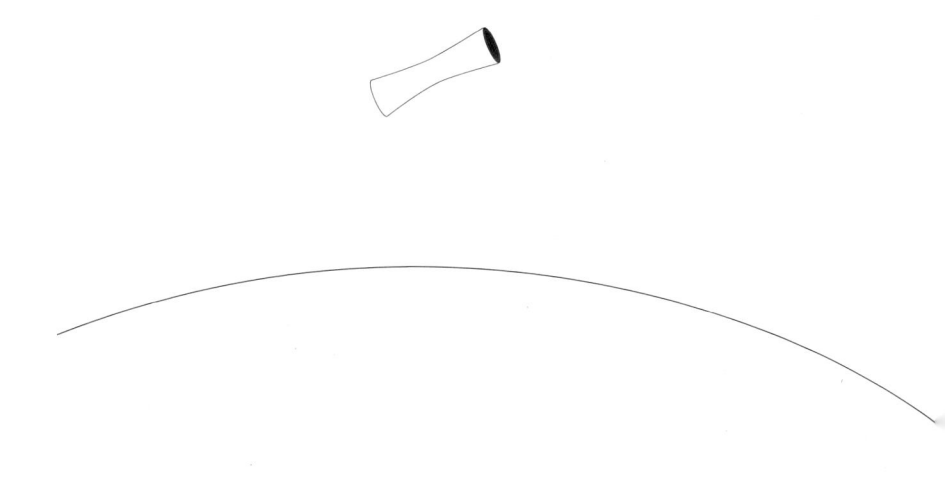

第十七章

七八

现在是北京时间二〇一四年十二月二日，深夜九点，西班牙马德里时间下午三时。我有两个时间。我必须有两个时间，因为我被切成两半：一半在马德里，一半在中国。我已经六十二岁，在中国是退休的年纪，但我忙得很，现在。崛起的中国给了我创业的机会，我四十九岁开第一家公司，如今有三家，上百号员工，一堆事，几乎每个月要回国一两次，因为时差原因，经常白天黑夜连轴干。开始我担心身子会累垮，但十几年下来我身体越来越好，甚至称得上强壮。都说人是血肉之躯，在健康面前没有谁是铜墙铁壁。可我仿佛是个金刚之身，经常累得站着就睡着了，而疾病从没有在我身上醒过，十几年伤风感冒都没来招呼过我。我觉得自己有两个心脏，像我经常搭乘的民航客机，有两部引擎。

报纸上说，民航飞机是最安全的，因为所有核心机部都有双份，有预备。当然遇到恐怖分子预备再多也没用，只有预备死。恐怖分子是当今人类的肿瘤——这也是报纸上说的。我每天看报，回国看《参考消息》，在国外看西班牙《国家报》和中文版《侨新报》《欧洲时报》，四张报纸一年四季陪着我，影子一样，奖牌一样——我曾对妻子说过，它们是我年轻时与孤独交战的战利品。现在我不孤独，公司家庭，亲朋好友，员工老乡，婚丧嫁娶，都要我的时间，我忙得没时间孤独。孤独像风化的干尸，我不认识了，想不起了，唯一留下这战利品：看报纸，伤疤一样，褪不掉。托祖国的福，我生意越做越大了，去年我还去人民大会堂开过侨胞联谊会，中央四台报道过，我妻子在家里看见，激动地抱着孙子哭起来，把小家伙吓坏了。

做人如做梦，倒退几十年，我拿两个脑袋做梦也想不到会有今天。父亲是怕爷爷作的孽把我作死——不死也活不好，才铤而走险，送我一条逃生之路。尽管这条路寒风凛冽，但事实证明，父亲的选择是明智的，那个村庄已经容不下我们，与其留下来受罚，不如逃走。我逃了，其实大哥和二哥也逃了，方式不同而已。

我逃出来后第一站落脚在巴塞罗那，是西班牙海边的一个城市，很大很美，像中国的上海。城市有多大多美，我就有多小多丑，小得连名字都没有，大白天不敢上街，听到警笛就发抖。偷渡客都这样，像阴沟里的老鼠，只能苟且活着，能找到一条阴沟卖命就是最好的活路。我有幸在一家老一代华人开的鞋厂找到活路，一天上两个班，只做一道工，给皮鞋钉绳扣。一年学徒期不算，整整五年，经我手的皮鞋少说数以万计，可我没见过一分钱。我的钱都让龙头收走了。现在叫蛇头，那时叫龙头，龙头老大，本事很大的意思，带我们漂洋过海闯天下的。但不可能免费，要收钱，收的钱叫出头费。多年后，父亲告诉我，他当初给接手的人付过出头费的，是一只金手镯，从上校屋里拿的，算偷的吧。可龙头说，交手的人一个屁都没给他，只给他我一条命。就是说，东西没到他手，我只有用工钱抵。手镯去了哪里？不知道，过去那么多年，当初接手的人作了古，说不清楚。

这是一九九一年，我第一次回国，二十二年前的事，也不必要去说了。

报纸上说，人要学会放下，放下是一种饶人的善良，也是饶过自己的智慧。我这一生许多事都放下了，但有些事又怎么放得下？我在鞋厂给皮鞋钉了六年扣子，深知一个道理，扣子不是鞋带，可以脱下，扣子钉上去后就跟鞋子长在一起，脱不下的，脱下皮子就坏了。有些事长进血肉里，只有死才能放下。一九九一年，我还没做生意，挣钱难，为了攒足一张机票钱，我得熬五六年时间，像养大一个孩子一样难。我说过，那时回国是伤筋动骨，但只要伤得起，不是粉身碎骨，我是不会放弃的。我已经等了二十二年，每天我用回忆抵抗漫无边际的思念，用当牛作马的辛劳编织回来的梦。

一切都是为了回来！

像一个人不能把自己拎起来一样，我放不下回来的念想。一定意义上说，我活着就是为了回来。

谢天谢地，我总算等到了这一天：用二十二年等的一天！记得那天从售票台接过机票的一刻起，我的心就开始怦怦跳，像接到手的是一张生死命状，激动，紧张，害怕，兴奋，太多的情绪，太乱的心思，一路上我都天昏地黑的。等踏进家门，我一下咚地跪在地上，像这套纸票（我订的是中转往返票，便宜）有千斤重量，我负重竭尽全力挺一路，到家再也挺不住，累垮了。现在想起这些，我依然感到膝盖发胀，眼前浮现出妻子用手轻轻抹去我脸上泪水的情景，仿佛发生在昨天。

人活一世，总要经历很多事，有些事情像空气，随风飘散，不留痕迹；有些事情像水印子，留得了一时留不久；而有些事情则像木刻，刻上去了，消不失的。我觉得自己经历的一些事，像烙铁烙穿肉、伤到筋的疤，不但消不失，还会在阴雨天隐隐疼。

七九

哪里埋着你亲人的尸骨，哪里就是你的故乡。一九九一年，我行囊空空、疲惫不堪地回到家乡时，后山的老虎背上已多出三座我亲人的坟墓：一座是爷爷，一座是母亲，一座是我二哥——如果嫂子也算亲人，就有四座，是我未曾谋过面的二嫂。我在一个阴雨绵绵的春日（这是航线淡季）的下午小心翼翼地走进睽违二十二年的老宅时，父亲正落寞地坐在我和爷爷曾经睡觉的东厢房门前的躺椅上，一边抽着烟，一边看着屋檐水滴答在天井里结满污垢的青石板上。他把我当作走错门的人，抬头看我一眼，又低头抽烟，问我：

"你找谁？"

我叫一声爹，报出自己小名。他像只有二十二个小时没有看到我，没有些许激动——也许是怕激动，也许是要给我腾出时间，认识一下这不堪的老屋，目光自下而上、自外向里无精打采地睨视着，好像在告诉这些老墙、老门、老楼板：有故人回来了。屋子里弥漫着一股发霉酸腐的浊气，门楣上、楼板下、屋檐下、角落里，挂满蒙尘的蜘蛛网；几张条凳、竹椅横七竖八地散乱在前堂；堂前正壁贴着我熟悉的毛主席像，已经脱落一只角；阁几上灰扑扑的，像父亲抽了几年的烟灰都撒在上面，并被摊匀。屋里唯一干净的是那张我从前做作业的八仙桌，即使在昏暗的光线下依然泛出丝丝红光。

我以为父亲痴呆了，数着他脸上一条条狂野、黝黑的皱纹。父亲瘦成了一把骨头，手背的青筋有他指头间夹的纸烟一样粗。足足过了一分钟，我再次叫他一声爹，报明身份。他丢掉烟头，看着烟火在雨丝里慢慢熄灭，终于开口：

"你爷爷死了。"

这我早就猜到，从几方面都猜得到。爷爷是那么要面子的人，当初一个鸡奸犯的假传闻都差点把他送进鬼门，何况后来全村人包括父亲集体公然向他发难谴责，他哪受得了？报纸上说，智者可以从过去摸到未来的痕迹。我不是智者，也从爷爷犯的错误中听到了他死亡的脚步声：一步之遥，触手可及。此外，我出去后每年都给家里写一封信，从没有收到一封回信。头些年我还苦等回信，后来根本不等了，写信只是告诉他们我还活着。家里只有爷爷能写信，他要活着一定会给我回信，哪怕明知第二天要死，也会给我写好回信。后来父亲告诉我，在我走后没几天，还没等到上校的申明告示，爷爷已经把命交给他的裤带，在猪圈里上吊了。上校的申明起的作用,也许只是没人去刨他坟墓。老保长一再公开扬言，爷爷没资格葬在村里任何一寸土里，他应该碎尸万段，喂豺狼吃。何况，爷爷要在世，已是年近百岁的老寿星，一个背负骂名、胆战心惊的人无论如何是享不到这福寿的。

过一会儿，父亲又说：

"你妈也死了。"

这我从刚才看到的屋子的凄凉景象中猜得到的。母亲要在世，这些灰尘蜘蛛网不可能这么耀武扬威在我面前。母亲是天底下最勤劳的人，屋子在她手里，哪怕是猪圈，地上的垃圾也不会过夜，板壁上、楼板下的灰网不会过月，如今它们成年不败的威风，显然是母亲入土化为尘灰的证据。我问父亲母亲是哪年走的，怎么走的——我希望是自然走的，不是自杀，也不是他害。父亲不理我，继续说：

"你二哥也不在了，比你妈先走。"

二哥是病死的，白血病。这对一个漆匠来说也许是职业病。但父亲不这么认为，理由是镇上漆匠多了去，只他一人得这怪病。我们三兄弟，二哥最像父亲，不爱说话，绰号叫铁疙瘩，心思被铁包着。所以父亲有理由认为，二哥是郁闷死的。父亲说二哥："他就像被老婆戴了绿帽子，整天愁眉不展，闷声不响。他是被自己憋死的，也是我们逼死的，老辈子作了孽，他是替死鬼。"这是父亲后来说的，那天他像口丧钟似的，只报丧，报了二哥，又报二嫂：

"你二嫂也死了，比你二哥先死。"

二哥的性格不讨人喜，三十岁没女朋友。三十二岁，在父母亲极力张罗下，花钱从贵州买了个媳妇，年纪相差十岁。不知是语言不通的缘故，还是年龄相差大的原因，两人结了婚像结了冤，二哥经常不回家，回家就吵架。他宁愿跟家具、漆桶待在一起也不爱回家，像许配给家具似的。据说二嫂到死也没学会我们这边话，因为二哥老不着家，没人跟她说话。因为语言不通，两人吵架经常动手，摔家伙，砸东西。一次，二哥下手重了，一巴掌打掉她一颗门牙，然后摔门走掉。二嫂哭了一夜，凌晨喝下一瓶农药，入了鬼门。这是他们婚后第三年，遗下一个儿子，当天晚上我就跟他睡在一张床上，十一岁，长得一点不像二哥，在读小学。据说学习成绩很好，门门功课全班第一，这也不像二哥。二哥是反过来，门门功课班上倒数第一，所以早早退学，去学手艺。

父亲说完二嫂的死，我已经被死人包围，心里已胆怯得发抖，不敢去想大哥。看屋里这惨恻的败象，也不像有大哥大嫂鲜活的样子——当然可能根本就没有大嫂这个人。我问大哥是不是也走了，结果父亲说：

"是走了，但人还在。"

顿了顿，又说：

"幸亏走，否则也活不成，你也一样。"

我一下泪满眼眶，好像在战场上，全军覆没，终于保下来一个，也终于保住了我千辛万苦回来的价值。父亲这样子，哪是欢迎我回来的样子——对他，我回来的价值是个负数，他巴不得我别回来呢。后来他告诉我，所以这么多年没让人给我回一封信，就是不想让多一个人知道我还活着。他怕死神恶鬼对着地址去寻我，追杀我。他已经认定，这村子是克我们一家的，他怕我回来，沾了晦气，活不成。

八十

大哥是去了秦坞，一个偏僻小山村，做了倒插门女婿。在生死面前他躲过一劫，但在荣辱面前，丢尽了脸面。长兄如父，再穷困潦倒的人家也不会把长子拱手出让。这是一个破掉底线的苟且，形同卖国求荣，卖淫求生。这是生不如死，是跪下来讨饶，趴下来偷生。我忽然明白，即使村里人已原谅我们家，但我们家却无法原谅自己，甘愿认罚赎罪。爷爷寻死是认罚，大哥认辱是认罚，二哥年纪轻轻抱病而死和我奔波在逃命路上，亡命天涯，又何尝不是认罚？

父亲数完家里遭受的罪罚后，再不吱声。他心里有鬼。他怕跟我说的太多，透露出情感，被死神恶鬼识别出我的身份，又对我作恶。他已经被严酷的事实吓怕了，丢了魂，犯了强迫症。阴雨绵绵的天色，黝黑骨瘦的脸色，胆怯压抑的神色，一头稀疏灰白的乱发，一脸麻木不仁的绝望：这一切，都叫我想起那次漫长的海上逃生之旅。那时我天天做着死的打算，夜夜做着死的噩梦，当终于上岸时，年少的我已变得像一个老人一样懂得感天谢地。我和一群九死一生的同伴一起跪在码头上，一下下地磕头，引来一群海鸥好奇。它们从高空俯冲下来，翅膀扑扑响着盘旋在我们头顶，嘎嘎叫，仿佛我们在抢吃它们的盘中餐而破口大骂——我们的样子确实像鸡在啄食。

报纸上说，生活不是你活过的样子，而是你记住的样子。

父亲甚至不许我住在家里，交给我上校家钥匙，让我去那儿住。我问上校的情况，他依然惜字如金，含糊其辞地说：

"你都会知道的。"

我以为上校在他家里，我可以去找他相问。去了发现，门前屋后，楼里窗外，一派年久空置的乱象败象：菜地里杂草比人高，乱草堆里藏着各种动物的粪便乃至死尸，在雨水浸泡下散发出阵阵恶臭；院子里野草丛生，铺地的青砖受不了柔软的蚯蚓的顽强拼搏和野草来自地下的压力，已经七拱八翘；一种不知名的藤草爬上台阶，正试图向窗户进军；廊台上从前上校经常躺着看报的躺椅，已经完全散架，支离破碎，像被天雷劈过。钥匙已经失用，锁眼被铁锈堵住，我只能强行入屋。

屋里看上去摆设整齐，但闻起来是一股死亡阴森的气息，灰尘和蛛网统治了一切；我每迈出一步，灰尘就在脚底下兴风作浪群魔乱舞，嘴巴眼睛都可能吃进蛛网；放眼看去，目光所及，都令我胆寒心惊，如受了凌迟似的；挂在门后衣架上的一件白色棉衬衫，也许曾有汗水留下的咸味，已被蛀虫吃得千疮百孔，像是从骷髅身上脱下来的；猫房里，金丝绒的窗帘一角悬着，大半挂落着，即将拖地，像裹着个吊死鬼；两只精致的猫篮，里面盛满一层黑干的老鼠屎，无法想象两只猫曾经娇生惯养的荣耀风光。

我没有上楼。

我害怕上楼。

父亲认为我们家里有鬼，我并没有切实感受，但到这儿我切实受到了鬼的威胁，似乎鬼随时可能从楼上或哪个角落钻出来，对我伸出血淋淋的长舌头。或者，整栋楼就是一个孤独的野鬼，没有任何人迹和烟尘气。父亲说我都会知道的，现在我终于明白父亲的意思：上校仍在坐牢，要不已被判死刑。我想，若是坐牢，二十二年都坐不穿的牢底，就是死牢啊，还不如判死刑。我沉浸在对上校的哀伤中，心里涌起一阵阵想哭的冲动。这也是我要离开这屋子的冲动。我像被这里的一切羞辱伤害一样，气愤地掉转头，不想在此多滞留一会儿。

毫无疑问，我不可能来这里住。

毫无疑问，任何人要来住，都得拿出至少几天时间来收拾、清理大量时间残留的大量垃圾废物。说它是废墟也不为过，所有木头都朽烂，所有铁件都锈蚀，砖墙上长满青苔和各种虫卵，屋顶瓦楞间长出小树。这是一个被冷酷的时间无情啄烂的躯体，父亲大概至少几年没来看过它，他保留的也许是十年前的印象。也许，他认为鬼是怕鬼的，我住在鬼屋里可以借鬼杀鬼，保全自己。

我转身往外走，在经过一只边橱时，无意间一只相框撞进我目光里：它斜着、平摊在橱柜向门的一边。柜面上除了厚厚灰尘，别无他物，它孤独的样子，斜置的角度，饱含着等人带走的渴望。相框有一本杂志的大，灰尘已盖住相片。我拭去灰尘，看到一对中年男女的半身像，两人肩并肩对我微笑着，好像是一幅婚照。我没有马上发现，但也很快认出男人是上校，他笑得不自然，拘谨又努力，反而显得有些木讷：这也是我没有马上认出的原因。在我印象中上校的笑容是自由灿烂的，笑声是响亮的，并且一贯如此。他是个开朗爱笑的人，现在似乎腰肚里被旁边的女人抵着枪，是被强迫笑的。

女人剪着齐肩短发，圆盘脸，肉鼻子，阔嘴巴，短下巴。黑白照，肤色是看不出的，但看年纪似乎比上校要小不少，也许是笑得甜的原因，减了她年龄。在上校拘谨木讷的笑容衬托下，她确实笑得尤为甜蜜,好像在照相机的镜头里看到了上校的拘谨,是一种获胜的窃笑,暗藏着满肚子秘密。我不认识她,但婚照的样式给了她明确身份:上校妻子。这对我是一个惊人的意外,它留在这儿应该也是个意外。我想,照片上的人——也许是上校,也许是他妻子——一定是准备带走它的,其实已经带它到门口,临时不知怎么忘了,像我们有时出门把钥匙落在鞋柜上一样。

我回去问父亲婚照的情况,父亲倍感意外的同时,断然拒绝开口。他说会告诉我的,但不是在这里。他要求我马上回去收拾那边房间。他怕在这里对我多语,更怕我晚上住在这里。他慌张地睃视着四周,仿佛四周的鬼在偷听偷看我们。他心里已全是鬼。他自己也许并不怕这些鬼,是在替我怕。我告诉他,若真有鬼,我宁愿被自己家里的鬼所害,也不愿被上校屋里的那些野鬼所害。他怔怔地看着我,哭了。这是我此生第一次看见父亲哭,他是个咬碎牙也不愿吭声的闷葫芦,哭需要学习——那么多亲人离去他已经学会了,声音低弱,嘶哑,呲呲的,像一只衣袖被间歇地撕开,而泪水却不间断,分多头,唰唰而下,令我不禁悲伤地想到一个词:老泪纵横。

八一

第二天清早,我去镇上请了香火、冥钱、佛包,然后直奔后山老虎背上,给爷爷、母亲、二哥、二嫂四座新坟上坟。清明节未到,老坟不能上,这些对我是新坟,又是必须要上的。正是惊蛰时节,乍寒乍暖的,昨天下雨,冷得冻手指头,今天雨后出晴,天气转暖,一路上山,热得我一路脱衣服。父亲只怕鬼认出我来,不愿陪我,甚至阻止我,但也知道阻止不了。正好是星期天,我叫上小侄子,他说他知道坟在哪里。可到了坟地,遍地是坟,冬天的枯草乱蓬蓬的,早春的花草又蓬蓬勃勃的,有点考验他毕竟才十一岁的记性。在反复寻找、回忆和比较中,他给我确定了四座坟。我拜过哭过,心里却在犯嘀咕,小侄子有没有认错坟。我只能安慰自己,如果认错了,正好顺了父亲心愿,叫鬼认不出我。

下山已过午饭时间,我们在祠堂门口的小吃摊上随便吃了点小吃。有人认出我,七说八说,小侄子陪着无聊,跟一个撞到的同学走了。我不是荣回故里,并不想抛头露面,敷衍过去,便独自回家。经过上校家门口时,只听院门痛苦地呻吟一声,稀开一肩宽,钻出父亲的头脑。他冲我一个摆头,说:

"进来吧。"

我很诧异他在二十二年后依然能听出我的脚步声,也诧异他怎么在这儿。进去,我发现父亲已经把门廊收拾干净,摆着一对拭去尘灰而显出古旧老色的竹椅子,地面和椅子都用水冲刷过。午后的阳光明亮温暖,正好铺在门廊的水泥地上,照出水洗过的湿印子。椅子空着,是等着人去坐的样子。我和父亲坐下来,没有寒暄,像一切在意料中,沉默是应有的预备和等待。我看父亲掏出烟,点旺,抽着。抽过几口,他没头没脑地说一句:

"村里人都知道。"

"什么?"我问。

"上校的事。"他说,"女人的事。"

在这儿，他不怕鬼，甚至喜欢这儿的鬼。不等我催问，他一径说起来，说话的方式、语气和个别使用妥帖的字句，显然是事先思量斟酌好的。父亲这辈子从没有一下对我说过这么多话，不过也并不多，写下来超不过两页纸。他攒了二十二年的话也就这么多，不愧是个真资格的闷葫芦。

父亲告诉我，公安先给上校母亲判刑，三年有期徒刑，关在杭州女子监狱。上校的刑迟迟没有宣判，他被列入大案要案，县里报市上审，市里又报省上审，判决因而一拖又拖，直到我走后几个月，那年的"五一"劳动节这天，才召开宣判大会，地点在公社礼堂。宣判前一天，广播上一再广播，大特务，大汉奸，大流氓，毒害红卫兵的大凶手，公社有史以来最大的公判大会：一长串吓人巴煞的噱头，诱得第二天去看热闹的人把大礼堂挤破，最后闹出严重的踩踏事件，踩伤小孩子好几个。恰恰是我们村，去的人少，大家出于对上校的尊敬，不想去看他洋相。

父亲说："我也不想去，但想到可能是最后一面，要给他收尸，只好去。"

讲台上坐一排判官，有穿便衣的县革委会领导，有穿制服的公安局长、法官，有红卫兵和群众代表。胡司令——父亲叫他小胡子——坐在最左边，他已提拔到县革委会宣传部当什么股长，这天主要负责喊口号。他带着革命热情和个人感情工作，口号喊得特别响亮起劲，带表演性，有煽动性，把台下群众的革命热情一再激发出来，上校人没出来，礼堂里已经山呼海啸，杀声阵阵。上校从后台被押出来后，礼堂一阵安静，像演出开始似的。上校没有五花大绑，小绑也没有，因为有两个持枪的民警押着，即使他能变成鸟飞,两支枪照样可以把他从空中击落。

父亲说:"他瘦成一只猴子,蓬乱的胡子遮住半张脸,我都认不出来。"

那天是大晴天,五月,天已经热了,上校只穿一身衬衫单裤,整个人轻薄得发飘,要不是被公安架着,后来又掀起的喊口号的热浪都可能把他卷走。法官从座位上起身,捧着黑皮夹子,把上校的罪名一项项读出来。当读到他肚皮上有字,证明他曾做过女鬼佬和女汉奸的"床上走狗"——父亲强调这是法官的判词——时,台下有人突然高声喊:

"把他裤子扒下让我们看一看!"

这人正是小瞎子父亲,瞎佬,他什么也看不见,那天却挤在台子最前头,瞪着两只白乌珠,冲着大家高喊,引来一阵回应。与此同时,瞎佬的弟弟领着小瞎子和两个从镇上花钱雇来的二流子上台,要去扒上校裤子。小胡子没有用喇叭阻止,反而高喊口号:毛主席万岁!人民群众万岁!其实是在鼓励群众去扒他裤子,看他耻辱。

父亲骂:"这个畜生!他存心想看上校洋相,专门不制止。"

押人的民警不知该怎么办,回头看一排领导,领导交头接耳,一时没有形成决定。转眼间,瞎佬弟弟已带人冲到上校跟前,要扒他裤子。瘦弱的上校刚才似乎连站都站不住,这下却爆出天大的力量,像手榴弹开了爆,把后面两个公安和前面四个混蛋,一下全炸散,掀的掀翻,踢的踢倒,撞的撞开,任他逃。他逃的路线怪,先在台上转一圈,找出口,最后却不选安全的后台逃,而是从前台跳下去,跳进人堆里。这一跳又是一个炸弹,把一堆人炸开,有人当场被撞伤,痛得哭叫,却被他癫狂的号叫吞没。他喉咙里像安了扩音器,身躯像一匹野马,横冲直撞,吓得所有人纷纷逃开,怕被他撞碎。他一路嗷嗷叫着,冲着,把人群像浪花一样一层层拨开,最后没人了,他竟然不朝大门逃,而是又回头冲进人群,好像要再表演一次。

父亲说:"他就这样疯了。"

八二

公安不要疯子,监狱也不要,带走后不到一月,派出所通知村里去监狱领人。村支书和老保长带头,领着全村几十号人,浩浩荡荡去了县城,把人领回村里。一路上,上校都在操人骂娘,村民们都在为他伤心抹泪。

父亲说:"他彻底疯了,连我都认不得,见人就要打,要骂。"

以后一直由父亲照顾,村里给父亲记工分,照顾上校就是他的工作。父亲住在他家,吃喝拉撒管完,保姆一样。

管吃喝拉撒容易,只要尽心尽力好了,而父亲有的是这份心力。难的是管住他不发癫,发癫时不打人和不伤害自己。没有人知道他什么时候会发癫,但所有人知道发癫时他见人要打,见刀要抢,捅自己小腹。他这辈子最后悔的事大概就是没有用自己的技术把肚皮上的字涂掉,疯了都惦记着,想涂掉。

父亲说:"其实我看也是涂过的,涂过两处,但没涂掉,也许是太难吧。"

为了不让他伤害自己,父亲像牢里的狱警,每天给他戴手铐。这样过去半年多,一个女人寻到村里,找上校。女人干干净净,说普通话,像城里人。她见到上校就哭,哭得稀里哗啦的,好像是上校的亲妹妹。上校是独根独苗,哪有什么妹妹。她是什么人?

父亲说:"就是照片上的人。"

她拿出随身带的两张照片,证明她是上校在朝鲜当志愿军军医时的战友。她要把上校带走,说是带他去看病。村支书召集十几个老人,在祠堂召开村委扩大会,大家举手表决,最后同意女人带他走。一年多后的一天,女人带着上校回到村里,疯病是好得多,不会见人打骂吵闹,反而变得十分安静,人也是清清爽爽的,见人有时会笑。多数时候是一声不响,很老实的样子,叫他做什么就做什么,不做就不做,像小孩子一样听话。

父亲说:"他从一个武疯子变成文疯子了。"

女人这次回来,随身带着一张结婚证明书,她要嫁给上校,一辈子照顾他,请求村里给上校出同样一份证明。村里又开会,征求大家意见。哪有反对的道理?都同意。于是便去镇上办手续,拍照片,就是我看到的那张照片。这年冬天,上校母亲刑满释放回家——这也是女人带上校回来的目的,算好时间的,专门等老人家出狱回家。老人家本来身体就差,在监狱里受累吃苦三年,身体差到底,走一步停三秒,吃饭要吐,只能喝粥,怎么看都像一支风中残烛。女人一边照顾一个病得下不了床的老人,一边照顾一个像小孩子一样懵懂无知的大人,比男人辛苦,比任何女人周到。在她的悉心照顾下,两个病人活得体体面面,一点不受罪。

父亲说:"村里人都说,上校妈一辈子拜观音菩萨,真的拜到一个观音菩萨。"

村里人都叫她"小观音",也把她当观音菩萨待,她也像观音菩萨一样待全村老小。后来我听村里好多人谈起她,都说天底下这样的女人找不出第二个,家里要有这样一个女人死都愿意。

一年多后,上校母亲被一口粥呛死,她以嘹亮悲怆的哭声给老人家送终,哭声像鸽子的哨音一样,泣着血,盘在空中,照亮夜空,把村里所有女人的泪腺激活。后来送葬,她一手死死扶着棺材,一路洒着同样泣血奔泪的恸哭,把村里所有男人的泪腺也激活。所有跟我回忆上校母亲出丧那天情景的人,没有一个不带着迷离的神情,噙着泪,一种无法慰藉的悲伤像岁月一样抹不去。

父亲说:"上校身边有这样的女人,这屋子的风水笃定是好的。"

这也是父亲所以要安排我到这儿来谈话,包括让我来这儿住的缘故,他认定我们家里有鬼,这儿笃定没鬼。这儿只有观音菩萨,两个女人都是观音菩萨,一老一小。

做完婆婆"七七"后,女人把上校屋里的东西分好,能带的带上,不能带的都分给村里需要的人,然后领着上校和两只猫回她老家去了。猫是畜生,不知人间沧桑,只是年迈得走不动了,要用篮子拎着。上校体力还是好的,猫对他的感情也是好的,甚至更好,因为朝夕相处,相濡以沫一样的。

父亲说:"两只猫在他手上拎着,像他人一样老实听话,他们就这样走了。"

村里出动几百人,男女老少,成群结队,送他们到富春江边,船埠头。船在汽笛声中离开码头,女人对着送行的村民长跪不起,抹着泪,上校像孩子随母亲一样,跟着跪下来,那情景把几百人

261

都感动哭了。几百人哭的场面能感动所有人和所有时间,父亲在回忆中依然禁不住滚出泪花。

父亲说:"从那以后我再没见过他们,我不想把身上晦气传给他们。"

我想去看看上校和这天底最好的女人。父亲给我地址,是女人亲手写在一页作业本的纸上的。我看地址居然在上海青浦朱家角镇,是我返程去上海虹桥机场必须要经过的,更加坚定了我要去见他们的决心。

第十八章

八三

那时出租车不多，有我也租不起。那是"摩的"的时代，从朱家角镇出发，搭摩的，两块钱，就到了地址上写明的村庄：桑村。邻近村庄，我知道它为什么叫桑村，村子被大片光秃秃的桑树包围。尚是早春，桑树一个绿芽也没有，但都被修剪过，像一条流水线上下来的产品，全一个样，低矮，整齐，一畦畦，放眼望去，让人想到一列列被剃光了头、整装待发的士兵，在沉默中等待冲锋。这儿是一望无际的平原，人工开凿的河流，笔直，水面波澜不惊，两岸，裸露的土地黑得冒油。走进村子，房子一律青砖黛瓦，伞形屋顶，两层楼，带后院，像马德里的某些社区，统一规划建造的。

这是一个因种桑养蚕而发达的村庄，年轻而充满活力。

司机是本村的，一个毛头小伙子，我给他看女人和上校的婚照——我要送给他们，物归原主——虽然是快二十年前的照片，他居然一眼认出来，然后熟门熟路，直接把我送到他们家门口，并告诉我，这家男人精神有毛病。但同时也夸这家女人是个大好人，对自己有神经病的男人温柔体贴，照顾周到，对村民温良谦让。摩

托车停在门口,他未经我许可,径直朝屋里大喊一声:

"郎中奶奶,来客人了。"

天下着毛毛细雨。这季节就是雨多,忽冷忽热,下了雨天就冷,风吹一路我更冷,手脚都有些冻僵。我要回马德里,总是有行李的,一只纸箱子,一只帆布袋,也给他们捎了一网兜新鲜的竹笋、豆角什么的。这些东西都绑在摩托车后座上,不等我把它们卸下来,我听到背后的门老弱地吱呀一声,打开,有脚步声停在门口,有一股风往我背后吹去。我感到背上有目光趴着,有点不大敢回头。

我收拾好行李,回头看到,一个干瘦的老太婆直愣愣地看着我,她头发稀疏,白得灰扑扑的,该修剪没有修剪,披散着,被风吹着,更显得散乱;脸色蜡黄、苍老,皱纹褶子横七竖八,腮帮子瘪着,颧骨凸着,下巴尖着,整张脸上只有眼袋处有肉;腰佝偻,身子前倾,要不是手扶着门框,我担心她要扑倒。不论从哪个方面看,这是一个被生活榨干的人,和我在照片上见到的人完全不一样。她几乎认定我找错人了,没有问我是谁,只问我找谁。我也怀疑自己找错人了,迟疑着,没有及时回答。这时她发现我腋下夹的相框——我刚在路上给司机看过,一直夹在腋下,没有放回包里——问我:

"你是从双家村来的?"

我说是的,她这才走下台阶来帮我拿行李,一边问我是谁家的人。我告诉她我父亲的名字,她很激动,放下行李,一把抓住我,问我是不是待在国外的那个。看我点头,她紧紧握住我手,说:

"我看过你写的信。"

出去头几年,尤其是头一年,我信写得勤,几乎月月写,写信是我用回忆抵抗不可遣散的孤独的唯一方式。后来因为老收不到回信，也是因为有了自己的生活，才写得少，越来越少，最后守住一年一封的底线。那些信，头几年的信，都是她读给父亲听的，所以她了解我不少情况。

"这么说，"她依然握着我手，开朗地笑道，"我们是老朋友了，我看了你那么多信。"

生活把她榨干了，但她依然保留着乐观、热情，甚至不乏幽默。她手劲也不小，紧紧握着我手，我感觉得到。她手掌大而粗糙，像一双男人的手。后来她一手拎起我的纸箱，先我进屋，虽然偻着腰，但步子是扎实的，一点不飘。刚才我看到，和邻居家相比，她家的屋墙明显老旧，粉墙白得脏兮兮的，是长年没有重新粉过的破旧，门上的油漆也斑驳陆离的：本来该是褐色的，现在是密密麻麻的不规则的灰白斑。但走进屋，里面整整洁洁，家具摆设也不少。进门右手边，是一套医务所的设备，有接诊的案台、药橱、输液架、听诊器、出诊的医护箱等。

父亲告诉过我，她姓林，照辈分，我该叫她林阿姨。林阿姨进屋后一直忙，又是收拾东西，又是擦桌子，又是给我泡茶。我接过茶，在八仙桌前坐下，四处张望，寻找上校。一杯茶见底，我仍不见上校，忍不住问道：

"阿姨，叔叔呢？"

我从来没有叫过上校为叔叔，这么叫让我觉得有点羞愧，好像我把他当外人似的。

她告诉我："他在楼上。"抬头对楼上大喊一声，"老头子，下来吧，来客人了。"

楼上迅速响起脚步声，咚咚的，快速，有力，不一会儿，脚步声响在楼梯上。我起身,想去迎接。阿姨示意我坐着,自己去接。其实根本不用接,他脚步轻快着呢,阿姨只是立在楼梯口等他下来。尽管我对着记忆和照片想过上校的各种模样,但他的样子是超过所有人想象的:面色红润,双眸明亮,白白胖胖的,加上一头晶晶亮的白发,十足像一个鹤发童颜的洋娃娃。他白净饱满的面容,让我怀疑他是不是换过皮肤,白得生机勃勃,富有弹力活性,完全是孩子的风采。他的神情也像孩子,看见外人兴奋又紧张,想说话又不知说什么,害羞地看着林阿姨,眼巴巴的。我向他问候一声叔叔好,居然把他吓得直往林阿姨身后躲。林阿姨也不介绍我,只管安慰他:

"没事,没事。"

一边拉着他手,是给他保护的样子。

一个是老态毕现却沉稳自如,一个是鹤发童颜害羞胆怯,两个人都远远走出了照片,走出了我的想象。尤其是上校,小孩子的神情、举止,无论如何也无法让我捕捉到一丝记忆和真实。我无法掩饰此刻的迷惑,我知道此刻我的目光像受惊的苍蝇在左冲右突,脸上写满惊异和疑惑。两个人站在一起,比对着,映衬着,只有一点在我心里像一个钉子钉在墙上一样确凿:是上校把他身边的女人榨干了。

报纸上说,生活是部压榨机,把人榨成了渣子,但人本身是压榨机中的头号零件。

八四

林阿姨告诉我，作为医生她知道，像上校这种在极端刺激下犯的疯病，只要得到及时治疗完全可以痊愈。但她在半年多后才得知情况，带他去求医，已经错过最佳治疗时间，结果就成现在这样，废了。

她给我打一个比方："像你手上挨一刀，哪怕断了筋骨，只要及时找到好的医生治疗完全治得好，留一道疤而已。但错过时间，伤口烂到骨髓里，只有截肢，不截肢最后会把你烂死。你该知道，他父亲就是这么烂死的。"

是的，我知道。我也知道，这是一种伤害性治疗，断臂求生。上校最后进行的就是这种治疗，把他正常的智力像截肢一样截掉，以抑制他的疯病。他现在的智力只有七八岁孩子的水准，而且是受过惊吓的孩子，特别怕见生人、大人。她建议我把他当小孩子看待，跟他亲热，带他玩，他会很快接受我的。我那时已有两个孩子，一儿一女，大的十岁，小的正好七岁。当我把他当我七岁的女儿待时，果然我们相处得很好，我说什么他都爱听，我问什么他都会讲，完全幼稚、天真、透明。我给他讲故事，他坐得老老实实的，跟他下跳棋，他比我儿子还那个来劲。

他嘴上喊林阿姨叫老伴，实际上把她当母亲。

天色向晚，林阿姨去厨房烧晚饭，他像一下获得解放，偷偷领着我去楼上，打开一个房间。这是楼上三个房间中最大的一间，长方形，里面全是小孩子的各种玩具：弹珠、弹弓、水箭筒、木手枪、连环画、涂鸦板等。他似乎特别喜欢画画，除了靠在墙上的涂鸦板——用红色粉笔画着一个扎羊角辫的女孩——窗前还架着一块门板当桌子,铺着一张医院特用的白色床单,一边排着一排粗细不一、颜色各异的铅笔、炭笔、蜡笔,显然是画画用的。他首先向我炫耀他的各种玩具,完了问我要不要看他画画。我说要,他便眉飞色扬地拉出凳子,坐上去,铺好纸,选好笔,埋下头,安静地画起来,那副认真、安心的模样顿时让我想起儿子和女儿。只是,他高大的背影、银亮的头发、沉重的喘气声,实在无法让我把他当成一个孩子。我刚才一直没注意到他的穿着,我的注意力全在他怪异的神情举止及谈吐上,这时才发现,他穿的是一件宽松的酱色毛线衣,袖口和肘子处已经有脱线和烂洞,裤子是藏青的灯芯绒,脚上穿一双棉拖鞋。

他画的是一个美国大兵,戴灰色钢盔,持黑色冲锋枪,蹬褐色高帮皮鞋,左胸前佩着一面彩色星条旗。以七八岁孩子的水平看,不论是画的速度还是形象绝对是高水平的,使我想到他已画过无数次。

我端详着画,问他:"这是什么人?"

他脱口而出:"美国佬。"

我又问:"你见过他们吗?"

他想了想,回答:"见过。"顿了顿,又说:"我当过志愿军,在朝鲜。"

我很意外他还有记忆。我放下画,不由自主地牵住他的手,仿佛是牵到了他过去的峥嵘岁月。我说:"你在那儿当军医是吧?你救过很多人。"

他的记忆像被我的手轻轻一碰,跌入悬崖。"军医?救人?"

他认真思考着,"在哪里?"

我说:"朝鲜啊,你刚才不是说你在朝鲜当过志愿军。"

他说:"你骗人,我才不要当志愿军,我要当解放军。"

后来林阿姨告诉我,他的记忆像跃出水面的鱼,大多数时间沉没在水下,偶尔才会灵光一现,而且前后不一致。刚才就是这样,我看见了鱼肚白,但转眼又被他否认,让我怀疑自己是不是出现幻听了。

他说过要当解放军,马上翻开一页纸,要给我画解放军。画笔像是他的镇静剂,画纸像是他天真烂漫的乐园,我眼看着他又沉浸在安详专心的"创作"中,熟练的笔法,顺畅的线条,从他抿紧的嘴唇和专注的目光里流出来。我小心翼翼地站在他身后,尽量欣赏着,尽量不发出声响,好像面对一个天才画家在创作一幅天才之作,欣赏和安静都是为了保护并激发他的灵感和才情。

突然他丢下笔,对我说一句:"我要尿尿。"迅速跑去隔壁房间,那儿是他和林阿姨的卧室,想必是有马桶的。

两边房间都没有关门,我听着他撒尿的声音,禁不住地想到了他的"小腹"。那是他最机密的地方,他一辈子的荣辱、起伏、罪过、疯狂的秘密,此刻近在眼前。我几乎有一种冲动,也想去撒尿,顺便看看他那致命的秘密。以他现有的智力,我想他不会拒绝的。我儿子已经十岁了,每次洗完澡都光着身子在房间里乱窜,像在犒劳空气的眼神似的。当然以我此刻的心情,阴雨绵绵的心情,我实在提不起那个心思。

报纸上说的,当一个人心怀悲悯时就不会去索取,悲悯是清空欲望的删除键。

走道上很快飘来粪便和尿液发酵后的酸臭，像鸟翼振翅搅乱了宁静的时空。撒完尿，他几乎是跑回来，没有系上裤带，一手提着裤子，一手拉开里面秋裤的裤沿，紧张神秘地对我说：

"你来看，我这儿有字的。"

回头看看，听听，又悄声说：

"不要跟我老伴说，她会骂我的。她经常为这事骂我。"

曾经他为保住里面的秘密甘愿当太监、当光棍、当罪犯，现在却要主动示人，宁愿被老伴痛骂也要给我看。我心里的悲伤本来已经要胀破，这会儿终于破了。我哽咽着上前帮他穿好裤子，系好裤带，抱着他啜泣，泪水灼伤了我的双眼。他奇怪我为什么哭，我奇怪这世界怎么会这么残酷无情。

我后悔来这里。

我恨不得连夜逃走。

八五

雨在傍晚时一度下得很大，雨点子结实地砸在屋顶，叭叭响，像一头巨兽拿瓦片当饼干在饕餮。夜幕降临时，雨一下停止，像被夜色扑灭的。我心里太难受，难受得要窒息，迫切地想出门去喘口气。吃过晚饭，我帮阿姨一起洗好碗筷，趁她给上校剪指甲之际，我提出要出去走走。阿姨建议我可以去村子东边的丝绸厂看看，说厂里刚引进一批德国机器，一台机器抵得过一百个人的劳作，看得让人傻眼。我说好的，但心里根本不想去看什么机器。我心里都是上校的前世今生,都是悲伤,都是眼泪,都是苦涩。我预计,我出去后一定会找个地方痛哭一场。

我在一片潮湿的桑树地里狠狠哭一场,心里要好受一些。回来的时候,我眼里有了这村庄。这个摊在宽广的平原上的村庄和我的家乡完全不一样,它有一种开放和现代性,道路宽敞,房屋整齐,沿路有路灯、行道树,家家户户门前有花草,楼上有阳台,窗户挂着窗帘;有人手挽手在马路上散步,不时有自行车从我身边骑过,或者迎面而来;他们对我这个外乡人毫无兴趣,没有人对我投一瞥好奇的目光。二十二年后的我回到村里时,对村里任何人来说都是陌生人,我深有体会,当我在自己村庄的弄堂里行走时,我身上被多少好奇的目光抚摸过。这儿对陌生人毫无兴趣,它已经半城市化,在工厂里打工的大多是外省人。

报纸上说,中国自实行改革开放政策后焕发出了勃勃生机,从城市到乡村,从吃穿住行到思想观念,都发生了翻天覆地的变化。这一点,现在的我最有发言权,即使近些年我几乎一半时间在国内,因为有另一半——国外——的衬托,我照样时常生出惊异的目光、欣喜的心情。

但在一九九一年,我虽然也看到变化,却并没有多少欣喜,甚至多的是沉痛。

那次我在村里待了十一天,足够我重温少时的记忆,而我能找回的记忆却少之又少:清澈的溪水沦为污浊的臭水沟,据说不到三十公里长的溪坎,两岸建有几十家造纸厂、冶炼厂,整条溪流成了它们天然的排污沟;山上翠绿的竹林树林炮声隆隆,炸出一个个疮痍的天坑石塘,修路、建厂、造房子都得仰仗它们;弄堂里,积淀着历史背影和回音的鹅卵石路，因为自行车不适宜，经常滑倒摔跤，一律浇成灰色的水泥路；祠堂里，一台台绿锈丢渣的机器占领了列祖列宗的香堂，天天造出白色垃圾，据说都被送去大城市，登上无数琉璃幕墙的写字楼里的餐桌：碗盏、筷子、瓢羹、餐巾纸，一应俱全。铁匠铺不见了，肉钳子死在了越南前线，安葬在云南保山；表哥结婚了，又离婚了，跟邻村一个丈夫瘫痪在床的女人公开相好，生了一个孩子，不知道怎么上户口；野路子接过他妈妈（凤凰杨花）的衣钵，把小吃店开到县城，据说经常便宜采购发霉的谷米，做成好看好吃的发糕高价卖给城里人；矮脚虎租下关过上校的柴屋，装修个崭新，加盟杭州一家老字号连锁店，卖的东西死贵。当然，七阿太、老保长、村支书等老一辈子都死了，是寿终正寝，不像爷爷，死得不体面。据说老保长死前一年，亲自选好坟地并种好两棵柏树，一棵在第二年陪老保长一起死掉，很稀奇；另一棵至今活着，已长成两层楼高，在春天里冒出新绿。

总之，村里是大变样了，从山到水，从田到地，从吃到穿，从住到行，从人到物，都像被火点着了，偌大的村庄，大几千人口，似乎都是易燃易爆物，火烧火，越烧越旺，几乎找不见不变的东西。唯一没变的只有小瞎子，他的断舌头，他的僵尸手，他可怜可恨半疯半癫的垃圾样相。以前老瞎子在世，他生计尚有着落，活得还有点人样。老瞎子死后他生活完全失去依靠，只能靠善心人的可怜苟活。时间驳落了当年大张旗鼓刷在村头弄尾的革命标语的墨迹，包括胡司令写在学校墙头血红的革命诗，却驳落不了小瞎子对我家种下的屈辱和深仇大恨。我没有去看他，两次在路上碰到也不睬，恨不能一脚踢死他。我觉得他才是我家的鬼，要不是他瞎说八道，胡诌出个什么鸡奸犯的事，哪有爷爷糊涂一时的事？父亲啊，世上哪有什么死鬼，我家的祸水其实都是他这个活鬼惹出来的。

多年以后，年龄和成功赠予我豁达和宽容之心，让我和命运达成谅解，对小瞎子生出同情心；一年又一年，同情心像树的年轮一样长，最后长成善心义举，真心帮助过他。但在一九九一年，我对他只有恨，恨之入骨！即便回到马德里，我依然把恨留在村里，咒他快死。印象很深，就在这个夜晚，我在上校的玩具间，在林阿姨给我临时铺的地铺上，上校阵阵如雷的鼾声令我辗转反侧，我在不眠的镜子里清晰地看到自己两个相杀的形象：一个是为上校的可怜悲悲切切，虚弱得无力闭上眼睛；一个是为小瞎子的可恨咬牙切齿，愤怒得可以拔刀杀人。

这注定是一个不眠之夜，略带寒意的风从窗缝里咝咝钻进来，给我送来桑树和泥土的气息，也送来了后半夜的月光。有点不可思议的是，当月亮升起后，上校的鼾声像怕光似的一下沉落下去，沉得无声无息，随后我听到林阿姨轻微的呼吸声。她的呼吸声凌乱无序，让我想到她脸上的皱纹。黎明时，东边天空中布满酒渣色的云层，我不知道它在天亮后是白云还是乌云。

八六

我在一身疲惫和不安中回来。林阿姨像料到我的不安，在我回来前已经把上校安顿上床，并替我铺好地铺：在上校的玩具间。她就坐在上校下午画画坐的凳子上等我回来，手上夹着烟。我比她预想的要回来得迟，我注意到，烟缸里已经躺着两个烟蒂。她问我要不要来一根，我说不要。我以前抽过烟，后来为攒回家路费戒了：我的机票钱就是这么一分分攒起来的。她说她是在前线医院里学会抽烟的，那时经常有缺胳膊断手的伤兵，他们苦闷，要抽烟，烟瘾大，自己没手，抽不来，都靠她喂他们抽，就这么不知不觉自己也上了瘾，像传染的。

"后来戒过，"她说，"这几年不知怎么的又死灰复燃。"她确实这么说的：死灰复燃，包括前面的"喂他们抽"。她说话经常冷不丁会冒出一些有趣的词，幽默一下，一边笑着，绽出更多皱褶。

我知道，抽烟可以一定程度地缓解人的焦虑。我也知道，是照顾上校的烦心把她的烟瘾又唤醒了。不是说久病床前无孝子嘛，还有什么比常年累月对付一个七老八十的小孩子更让人焦虑烦心的？她却不这么看，她说照顾上校让她感到无比安心，累是累，但累得有劲，有寄托，心里踏实。

抽着烟的她，有一种老人的威严和通达。

突然，她掐掉烟头，对我直通通说："我想你来这里不仅仅是来看他吧。"

语焉不详，我不知该怎么作答。我坐在唯一一张小板凳上，心思一乱，想站起来，好像心思是有重量的，小板凳吃不消。

她对我摆摆手，示意我坐着别起身，接着说："你可能更想来看我，村里人都把我当作个怪人是吧？"

我说："没有，他们都说你是个大好人，都叫你观音菩萨。"

她说："是啊，怪的就是我为什么对他这么好，你不觉得奇怪吗？"

我说:"因为你们曾经是战友。"

她说:"他十七岁参军,从打红军到打鬼子,打解放军,打蒋介石,打美国佬,半辈子都在前线战场上,战友多了去,被他救过命的人也多了去,凭什么单我一人对他这么好?这里面一定有故事的。"

我觉出她有一种讲述往事的冲动。她和一个大孩子生活在一起,整天只能陪他说相似的话,却没人陪她说说自己,她一定是很孤独的,埋在心头的往事也许更孤独。随着年岁的向老,这种孤独也在长老,面临随时死亡的威胁。她也许并不怕自己死去,因为怕也没用,早迟的事,阻止不了。但往事可以活下来,往事——尤其是沉痛的往事——有活下来的自重和惯性。

后来我知道,她在我们村滞留那么长时间,和那么多人相处往来,从没有对任何人提起自己这段往事,包括我父亲。村里人对上校的尊敬和对她的感激之情,让她失去了袒露心声的勇气:因为这是一颗黑暗之心,饱含罪孽之泪。在乡下,人心像日常生活一样粗糙简单,黑白分明,分辨不了黑白交织出来的复杂图案和色彩。爷爷就是例子,一错百错,一落千丈,死有余孽。她怕自己成为我爷爷的复制品,甘愿人无端猜测,莫名礼拜。她把过去锁在心里,把毒液含在嘴里。但这个夜晚,我的出现对她几乎有一种不可抵挡的诱惑;我的身份是那么符合她的渴求,几乎是恰到好处:既是当事者——上校挚友之子,又是局外人——置身万里之外。她静静坐在那儿,灯光下,苍老毕现,欲望毕露,菜色的双唇被等待的渴望搅得蠢蠢欲动。

"民国十九年,即一九三〇年正月初七,差不多就是现在这个时间吧,我就出生在这个房间里。"没有征询我意见,没有开场白,只靠新点的一支烟的过渡,她直爽地翻开了自己尘封已久的历史簿——

家里有一亩桑树田和一间蚕房,我阿爸虽不是一把好劳力,但姆妈会裁缝,补上去,家里日子过得不好也不差。后来阿爸把田和蚕房租给外乡人种养,自己跑生意,采购村里的丝绸,用船运到湖州南浔贩给中间商,赚差价,几年下来已是村里比较富裕的人家。我有两个哥哥和一个姐姐,淞沪战争爆发时,我大哥十五岁,已被父亲送去上海读书,我七岁,也在镇上读小学。这说明我家当时确实已经有些钱。

但战争一下把我们家毁汰了,阿爸、姆妈、二哥、姐姐,四个人在同一个时间被鬼子飞机炸死的炸死,淹死的淹死。当时我们一家人在同一艘船上,准备逃难,去南浔,阿爸在那边有朋友。其实待在家里反而没事,你看这房子,不是好好的?这是命,不能回头说的。阿爸和二哥当场炸死,姆妈和姐是淹死的,她们和我都不会游水,只有大哥会,逃了命。我不知是怎么逃的命,反正等我有意识时已躺在河边,不知是谁把我救上岸的。这是我的命,命运等着我来吃一生世的苦。

我们回到村里,投靠阿爸的大兄弟。大阿叔人是好的,但大阿姊待人刻薄,经常饭桌上拉脸色,甩风凉话。大哥正处在青春期,吃不下冷脸色,一气之下翻了脸。好在住房、蚕房和桑田都在,生活设备也不缺,大哥也能养蚕,我也能照顾自己,可以凑合过日子。家里有盒粉笔,不知从哪儿来的。大哥每天在蚕房的竹柱上画一个叉,每次画时都对我讲:你快懂事,等你懂事了我就去当兵,杀鬼子报仇。画了一年半多，蚕房里的叉叉比蚕蛹还要多，一天早上我发现他房间空了，只留下一封信和一点钱，告诉我他走了，让我照顾好自己。我心里早有准备，并不意外和害怕。

两个月后，我收到大哥从长沙寄来的一封信，告诉我他已经加入薛岳将军的部队，在训练做机枪手。以后三年多我再没有收到他一丝音讯，收到时已是死讯，他已在一年前的长沙保卫战中牺牲，是邻村一个同他一起参军的人带回来的消息。那时我虽然才十二岁，但比二十岁的人都能干，洗衣、烧饭、养蚕、缫丝、纺线，样样能干。蚕房简陋，用竹排搭的，大哥用粉笔画的那些叉叉经不起风吹雨淋，像大哥的性命经不起枪林弹雨一样，消光了。我得知大哥牺牲后，也开始在蚕房里画叉，每天画一个。我想大哥用粉笔画，丢了命，我改用刀刻，用剪刀。

镇上经常有部队来秘密招兵，刻了一年多后我开始去找那些人接头，要参军。因为年纪不够，一次次被拒绝，直到一九四五年春季末，夏季初，一支部队要了我。是国民党忠义救国军，把我带到江苏宜兴太湖边的一个山坞里，学习做护士的那一套。学习结业前，鬼子投降了，大家在操场上庆祝，我一个人在房间里哭。我参军只为报仇，报不成仇，一家人白死了，我活着也是白活。当时我十五岁，已觉得活着没意思。这八年，我是靠仇恨养大的，仇恨死了，我活路也断了。那天夜里，人家唱歌唱哑了喉咙，我痛哭哭瞎了眼睛，两只眼珠子肿得要从眶里脱出来。

结业前最后一天晚上，又是搞庆祝。中途队长把我一个人叫走，带到他房间，问我是想去前线部队医院还是上海南京这种后方城市大医院。我说鬼子不是完蛋了，哪还有前线？他说鬼子是完蛋了，但共产党没完蛋，下一步要叫新四军八路军完蛋，仗有的打。我想自己是为打鬼子来参军的，打共产党没意思，就要求回上海。他答应我，同时要我答应给他身子。我不答应，他却不准我不答应，动手把我按倒在床上。正是大热天，我穿得少，他很快剥了我衣服，摸到我身子。我不是娇生惯养出来的小姑娘，我是个用剪刀刻了几年叉叉的受尽苦难又咬着深仇大恨的姑奶奶。我挣扎着，趁他要撒野时用脚狠狠踢了他裆部。他一下跪在地上叫死叫活，我又用他挂在墙上的手枪托砸破了他脑袋，砸昏了，用两张床单拧成绳，加上皮带，把他捆个结实，然后连夜逃走。

八七

报纸上说，心有雷霆面若静湖，这是生命的厚度，是沧桑堆积起来的。

我惊诧她在说这种杀人强奸的事时依然声色不动的平静，像在说抽丝剥茧的平常事。她畏惧惊吓的神经大概是麻木了，像她的手掌，结一层糙皮，长满厚厚的茧，刀子都敢接。一直如此，不论说什么，她总是一个表情：没有表情的表情，波澜不惊的样子；一个腔调：风平浪静落雪无声的样子，事不关己高高挂起的腔调。倒是隔壁上校，鼾声一阵阵的，时而高亢欢快，时而悲切沉吟，像在梦中历尽悲欢离合。

因为是逃走的，自然不敢回村里，怕被追杀。她漂在上海城里头，颠沛流离，做过各类苦工，就是不敢去医院找工作，怕仇家顺藤摸瓜找到她。她吃得起苦，但能吃苦的人实在多，满大街都是跟她抢饭碗的人，竞争激烈，生计总出问题，最后还是斗胆去医院做护士。毕竟学过的，也毕竟是有门槛的活，专业的事，抢的人少，总算安耽下来，过了将近两年太平生活。

大概已经好久没正经八百跟人说过普通话，开始她讲述的语速偏慢，且不时冒出方言土语。但普通话的底子在那儿，讲着讲着，摸到门路，找到感觉，到这时已熟门熟路，顺口起来，语速提起来，只是语气和神情一律不变，呆板的样子，是被麻木锁住的。

"可我天生苦命，秋葵一样，好日子长不了。一九四九年三月二十日下午三点钟，我正在给一位在街头打架挨了刀伤的病人输液，护士长突然把我叫走。"她对这个时间记得如此清楚，好像是她生孩子的时间。其实差不多，这是她一个新的历史时间，上校已经在三天后的手术台上等她——

现在我们说国民党抓壮丁，总以为抓的都是男人，其实也有女人。我就是这天下午被一个操四川口音的国民党军官带走的，全医院十来个年轻护士，在大厅里排成队，他在我们面前来回走着，看着，指着，点人头。总共点了五个，我是最后一个被点到的。没什么好啰唆的，谁啰唆他把枪抵在谁头上，有人当场吓得尿失禁，他照样带走。我们被塞进一辆吉普车，三个人的位置五个人挤，他坐在前面哼着小调，流里流气的。我真担心我们被拉去做那种事。我想过，如果是做那种事，我就死给他们看。我见多了死人，家里人都死了，我对死不怕。

吉普车开一个多小时，换乘一辆带篷大卡车。车上满当当的都是和我一样年轻的姑娘，私下问，都是护士，有的还穿着白大褂，好像要拉我们去救一火车伤兵。有一个押车的，腰里别一把手枪，手上提一把卡宾枪，警告我们：谁不老实小心吃铁花生，是子弹的意思。我们问他去哪里，他说去的地方多着，运气好可以见着李宗仁总统，运气不好只能去见鬼了：这是死的意思。

卡车连夜出城，往南京方向开，一路经过多座军营，每进一个兵营放下几人，多则五六个，少则三四个。我在第三天下午和其他四人被一起被丢在镇江郊外，金山寺附近，长江边的一座兵营。后来知道，这是一支舰艇部队，兵营不大，但房子一色是青砖或红砖房，看上去结实牢固，和我们一路上进的几座兵营不一样。这里明显好，以前有些兵营破破烂烂的，像野鸡部队。我庆幸自己被分到一座好的兵营，一路上的恐惧受到安慰，捡了便宜似的，对不明不白被抓来当兵的屈辱反而放下了。

我们五人被安排在同一个房间，四张铁床，上下铺。房间里基本生活设备都有，墙上贴着电影海报，桌上有女人专用的小圆镜、粉盒，甚至箱子里还有不少女人内衣内裤什么的，好像这些人刚死去。其实她们是逃走的。街上四处贴着传单，解放军要打过江来，当国民党死路一条，她们逃去寻活路了，我们是来抵死的。我们也想逃，但兵营里加满岗哨，夜里探照灯雪亮，扫来扫去，逃路堵死，大家只有等死。当天晚上我们各人领到一套军装和白大褂，有人说这是我们的寿衣。死归死，累归累，死是以后的事，累是眼前的事，颠簸一路，累得要死，躺下就睡着，跟死一样。

半夜里有人嘭嘭嘭敲门，说有急救手术，要我们出两人去配合。三轮摩托停在门口，引擎响着，看样子是很紧急。我和另一人去，坐上摩托，两分钟就到。手术室在一楼，我们进去，看到地上、手术台上、医生白大褂上全是血,像刚杀完猪。伤员死猪一样躺着,无声无息,奄奄一息。医生背影高大,手里捧着一堆肠子,翻着,动作麻利,在找创口。我们哪见过这场面,同去的人当场啊啊地呕吐,引得医生回头看。他戴口罩、头罩、手套,只露出一双眼睛:即使在雪亮的手术灯下,这眼睛依然放出亮光,像两只通电的电珠。他朝我甩头叫我快去帮他。我赤手空拳上去,他又朝我甩头,示意我戴口罩、头罩、手套。东西都是齐备的,就在旁边推车的托盘里。我全套戴好,配合他挖开肚皮,把更多的肠子拎起来。他很快找到创口,夸我手气好。

然后三个多小时,他埋头操作各种手术器具,我负责递接。经常递错,他也不骂人,只说一个字:错。天毛毛亮时,手术终于结束,我替他摘去头罩、口罩、手套,脱下血淋淋的白大褂,看到他脸色苍白,面容僵硬,是一副累极的样子。他没穿制服,白大褂里面是一件脱壳绒衣,大概跟我一样是临时从床上拉来的。绒衣洗过多次,黄色褪成灰色,看上去土相。他吩咐我一番护理的要求,叼着一根烟走了。我回头收拾手术台时才发现,整套手术器具,剪刀、镊子、切刀、缝针,大大小小,都是金子打的,刚才太紧张,没注意到。

上午九点多钟,他来病房查房,穿一套带上校军衔的制服,刚睡过觉,脸色红润,和我夜里见的人丝毫搭不上。他倒一眼认出我,问我伤员情况,也问我个人一些情况。知道我是被抓来的壮丁,他似乎猜到我想逃走的心思,劝我别胡思乱想,好好待着。他指着昏睡的伤员告诉我,他就是逃的下场。原来我们熬了一夜辛苦,救的是一个逃兵,没有功劳,只有苦劳。

护士都逃了,当兵的也要逃,我想这部队必定打不了胜仗。

果然,一个月后,解放军打过江来,整座兵营只冒出几声枪响,解放军就顺顺当当接收了我们。这一个月里,我和他没见过几次面,因为逃兵都不敢逃了,没伤员,他是不来医院的。据说他天天在家里养着猫,看着报,吃饭有人送,衣服有人洗,是长官的待遇。有一次我在营区路上碰到他,他露出一口白牙对我爽朗地笑着,叫我一声名字,并问我:你是叫这名字吧?我说是的,停下来,等着他再问我话。他却没有下文,径直挺个胸脯,大踏步朝前走去。我听着他洒下一路铿铿的脚步声,像听音乐,心里喜悦,忍不住回头看他,希望他也回头看我。

这是我长那么大头一次回头看一个男人。那年我十九岁,他三十一岁。他也是我这辈子唯一这么回头看过的男人。他没有回头,我心里空落落的,像他本来在我心里,就这么走掉了,心里就空了。

她努力想用细节给我重塑上校三十一岁的英俊形象,也试着回忆自己心里第一次装下男人的青涩。但上校不配合,大概是做了噩梦,鼾声突然变成惊叫声,把她从遥远的过去拉回来,拉去他身边,跟我听到女儿在梦里惊叫差不多。孩子们都一样,白天天不怕地不怕,夜里却常常为一只吞下大象的蚂蚁吓得要死,惊叫,尿床。她过去,像我去看女儿一样,观察一下,摸摸他脸蛋,帮他理理被子——应该是这些吧,反正我是这样的;如果醒了,我会哄一哄,一般哄两下又会睡过去——孩子就这样,睡觉是他们的拿手好戏。

第十九章

八八

在她离去时,我起身站到窗前,舒张一下被矮凳子收紧发硬的身子。窗外黑沉沉的,没有一扇窗户亮灯,路灯也灭了。夜深了,正如她讲到一半的故事,正在积聚隐秘的能量向芯子里涌动,把未知和孤独留给我一人。我有些迷茫恍惚,不知是希望她尽快回来,还是迟些回来。我可以想象,她和上校一定爱过,然后恨过,然后……我无法想象她现在是在重拾旧爱,还是自我救赎。相爱相杀,爱不成便成恨,恨的伤口可能酿出毒药,她现在在喝下自己酿出的毒药?我想起前妻,我们没有恨过,是命运给我创下一个巨大的伤口,毒性至今都没有消失散尽。

她很快回来,添了件衣服,是一件肉色的丝绒开衫,宽大的样子无疑是上校的。这衣料在马德里是昂贵的,但在这里只是土特产,家家户户都送得出手,想必也是人家送的。上校已牢牢把她捆住,她不可能重操旧业。据说在去我们村庄前,她是这儿唯一的赤脚医生,同时也是最抢手的纺织能手。她一边行医,挣医生的钱,一边纺丝织衣,挣老板的钱,是这儿收入最高的妇女之一，攒的钱可以重造一栋房子。但这些积蓄后来都为上校治病花光了，为了照顾上校她又没空打工挣钱，只靠给人看病挣点油盐钱，一度生活十分拮据。不过前两年政府给她落实政策，天上掉馅饼，她月月有笔数目可观的退休——不，是离休——工资，生计难题一下得到解决，解决的方式和结果几乎是完美的。这从她抽的烟可以看出来，她抽的是凤凰，是仅次于牡丹的好烟。

"刚才说到，解放军顺利接管了我们，据说没费一枪一弹，我们听到的几声枪声是有人自杀，不是抵抗。"她一点不糊涂，不要我任何提示，只靠两口烟的过渡，恢复了淡然的神情，继续机械地往下说——

解放军和国民党军队完全不一样，他们到我们医院，迎面见到女护士，靠边站，等着我们过去再走。第一次这么遇到，吓得我不敢往前走，担心他们要调戏我。后来见多了，就觉得他们是好人。他们对俘虏制定的政策也上好，先谈话，劝你留下来，加入解放军，不愿意的给你发回家路费。找我谈话的人知道我是个孤儿，家里没一个亲人，说：那你没选择，留下来吧，解放军就是你的家，我们都是你的亲人。说得我当场流下眼泪，真像回家一样。后来我知道上校也留了下来，心里更高兴。可他不久便随大部队出发，不知去了哪里，总之是前线吧，因为前线最需要他这种医生。他没有跟我告别，也不需要。我说过，那时我们才见过几次面，连个天都没聊过，是我自作多情，心里莫名地装着他。用现在的话说，我有点暗恋他。其实暗恋也谈不上，就是一种好感，一种小姑娘的心情。

我继续留在医院，并受器重，被提拔当了护士长。解放军真把我当亲人待，对我特别照顾关心。不久上海解放，九月份，我被派去华东医护干部学校学习，就是现在解放军第二军医大学的前身。我学的是麻醉师专业，本来要学两年，后来朝鲜战争爆发，中国派出志愿军抗美援朝，学校发出号召，动员我们去前线保家卫国。很多人报名，我为了获得批准，用血书写申请，写血书的也是第一批被批准的。最后一共批准六十个男生、十二个女生，差不多装满一节火车厢，直接开往前线。这年年三十，我们是在火车上过的，一路上成千上万的人拥在月台上给我们送饺子，一站站送，哪吃得掉？吃不掉没关系，我们装在网兜里，挂在车窗外冰冻。火车开出济南后等于开进冰箱里，一路都是冰天雪地。开过鸭绿江，那个冷，那个雪，我们南方人想不到的，鼻涕流出来就结冰。天是那么冷，但我们心里热火朝天，一路上唱着歌，跳着舞，根本不像去前线打仗，像从前线凯旋。

跟那次国民党抓我的情况相似，火车每到一站，就会下去一批人。不同的是来接我们的人个个热情洋溢，脱掉手套，用冰冷的手和身子拥抱我们，问寒问暖，亲人一样的。解放军和国民党是一个桑蚕一个樟蚕，根本不同的，桑蚕吐丝做衣，一身宝，樟蚕啥都没用，一身臭，只害人。我和二十一个同学在长津湖东端的一个叫下碣隅里的火车站下车，分头上了三辆吉普车和一辆卡车，去了各自部队。我上的是卡车，去的是二十七军军部野战医院，当时医院在长津湖边的一个山洞里。我们六个同学，四男两女，下车时手上都拎着一网兜冰冻饺子，当天晚上医院会餐，吃的就是我们带去的饺子，大家吃得开心死了。

吃到一半，突然闯进来四个人，两个手上提着枪，一个手上拎着医护箱，另一人空着双手，但手上有血迹。他可能在雪地里洗过手，但没洗干净，残留着明显的血迹。他们去前线接诊刚回来。他一出现，像来了大领导，大家安静下来，院长坐的那一桌子人都站起来向他问候，拉他入座。我左看像，右看也像，最后确定就是他，我老头子，就跑上去向他问好。他没认出我来。我说我是谁，他听了不相信似的，对我左看右看，最后说：你怎么胖得像一头过年猪了，可以杀了过大年（元宵）。

说完哈哈大笑，引得满堂大笑。

确实，在军校一年半，我胖了一圈。我从来没有过过这种好日子，不要做体力活，有吃有喝，无忧无虑，能不胖吗？像我现在，整天替他操心操劳，能不瘦吗？我被他说得满脸通红，浑身不自在，像满屋子笑声都化作水泼在我身上，我成了一只落汤鸡。他看我窘迫的样子，安慰我说，没事，要不了两个月，保准你瘦回原样，那时我就认得你了，说完又哈哈笑。以前我真不知道，以后知道，他就是爱开玩笑，爱笑，笑起来声音很大，放炮一样。现在我真想再听到那种笑声，可听不到了，只有在梦里才能听到。那两年，尽管每天出生入死，不死也累得要死，但因为和他在一起，成了我这辈子最开心的时光，我心里越有苦就越是会梦见它。

八九

同样的白炽灯泡，滤掉了苍凉的红光，变更亮了，因为多数工厂停业了，电力足了。她同样的脸，显更大了，因为疲倦爬上去了。

疲倦加深了皱纹，下沉了眼袋，拉长了下巴，脸就变大了，更老相了。但她的精神还是好，越发好，记忆清晰，思路活灵，讲得很流畅，或许是美好的回忆在起作用吧。

据说，出租车司机会忘掉所有乘客，除非你把钱包落在他车上，他没收也好，归还也罢，都是他美好的回忆。她把最宝贵的青春和初恋落在朝鲜长津湖边的血土上，这片土地形同她故乡，会魂牵梦绕的，她没收不了，也归还不了。因为嵌入血肉了，只能同血肉同生同亡。

初恋的感觉是甜蜜的秘密，是紧张的等待、偷窥，是手不经意中相碰触电的感觉，是炮声轰轰中的害怕和祷告，是午后的阳光在风中行走，是微风吹来了稻花香，是彻夜不眠的累人旅程，是各种复杂幽秘、别出心裁的明测暗探。总之是细腻琐碎的，孤僻，怪异，情乱神迷，神神叨叨。她改变不了事实，甚至乐于耽于这种逝去的事实中，不免说得铺张，让我觉得啰唆。整个晚上，我第一次出现听力疲劳的感觉，忍不住打断她：

"总之你爱上他了。"

"是的，"她脱口而出，"我这辈子只对他这么爱过，爱得小心翼翼又天昏地暗。"

她又列数种种心花怒放又揪心断肠的细节、事迹，痴迷于逝去的青春和灼伤泪眼的甜滋滋的苦涩中，流连忘返。这是她毕生的辉煌，一生盘根错节的痛的根子，彩虹一样惊人的美丽，也是惊鸿一瞥的残酷。她心里在燃烧，一颗孤寂的心在一往情深。没有人会忘掉自己的宝贝藏在哪里，也没有人会忘掉刺穿自己心的箭。我不忍心再打断她，就让她说个够吧，这不是修养，而是仁慈。

终于，她在迷途中绕出来，回到正途——

我不知道具体是从什么时候开始爱上他的，就像我不知道他身上有哪一点是不值得我爱的。我爱他的笑声；我爱他的背影；我爱他抽烟的样子，爱他丢下的烟蒂；我爱他在手术失败后骂娘的愤怒，当然更爱他手术成功后的灿然笑容；我爱他遛猫逗猫的样子，那一定是他最得意开心的时候；我爱他义无反顾奔赴前沿阵地去出诊的英勇，爱他风尘仆仆回来的喜悦和痛苦。我们医院总共有七个外科医生，他去前沿阵地出诊的次数比其他六人加起来还要加倍的多。

为什么要出诊？因为有些伤员伤势太重，下不了阵地，下来必死在途中。他闻讯后总是对其他医生说，别抢，我去，我要让我的金子（手术器具）多发光。那可能就是去送死，前线的枪炮是不认人的，敌机在空中专门找这种孤单的吉普车，认为里面一定是送情报的人或大首长。好几次，我随他去前沿出诊，路上遇到敌机扫射，有一次一梭子弹正好钻进我和他肩并肩的夹缝里。我吓得哇哇哭，他笑道，谁说子弹不长眼？子弹知道我们要去救人，打死我俩等于要打死一堆伤兵，它下不了手。有一次车子被地雷炸翻，滚入山沟里，司机当场牺牲，我下体出血，一只肩膀脱臼，痛得昏过去，他毫发不损。他常说，救人一命胜造七级浮屠，他造的浮屠已上千级，已经在天上，死神够不着他了。

真的，他那么拼命，几十次去前沿阵地救人，身边的人一个个死伤，他最严重的一次只是断过一个脚指头，其他都是擦伤皮肉，跟穿着铁布衫似的。也许这就是福报吧，但他现在这样子哪有福气？

我说:"你就是他的福气。"

她说:"听下去你就知道我是他什么了。"

她继续说——

就是那一次,我终于向他说出我的爱。事情是这样的,趁我昏迷时他给我脱臼的肩膀复位,那个痛,死人都要痛醒。我醒来发现下面全是血,以为受了伤,可并不觉得哪里痛。他让我起身走,蹬腿,弯腰,都没问题。他知道是怎么回事,告诉我,我听了又哇哇哭。我宁愿丢一只手也不愿意丢掉它,这是女人献给丈夫的新婚礼物。我哭得死去活来。他以一贯爱开玩笑的样子,安慰我说,没事的,回去把这裤子保存起来,以后我给你的丈夫作证,这是你的军功章。我一头扎进他怀里对他说,就你做我的丈夫吧。他哈哈大笑,说,你是怕我作证服不了人,那好吧,回去我就让部队开个证明。我紧紧抱着他,把自己对他的爱从头到脚说了个透。他似乎被感动了,却没有激动,依然用一副诙谐的口气说,你太可爱了,如果我需要一个妻子就是你,但现在我更需要死神的爱,而不是你。

我说,我们相爱了死神会更爱我们。

他说,我见的死人比你听的枪声还要多,在死神面前你连小学生都不如,大学生在你面前,听大学生的吧。

我说,你刚才说了,如果你需要一个妻子就是我。

他说,可我可能永远不需要妻子。他放开我,指着一旁牺牲的司机说,你看他,需要妻子吗?如果他有妻子,该有多痛苦,一辈子都要痛苦。

我还想说什么,他对我摆手,告诫我别说了。他说,在死者面前说这些是不合适的,对自己也不吉利,我希望你活着回国。至于我嘛,他一边给死者拭去脸上的血污,一边对着天空说,老天知道,我已死过多次,死了也无所谓,多活一天都是赚的。

以后,他再不带我出诊,我把这理解为是对我的爱,是在保护我。尤其是,他每次出去都把他心爱的猫托付给我,就更以为他心里有我。每次,我还give猫时都会塞给他一封信,写的都是我情真意切的感受,浓浓的爱和深深的怕,怕他不回来,怕他受了伤回来。有时我又希望他受了伤回来,当然不是重伤,只是轻伤,这样他可以养伤,我可以照顾他养好伤。他从来不给我回信,一声回音都没有。只有一次,他接过信时突然对我说:你对一个你完全不了解的人谈情说爱,是对自己的不负责任。我用他曾经说过的话说:在前线是最能了解一个人的。类似的话领导在台上说过,私下也常有人说,他也确实对我说过。那时我到前线已超过一年,我说我已经在最能了解人的前线和你相处一年多,我很了解你。他说,你的眼睛看不到我的过去。我说,我要的是你的以后,不是以前。

我就是这样对他猛冲猛打,什么都不顾忌,狂热,痴情,什么姑娘家的矜持、面子、尊严,都放下,只要他一个字:爱!我亲人都死光了,太孤独了,太需要一个人来爱我,而天下哪里去找他这样的好人?英俊、能干、英勇、幽默,只要他答应爱我,我为他死的心都有,不答应我也想死。这种心情你可能很难理解的。

我想我是能理解的,那个孤独,那个渴望,我尝过,就在我出国头几年,那种举目无亲的感觉,那种什么都放得下的悲凉和狠心,像汗毛一样附在我身上,我像熟识老家的弄堂一样熟识。

九十

凳子越坐越板硬，像受骨头僵硬感应传染似的。我索性坐在地上。她丢给我一个上校玩的毛线大肚娃娃，说地上冷，垫着吧。我垫着坐好，继续听她说——

从一九五一年夏天起，敌人对我们实施长达一年多的绞杀战，经常出动飞机来炸我们的铁路、公路、驻地，狂轰乱炸。你想毛主席儿子毛岸英，一直跟在彭德怀司令身边的，都牺牲了，可想炸得有多厉害。我们军主要打的是围歼战，经常要换驻地，部队换到哪里我们医院跟到哪里。一九五二年五月中旬，我们在转移途中，一天晚上临时住在一个村庄里。可能有特务跟踪我们，敌人连夜出动飞机来定点轰炸，炸死军民一百多人。五月天，不冷不热，多数人都露宿在路边，只有伤员和我们几个女的借宿在村民家里。民居都小，大家只能分开住，我和护士长寄宿的那家人正好被一枚炮弹击中，护士长和东家一对儿女当场被炸死，我也被房梁压着，动弹不了，眼看要被烧死。

他知道我住在那里，不顾死活来救我，披一床用水浸过的毛毯冲进大火，大声叫着：小上海！小上海！找我。自我们在朝鲜见面后他一直这么叫我。他找到我时火已经在烧我辫子梢头，咝咝的声音，像蛇在喷气。他把我扑在身下，先把我辫子上的火头灭了，然后灭四周的火，最后用湿毛毯裹着把房梁抬起，把我从死神手里夺回来。当时敌机还在轰炸，大家都还在东躲西藏，营救工作其实并没有开始，他完全是冒死来救我的。所以，我后来的命实际是他冒死救来的。

怕天亮后敌机再来轰炸，部队连夜撤离村庄，往山区转移。中途要经过一条溪，我受了伤，小腿撕开一道嘴巴大的口子，刚作包扎，不便下水。他背我过河，刚趴在他背上我便开始哭。五月正是雨季，溪里水满满的，深过膝盖，我哭着，他背着更累，上岸便一屁股坐在地上，大口喘着气。我仍然哭着，哭得稀里哗啦的。人累时容易生气，他突然训我：你哭什么！但马上又安慰我说，哭吧，哭吧，死了那么多人，该哭，一边来拉我的手。我紧紧抓住他手，一头扎在他怀里，哭个够。黎明前的黑暗，伸手不见五指，我有种强烈的冲动，希望他吻我。

我说，如果我刚才死了，我在这世上什么也没留下。

他说，今天晚上牺牲的人一半都这样，战争就是这么残酷。

我本来是希望他对我说，我至少给他留下了那么多信，我留下了对他的爱。但他没那么说，我只有直接讨。我昂起头，对他说：你给我留个吻吧，这样我死了至少留下了爱，和我给你的那些信是配的。他迟疑一下，低头吻了我。是那种吻，只有仪式，没有欲望。畜生都不会在那时有欲望，才死了那么多战友，心里难受得很。但对我来说这仪式也很重要，像终于收到了他一封回信。

部队到新驻地后，住的是临时用原木搭的工棚，很矮小，一间屋只够放两张小床，床也是用木板拼的，直接铺在地上。那时我们只有一个团在前线，大部队已准备撤回国，战事明显少了，但伤员不少，都是那次轰炸加出来的。我说是麻醉师，其实平时做的大多是护士的工作，护士长牺牲后由我接班，反而更忙，经常上夜班。总共就五个护士，一夜两个班，前夜班和后夜班，反正互相轮值。一天晚上我上的是前夜班，我同寝室的人接我的班。我回去倒头就睡，蒙蒙眬眬中，总觉得有东西在摸我脸。夏天，山里蚊子多，都挂蚊帐，开始我以为是风吹着蚊帐搭在我脸上，后来那东西往我胸前移。我一下吓醒，想叫没叫出声，因为他用嘴堵住了我嘴。

我知道是他，还能是谁呢？那天他跟我一起上的前夜班，我们一起下的班，只有他知道这时屋里只有我一人。再说，也只有他才敢这么大胆，知道我会要他。这是我第一次，我虽然吓得浑身发抖，但还是大方地给了他，让身体来证明我们的爱。因为旁边有人，原木拼的壁隔根本不隔音，我们自始至终都咬着牙，怕出声，喘气声都用手捂着闷着。那年代不像现在这么开放，谈恋爱顶多拉拉手，接吻都是不敢的，他就是胆子大，特立独行的。这也是我爱他的原因，身上有种别人没有的胆量和担当劲，也是男人劲。

那次翻车后我一直藏着那条血裤子，他出于对我负责，确实向单位反映过我的情况，单位也确实给我开过一个证明。我本来一直都藏着，第二天我把证明撕了，裤子也洗了。我想既然这样，他要了我，我还留它们做什么？他是亲眼所见，眼睛是最好的证明，还要什么单位证明？我觉得他所以敢来要我，大概也是因为知道我已不是那个（处女），无所谓了。在我九月份回国之前，他还来过三次，每次都是月黑之夜，每次我们演的都是无声电影，因为要避人耳目。

回国后我们驻扎无锡，医院加入解放军一〇一医院，在太湖边。我继续干老本行，麻醉师。他立过一等功一次，两次二等功，是英模代表，回国后四处作英模报告，一个多月后才回部队。回来那天晚上，医院给他开庆功会，会上院长宣布命令，任命他为外科主任。一个多月没见，我想死他了，他在台上又说又笑，我在台下又哭又抖,激动得像他第一个晚上来找我。他有应酬,会后没马上回宿舍,我就在宿舍楼下等他。看他房间灯一亮,我就上楼去找他。他住在顶层三楼,楼梯口的房间,似乎专门挑过的,好让我悄悄去找他。敲开门,我直接往他怀里扑,他也大大方方拥抱我,亲热地叫我小上海。我一直等他来亲我,他却放开我,跟我问寒问暖,一边让我坐下。我不干,主动要亲他,却被他拒绝,还跟我说一通大道理,好像当上英模变成圣人似的,我这种凡夫俗人的要求是低俗的,不配他的光辉形象,把我气得含着泪跑掉。

我等他来安慰我,等几天都等不到,偶尔在医院或食堂碰到,他还是老样子,叫我小上海,跟我开玩笑,就是私下不来找我,像什么事也没发生,发生的都过去了。我熬不住,一天晚上又去找他,结果大吵一场。他说的话把我气死了,死了也要从棺材里爬出来咬他。我说,你答应要娶我的。他说,我说的是如果,如果我要娶妻子就娶你。这倒是真的,当初他确实是这么说的,可在我看来他要了我身子就是要娶我。所以我说,你既然要了我就要娶我。那时候我们说话不像现在这么直接,都是点到为止,我想他也该明白我在说什么:你要了我身子就要管我一辈子。可他居然说,那是在特殊情况下,战争时期,死亡和我们牵着手什么的。说到后面还笑嘻嘻的,意思好像现在战争结束了,一切过期作废。我气得哭了,我说你不要我没人要我了。他说怎么会呢,你那么年轻漂亮,又是大学生,喜欢你的人排着队呢。我说你别装蒜,你该知道我已经……我支吾着想找一个得体的说法,他打断我说,我知道你想说什么,可你手上不是有单位证明嘛,如果需要我也可以出面作证,怕什么。

我的天哪,他怎么说出这种话?简直不是人!当时我恨不得要抽他耳光，挖他心。但我气得手在抖，像不是自己的手，嘴巴也不是自己的，不知道说什么，失灵了。只有眼睛，虽然含着泪水，依然看得清。我看他那副满不在乎、厚颜无耻的样子，又看自己，气得七窍冒烟的样子，废物的样子，直想一头撞墙，死给他看。现在想当时要撞了墙就好了，事情闹得越大越好，可当时我恰恰是怕自己冲动，去撞墙，把事情闹大，所以跑掉了。

九一

人像一枚硬币，有两面，遇到好的一面是你运气，遇到坏的一面是你晦气，如果两面都叫你遇到只好唉声叹气，咬碎牙往肚里吞。当然这也是报纸上说的，我是说不出这种文绉绉的话的，甚至是怕说。因为说起这种话，我就会想到爷爷。爷爷是最擅长说这种话的，满肚子都是，张口就来。这当然是爷爷好的一面。可我也遇到了爷爷的另一面：不好的一面。我想林阿姨也是这样，把上校的两面——好坏两面——都遇到了。这确实让人很沮丧，冰火两重天，生死两茫茫。整个晚上，直到这时候，我才开始偶尔看到她脸上浮出一些表情，冒出一些感喟。

她长长叹一口气，继续说——

我不知道那段时间是怎么熬过来的，真是生不如死，死亡比在前线还离我近。我是麻醉师，手上有的是让自己死的药，一针下去，一死了之。这种念头无数次出现在我脑海里。有一次，我甚至已经配好药，只要一闭眼，把针头插进身体任何一个部位，有人就要替我收尸了。可我连个替自己收尸的亲人都没有,正是这个想法让我闭上的眼睛又睁开了。我想我还是要活下去,我活着,至少可以每年回去给我死光的亲人上个坟。我不为活人活,只为死人活。

我就这么活下来了。

我不死,他在我心里也死不了。一天下午,我把他拦在路上,是要决一死战的意思。我直接问他,你到底要不要娶我?他看我这么决绝的样子,少见地端出一副诚恳的老实相对我说:我的小上海同志,你不了解我,我娶不了你,我这辈子注定是个光棍命。我说,你不娶我我就去死。他有些生气,说我这是在威胁他。他说,我千错万错,至少还救过你命,何必这样?又说,我是为你好,你这么年轻干吗要吊死在我这棵死树上?我相信你一定能找到一个比我好得多的男人。我说,老实告诉你,我已经把单位给我开的证明撕掉了,没人会要我了。他居然说,那还不容易,我让单位再给你补开一份。把我简直气死!我挑一堆脏话狠话骂他,想用愤怒换取他的同情,或唤醒他的恐惧也好。我说,你就不怕我告你吗?我的愤怒没得到同情,恐吓也没有吓倒他,反而激怒了他,他无情无赖地对我说,你凭什么告我,难道你的情书能证明我爱你吗?看得出,他当时已经很生气,说完就拔腿走了。我看他笔挺着背脊大踏步离去,以前觉得雄赳赳的,很好看,这天只觉得丑,还散发出臭气,把我恶心得一屁股坐在地上。

这天是周六。

周一下午,院长把我叫到他办公室,交给我一份新开的证明书,同时拐弯抹角做了我一些思想工作,说我有学业又有前线经历,工作能力很强,前途很大等等。院长专门说到,这是我的军功章,要我别为这事背上思想包袱。军功章这话是他曾对我说过的,我由此想到院长是在替他做我思想工作。我彻底明白,他已经铁了心,今后我只能把未来的丈夫寄托在这张证明上了,它证明了我的清白,更证明了他的清白。当看到一个人无情到这种程度时,我还有什么好说的?死心吧。

心死了,人反而不会死了,只是活得像一台机器。

不久,组织上派他去军区干训班学习,在南京,有意无意地把我们分开。我当然认为是有意的,组织上想让我眼不见为净,为他息事宁人。干训班就是培训干部,选拔干部苗子,像现在去党校学习一样,回来提拔当副院长也不是不可能。他的走,客观上确实帮助我把心情平静了下来。心平复下来,理智就回来,我不管他上天入地,只管自己把他从心里清洗出去,洗干净。我像当初在蚕房里刀刻叉一样,每天在日记本上打叉,有时一就是满满一页。打了一个多月,见效了,我不想打了,好像他已经被我叉死。那天,我把那日记本……对了,中间有一天他把我给他的十几封信还了我,那天,我把那日记本和这些信统统烧掉,完了去澡堂好好洗了个澡。我要把自己洗得干干净净,开始迎接新的生活。

那时洗澡有统一时间,一个月一次,一般是星期六晚上,大家都会去。那天,我从澡堂出来,正好碰到内科主任,是安徽铜陵人,四十多岁,也是朝鲜回来的,和我很熟识。他也是刚洗完澡,我们便一起回宿舍,一路上聊天,聊到一件事,一下把我刚精心养好的伤口又揭开。他隐隐讳讳地向我透露,他听到一个风声,说我老头子在外面讲,我把身子给了他,可他怀疑我也给过别人,所以跟我绝了交。

297

且不说这风声有多大，但真是假不了的，因为这是天知地知他知我知的事，现在至少有第三个人知。谁说出去的？我怎么可能说？我没说，那么只能是他。

我当时什么感觉？五雷轰顶。

我说过，我不是个大小姐，我是个逼急了敢杀人的人，那个想强奸我的国民党忠义救国军的队长就是例子，现在他在我心目中可恶的程度一点也不小于那个该死的队长。如果当时他在单位，我一定会找上门去把他的脑袋也砸烂，砸死也说不准。可他远在南京，回来还可能当副院长，领导我。我想不通，一个人怎么会无耻到这个地步？他逼我走上了绝路，我连夜给军政治部写信，告他强奸我。他不仁我不义，我要他死得难堪！这是我那天夜里咬了一千遍的话，牙齿都咬碎了。

政治部保卫处迅速派人到我们单位来调查，同时把他从南京紧急召回来配合调查。他当然不承认，但有什么用，我白纸黑字写着，时间地点次数，写得清清楚楚，于情于理，哪怕逻辑分析，真理都在我手上。从逻辑上说，他为我去向单位要第二份证明，分明也成为他要了我身子又想抛弃我、安抚我的一个把柄，否则干吗是他去代我要？退一步说，即使没这个把柄他也没逃路，这种事只要有人告，一告一个准，诬告你也得认，逃不掉的，你能找谁来证明你的清白？

他是英模，组织上开始是想保他的，因为从事情经过分析，当时我们是在谈恋爱。这也是事实，我也承认。于是组织上征求我意见，如果他愿意娶我，我是不是可以不告他，化干戈为玉帛。我嘴上说不可以，心里其实是做好准备的，只要他来向我认个错，答应娶我，我会接受的。但他不愿意，组织上怎么开导都不接受，死活不愿意。那谁救得了他？结果就那样，被开除军籍，遣返老家，过去的一切荣誉、身份、地位一夜间都归了零。

杀敌一千，自伤八百，我也没好下场，首先是脸破了，其次是心碎了。第二年，我要求转业，单位一百个同意，巴不得我走。一个破相的人待在那里大家都不舒服，走对我本人和单位都是好事，两全其美的事，谁反对？都催我走呢。我想没有人会祝我一路走好的，因为我没干好事。有人会同情我吗？我想不会有，包括我自己，有时也懊悔把他毁成那样。但我不是神，我是人，我就那水平，人的水平，所以更多时候我并不懊悔。我认了，是把刀子也得吞下去，没有选择。人就是这待遇，熬着活，你看我和老头子，现在活成这样还不是熬着在活？

九二

可能是疲倦，可能是急于想看到自己称心的结局，她省去了自己中间大段的经历。我是后来陆续了解到的，她转业后被安置在上海长宁区人民医院，以为到一个新单位，大家不会知道她的过去，她可以素面朝天，活个清净。没想到，很快，不过小半年，她过去的尾巴就拖在新单位的旮旯犄角。她不知道原因，只知道结果，新单位的人对她不光彩的过去很感兴趣，众人拾柴，添油加醋，以讹传讹，她成了一个有生活作风问题的狐狸精、害人精，然后每次运动都拿她开刀，为民除害。她是第一批右派分子，一九五七年十一月被下放到崇明岛劳改农场接受劳动改造；一九五九年三月受到优待，回原单位（长宁区医院）做勤杂工，负责整栋门诊楼的厕所清扫工作，同时兼任每次政治运动的批斗对象，时常上台挨斗，挂牌游街；一九六四年十月医院有一批药品失窃，她被人栽赃，开除公职，押去位于皖南的上海白茅岭监狱服刑四年。

"总之，后来我去安徽坐了四年牢，至于为什么坐牢就不说了，说了你的年纪和经历也理解不了，跟一出戏一样的荒诞。"她直接把话插到白茅岭监狱，直奔上校而来，"我这个牢其实坐得划算，正好躲过了文化大革命的浪头，要不我一定会像老头子一样吃尽红卫兵的苦头，至少免不了挂一堆牌子上街游斗，也可能被挂一双破鞋，也可能被剃阴阳头，也可能被泼粪。坐牢让我躲过一劫，大概是冥冥中老头子在招呼我吧，要我去为他赎罪，去理料服侍他完全瘫痪的生活。"

"你信吗？世上没有不透风的墙，没有风飘不到的角落。"她端着一双青黑的眼圈——像长期戴眼镜留下的阴影——问我。不等我回答，她又替我回答："反正我是信的，否则很难理解当初我在无锡军营里的风怎么会吹到上海，后来你老家的风又怎么会吹到这个村庄里。总之是吹来了，并且吹到我耳朵里，说得有名有姓，有经过，有结果，有人甚至连他肚皮上的字都一个不落地告诉了我。"

说到这里，她又低眉轻声地问我："你知道他肚皮上的字吗？"看我摇头——我选择了摇头——她露出惊异的目光，"怪了，你们傍晚在一起这么长时间他都没给你看？"

我说："他想给我看，但我没看。"

她说:"这就对了。曾经他把那地方当罪恶和耻辱,宁愿杀人放火也不要人看到,要瞒住,现在他把它当宝贝,见到陌生人就要给人看,现宝一样的,我想拦都拦不住,拦他就要哭,你说这人已经变成什么样了。"

停下来,看看我,略微提起了声气,说:"他变成了自己想要的人。"

说着,她慢腾腾站起来,又缓缓弯下腰,从做案台用的门板下拉出一只破纸箱,一边翻着一边说,"这些是他最得意的大作,他都收好的。作为一个孩子,他是很懂事的,很知道爱惜东西。"作品看上去有不少,她找到一张,抽出来,递给我,"你看吧,画得跟他身上几乎一样,大小比例都差不多,除了字。"

我起身接住,像纸上画着我的羞辱,有点不敢看。

这纸是我最熟悉不过的土纸,半米见方,蜡黄色,纸面粗糙。我们村庄有不少人在用老古作坊生产这种纸,全国卖。我们叫它冥纸,主要用来给阴曹化缘,做佛包,去坟前烧给死人,求活人平安。作为七八岁的孩子,画确实画得不错,两条简洁流畅的线条,一下把人的小腹和腿弯勾勒出来,上面一点黑是肚脐眼,下面一团黑是阴毛,位置适中,比例匀称——看得出,这是反复练习后的成果。引人瞩目的是,肚脐眼下方有一行向下弧形的八个墨绿大字:命使我乃鬼杀奸除,字形端正厚实,排列均匀。在"乃鬼"两字的间距下方,直直地伸出一支渐放的红箭头,箭头钝重厚实,直插下来。箭头线两边又有字,竖排,各两个,右边是"軍令",左边是"如山",字体狂狷邪魅,色彩纯蓝,大小比上面的字要小一号。

阿姨没有回头,却像看见了我的震惊,淡淡地说:"别奇怪,这就是他想要的,他照自己的意愿改了这些字,黑白调了个头。"一边继续翻着——有一会儿,我注意到有一团黑从眼前倏忽而过,我想那应该是一只黑猫。那只白猫也许也在那幅画上,时间太短,我没注意到而已。

阿姨又翻出一张,递给我。画还是老样子,一模一样,不一样的只有字:"除奸杀鬼乃我使命"和"军令如山"被"国家兴亡匹夫有责"和"中国必胜"取代,一样的字数,一样是繁体字,一样是从右到左、一横两竖的排列。接着又翻出一张,画仍是老样子,但看不见一个字,每个字都被涂成黑方块。

阿姨说:"应该还有两张。"却停止寻找,回头来轻轻抚摸那些字,一个个地抚摸,一边自言自语道:"有时我觉得他现在这样子蛮好的,可以忘掉那些脏东西,可以照自己的意愿改掉这些字。他这辈子如果只有一个愿望,我想一定是这个,把那些脏东西抹掉,改成现在这样。这个愿望死都离不开他,但也是死都实现不了的,只有现在这样子,失忆了,才能实现。"

我说:"他能记得这些话,说明他对过去还有记忆。"

阿姨说:"很少,偶尔有一点也不是固定的,不知怎么来了,又不知怎么走了,所以才会这样,一会儿是这句一会儿是那句的,确定不下来。"阿姨告诉我,他的记忆已被大火烧得只剩下灰烬,这些话就是残留的灰烬,它们一定曾经被他反复用过、想过,渗到骨缝里了,烧不掉的,烧掉了还会留下渣子,散落四处,时不时被他撞见。

说到这里,阿姨又回头去纸箱里翻,很快找出一张画,是一幅素描，画的是一个年轻的志愿军女战士，穿着臃肿的大棉袄，席地坐在一只炮弹箱前，嘴里咬着一杆钢笔，一脸沉思也是忧郁的神情。

我想这应该就是阿姨，问她："阿姨，这是你吧？"

她点头，然后捧起画，茫然地看着，过好久，才幽幽地说："他已经不会撒谎了，他心底一定深深刻着我。"

我说："是的，他一定很爱你。"

她说："我更相信是恨。"右手食指轻轻落在笔梢上，像要把它拔出来，一边苦笑道："这支笔给他写过求爱信，但也把他害了。"

我安慰她："他会理解你的，是他没有向你说明情况。"

她说："他理解不了，永远。"

我说："但我相信如果不是鬼子给他留的那些脏东西，他一定会娶你。"

她说："世上没有如果，只有后果。"沉默一会儿，突然问我："你知道那些脏东西吗？"

我如实说："听说过一些。"

她又问我："听说了什么？"

我没有如实说："据说上面有一个女汉奸的名字。"我不想提老保长说的那句脏话，难以启唇，而且从字数上看，老保长说的是七个字，实际是八个，有出入。我觉得这挺好的，别让我知道真相，给我心爱的上校留个秘密。

她说："是的，有个十恶不赦的女汉奸的名字。"停顿一下，接着说："我在部队上经常接受政治教育，早就知道这个大汉奸，所以当听到你家乡传来的消息后，我再想起他曾对我说过的那些话，突然明白他当初为什么不肯娶我，宁愿开除军籍也不肯。这情况他怎么娶我？怎么娶？包括后来他为什么要那样害小瞎子，因为这是要他命的东西，他不能让任何人知道。他宁可一辈子做光棍，宁可犯罪，宁可死，也要守住这秘密、这耻辱，有人却要当众扒下他裤子，他能不疯吗？他是活活被逼疯的，但首先是被我害的……"

她幽幽地说着，把我的记忆和感伤一一唤醒、点着。往事今情历历在目，如鲠在喉，我受不了，把画放回纸箱，顺势坐回原地，捂住脸哽咽起来。她上前轻抚了一下我头发，慢慢走开去，坐回凳子上，继续木木地说：

"是我害了他，是我害了他……"一句话反复说，似乎是被点穴定格了。在我以为她还要继续反复时，她突然略为提高声音，明显加上情绪，加快语速，利落地说：

"但首先是他害了我，那个王八蛋。"

"谁？"我抬头问，发现她正昂起头，冲着我。

"他，那个向我报信的家伙！"她咬牙切齿地说，"那个在澡堂门前碰到我的主任，内科主任。"说着声音又低下去，仿佛怕隔壁老头子听见似的。她看我一眼，接着说："其实事发半年后，当时我还在部队，这家伙当上副院长后我就怀疑自己被他枪使了。医院缺个副院长，他和我老头子都是候选人，他资历比我老头子深，可我老头子是英模，当时又在南京干训班学习，他怕被抢去，便耍了这个阴招。"

我问："他怎么知道你们的事？"

她说："这也是那些年我一直在想的。我想不外乎两个原因，一个是老头子确实在外头说过这事，他性格豪爽又爱喝酒，有时失言也不是不可能；另一个是他看见老头子夜里去找过我。"

我说:"以他能把身上的秘密藏一辈子这点看,酒后失言的可能性不大。"

她说:"是的,可以前我哪知道这些?何况……"说着停下来,摇着头,似乎是不想说了,又似乎为了隆重推出下面的话,"我希望是我老头子酒后失言,这样我心里要好受些。以前我就是老这么自己骗自己,想不到……"

突然刷地挂下两行泪,啜泣说:"我老头子从来没有去找过我。"

我一时没听懂什么意思。

她一把拭掉泪,看我一眼说:"那个人根本不是他,我完全冤枉了他!"

我懂了意思却又觉得不可理喻,怎么可能不是他?即使不是他,他今天这样子又怎么能为自己申辩?记忆背叛了他,他没这能力的。我感觉坐不住,站起来,问她:"你怎么知道不是他?"

沉默好一会儿,她终于开口:"他的身体告诉我的,身体。他脑筋出了问题,但身体还是正常的,当我们在一起后……"她思量着,在找一个合适的说法,"我是女人,我能感觉得出来,不是同一个人。不是,太明显了。"

眼泪再次夺眶而出,她立刻用双手捂住脸,怕羞似的,泣着声,一口气说:"你别问我那个人是谁,我不知道也不想知道,这个世界坏人太多。"说着埋下头,幽幽哭起来,声音像一个小姑娘,样子像一个老朽得不堪入目的老太婆,头发像冬天的枯草,脖子里的皱纹犬牙交错,每一寸皮都粘着骨头,只有耳垂处挂着一小垛肉。

整个晚上前面所有时间,她都像一部老掉牙的机器,像枯水期的溪流,声色不变,木然淡然的样子,凉薄的样子,让我想到她心底已被完全掏空，也可以说被彻底填满。哀莫大于心死，心死了天塌下来都不会挪个位。我想她应该早已是这样的人，所以对她最后一刻的动情，我毫无心理准备。她的泣声、泪水，像水点燃了火一样吓人，比枪林弹雨还让我惊慌失措。

我在一片恍惚中看她离我而去，我不记得我们有没有互道晚安——有也是一句空话，这天晚上我怎么可能安宁？我只记得第二天上午，我和他们分手时，阿姨问我的一句话："你还会来吗？"那时我穷得被这个问题难倒，正在迟疑时，她身边的老头子像我女儿一样摇头晃脑地代我说：

"会的，一定会的。"

声音透出一种孩子的天真烂漫。

我搭上摩托，轰的一声离去，回头看到，两人肩并肩、手牵手站在门前台阶上，阿姨脸上乌云密布，上校脸上阳光灿烂。一路上，阴沉的天空正在酝酿一场大雨，而在我心里，上校灿烂的笑容早已把我折磨得泪如雨下。这是一次痛彻心扉的离别，摩托车的引擎声听上去都像是伤透了心，在声嘶力竭地哭。

第二十章

九三

报纸上说的，世上只有一种英雄主义，就是在认清了生活真相后依然热爱生活。我不知道什么是生活真相，什么是英雄主义，对爱不爱生活这个说法我也不觉得有什么好说的。要我说，生活像人，有时或有些是让人爱的，有时或有些又是不让人爱的，甚至让人恨。总之我对这话并不太认可，但我一直记着它，因为这是我向前妻求爱时说的一句话，也是她临终对我说的最后一句话。

我说过，刚出来时，我曾在鞋厂打过六年工，给鞋子打孔钉扣的事，我闭着眼睛都能做得好，可其他事仍一窍不通。多数工人都这样，只会一门手艺。这是行规，都会了，有人就会自立门户，单干，搞个小作坊也比挣工钱多。这是做老板的最忌讳的，最基础的私心和防备，可以理解。刚进厂时我有位师傅，是个女的，比我大两岁，父母曾是浙大的教授，母亲是福建泉州人。她打小在外婆家长大，会说一口闽南话，也染上当地一些口语，比如"天乌乌""人生海海"什么的。我们每天工作十二个小时，一个月下来，我十个手指头被齿状的鞋扣咬得血淋淋，当牛作马的生活让我对生活只有恨，没有爱——爱被我恨死了，葬在了大海里。

有一天，工头用西班牙语叫我做一件事，我听得半懂不懂，做错了，挨了两耳光。我很委屈，他明知我刚出来，西语不好，他会中文不说，偏装洋人，说洋话，还学洋鬼子，打人。我觉得这日子不过也罢，便罢工，罢吃，等着被开除，流落街头，挨饿冻死。她给我带来饭菜，给我看一张报纸，上面用红线画着一句话，劝我收场。那时也没有中文报纸，报纸是西语的，她在报纸的空白处写着中文，就是那句话。

不愧是教授女儿，她学习能力很强，我遇见她时她已经能用西语跟人吵架。我的西语都是她后来教的，一边做工一边教，看报的习惯也是她带我养成的。而当时，我连中文也没学好，我初中没毕业，也没见过世面，哪能领会这么文雅精致的名言锦句。我看着一个个认识的字，却不知道什么意思，问她。在她看来这是一句大白话，大白话像公式一样的，不好解释的。她没招接招，接到一句俗话上，说：

"人生海海总知道吧，就这意思。"

一个十七岁的乡下傻小子，付得出死的勇气，却拿不出活的底气——当时我连"人生海海"也不知什么意思。她扑哧一下笑了，告诉我：这是一句闽南话，是形容人生复杂多变但又不止这意思，它的意思像大海一样宽广，但总的说是教人好好活而不是去死的意思。

她说："如果因为生活苦而去死，轮不到你，我排在你十万八千里前。"

后来我知道，她家里很惨的，父亲被红卫兵打死，她哥哥去报仇，打死一个红卫兵，自己也被红卫兵打死。红卫兵分两派，一派杀上门，要斩草除根；一派暗中报信，想帮她和母亲逃走。她连夜逃走，母亲死守丈夫和儿子的尸体不肯走，宁死不走，结果受尽折磨，以死求了解脱。她逃回福建老家，东躲西藏，最后走投无路，只好用年轻的身子抵出头费，逃了出来。

人生海海，我们像海滩上的两粒沙子一样相遇。人生海海，我们同吃同工三年后，她离开鞋厂，用几年的工钱租下一个小铺子，炸油条卖。这是一次鼓足勇气的冒险，因为当地华人不多，愿意花钱的华人更少，搞不好炸出来的油条只有自己吃。但她很聪明能干，对油条样子作了修改，改小，小得像一根大薯条，然后配上巧克力酱，蘸着吃，一下符合了老外口味，生意做成了。

铺子就开在鞋厂附近，我们回宿舍必经的一条小街上，我眼看着她生意越做越好，心里替她高兴。她知道我没工钱，每次看见我都叫我进去免费吃。我不好意思，有时她会主动送我一袋，说是卖剩的。交情就这样一点点加深，后来她实在忙不过来，邀我去做她帮手。那时我已付清龙头的钱，她出的工钱也不比鞋厂少，就没犹豫，去了，吃住在她铺子里。半年后的一天晚上，我主动向她求爱，让她很诧异。

她说："你不知道我的情况吗？"

我说："知道。"

所谓情况就是她和龙头的关系，龙头一年来这里三四次，来了就把她带走。厂里人都知道，她是龙头的小鸟。这是过去造成的，我觉得她现在应该改变这个情况——当时我就是这么说的，你要改变这情况。她说，你不怕人笑话你吗？我说，我死都不怕怎么怕人笑话。她说，不，这对你不公平。我说，难道龙头对你公平吗？她说，我会改变这个情况，但不是在这里，更不是和你，等我攒足钱，我要离开这里，重新开始生活。我说，那我们一起走吧，铺子离不开我。我说了很多都没能说服她，直到想起她写在报纸上的那句话，我稍加修改，把"生活"改为"你"，对她说后，她才流着泪对我说："我以后会一辈子对你好的。"

我说："你以前就对我好了。"

她说："以后会更好更好。"

真的，我前妻人很好，就是命苦。我们结婚才七个月，她不幸走了。那时我们已经搬到马德里，同样的铺子，在这里犯上水土不服的毛病，生意惨淡。为了节约成本，我们不买城里的面粉，到百十公里外的农场直接批量进货。后来又心疼租车钱，我前妻卖掉了她从父亲遗体上摘下的金戒指，买了一辆破货车。这车真是太破了，连刹车都不灵光。不灵就不灵吧，我们开慢一点就好了，反正生意清淡，我们有的是时间。为了开办这个新铺子，她花光了所有积蓄和才干。我们老铺子生意好好的，干吗要路远迢迢迁到这儿来？不就是为了给我一个男人的面子，这里没人知道她的过去，她是干净的，我是体面的。没想到，我的面子要她付出生命的代价，这破车！

有一天，我们刚上完货，开出农场没一公里，下坡时，本来不灵的刹车彻底不灵，破车变成一头疯牛，开进草地里依然把我们惊恐的叫喊声当耳边风。当时我还不会开车，是妻子开的，她怀孕已六个月，肚子明显挺出来，有时会碰到方向盘。我曾跟她开玩笑说，你是世上最牛的司机，可以用肚皮开车。她说，我们孩子将来一定是个赛车手,没出生就学会开车了。当然那时我们不可能再说这些,那是刹车仅仅不灵时,现在刹车彻底完蛋了,我们吓坏了。她叫我跳车,我叫她跳。她说我这肚子连走路都走不好,怎么跳车,你跳吧——她对我大声吼叫,我比她吼得更响——

她说:"你快跳!不跳可能就死了。"

我说:"我可以死!你不能死,你要给我生儿子。"

她说:"那我们只有一起死了。"

我说:"那我们就一起死吧。"

可最后死的是她,我只是擦破了一块皮,她的血从下面流出来,也从嘴里流出来。她撞破了肝脏,在这远离城市的乡下派直升飞机来救也来不及,只来得及跟我作临终告别。当时我们流的那个泪啊,那个哭啊,就不说了,就说说话吧。

她说:"我真该死,没把孩子给你留下来。"

我说:"你不能死,你死了我跟你一起死。"

她说:"你不能死,你死了连给我上坟的人都没有,我的亲人都死了。"

我说什么呢?我就是哭,像傻子一样哭,看着她越来越苍白的脸,抱着她越来越轻的身子。她十几斤体重——也许是几十斤——就在几分钟内钻进了草地,化作了泥土,而我只能像傻子一样哭,他妈的,我们的命真苦啊!

她真是个苦命人,却总给人好命,给我好命,如果当初没有她劝我去跟工头低头道歉认错,我可能早冻死在巴塞罗那的大街上;如果当时没有她苦苦劝我活下来,我可能就会就地挖个坑,把她抱进去,然后抱着她等死。爱人和孩子都没了,我还活什么活,

活不就是受罪嘛。可是她说,她用最后一丝力气对我说:

"记住,人生海海,敢死不叫勇气,活着才需要勇气,如果你死了,我在阴间是不会嫁给你的。记得当初你向我求婚时是怎么说的?世上只有一种英雄主义,就是在认清了生活真相后依然热爱生活。"她把"你"又改掉,改回原样,然后告诉我,这是一个著名作家说的,叫罗曼·罗兰,她看过他两本书,抄下了他一本子话,其中就有这句话。她说:"你要替我记住这句话,我要不遇到它,你也一定遇不到我,死几回都不够。"

我知道她说的意思,就是这句话给她勇气,让她一直含着屈辱和仇恨活着,并对生活依然充满向往,单枪匹马去闯生意,创生活。她对我说过,如果待在厂里她一辈子都摆不脱龙头的纠缠,即使纠缠脱了阴影也散不了,她必须去挣钱,用钱做翅膀远走高飞。这些我都知道,我不知道的是生活为什么对她这么无情,多好的一个人啊,命为什么这么苦?

那天夜里,在上校的玩具间,我辗转反侧,像一头吃撑了的牛,不停地反刍着林阿姨和自己的过去,反刍着作家的那句话。其实那张报纸上根本没那句话,是她要送我这句话,用报纸的名义说,可以增加它的权威性,反正我也不懂西语。真的,我前妻真的是个好人,就是命苦,像上校。

九四

父亲和我长时间的谈话屈指可数,他一辈子对我说话最多的就是那次：一九九一年，我第一次回家，在上校人去楼空的家门前那次。那次谈话的中心是上校，我问他谈；谈完上校后谈我，他问我谈，谈我在国外二十二年的辛酸苦辣，当中自然谈到我前妻，谈到那次车祸的生死离别。

听了这情况，父亲眼睛倏地发亮，没有悲伤，只有侥幸的欣然，对我说：

"难怪你能活着回来，是她替你死了。"

我想说，是我替她在活，但话到嘴边被我咬住，不想说。父亲的冷漠和自私让我觉得对不起前妻，而我宁可对不起自己也不愿对不起她，她是藏在我心中最深的痛，也是爱，我不许父亲在她面前失礼，给我丢脸。

多年后，我挣了钱，我把前妻的遗骸带回国，想和我爷爷、母亲他们几位亲人安葬在一起，也是将来和我葬在一起的想法。故土是热的，她孤零零一个人待在国外，太凄冷了，让我心疼。那是二〇〇〇年，大热天——我专门挑选大热天，就是要她忘掉冷——父亲闻讯后居然冒着耄耋之年随时可能死在山上之险，上山阻止我，坚决不准，我怎么劝说都不行，乃至以死相胁，把我气得要死。父亲反对的理由是：她是我家的救星福星，我以前能躲过死劫是因为她替我死了，我后来顺风顺水挣了钱，是她在阴间护着我。

我说："正因为这样我们要善待她，把她当亲人待。"

父亲说："死鬼比活人讲道义，我们家在村里作的孽太多，这坟山上的阴鬼都在诅咒我们，你把她葬在这里等于送进狼窝，害她。你害了她，就没人保佑你了，也等于是害自己。"

父亲已经被家里接二连三的灾难吓破胆，变得神神叨叨，入了魔，我有一千个理由和恳求都说服不了他。好在后来我总算在杭州南山公墓里找到她父母的墓碑，跟她父母葬在一起也是个好的选择。但她父母死去三十多年，四周都是别人的墓，要紧挨在一起完全不可能。最后我把整个墓地转个遍，寻到一个墓位，可以跟她父母遥遥相望，我想这应该是她乐意的。而且，我索性把她旁边两个墓位也买下，留着以后给我和现在的妻子用。我们仨葬在一起，可以用西语说悄悄话，这边人谁都听不懂。我觉得这是个不错的安排，只是这意味着我也成倒插门女婿了。看来这就是我们兄弟的命，不是死在村里就得离开村里，正应了父亲的魔道。

说是遗骸，其实只是尸体火化残存的几片骨渣。现在火化设备好，尸体都烧成灰，那时做不到，会遗一些碎骨残片。时值盛夏，骄阳似火，偌大的墓地静得可以听到烈日烧地的声音，嘶嘶腾腾地冒着热气。四周都是死者阴人，只有我一个大活阳人，整个过程：铲土、挖穴、填土、铺砾、立碑、焚香，一切我都亲自动手，忙了我两个多小时。遗骸历经二十多年的地下腐烂，与泥土木屑难分难解，早已不成样，但我在抚摸它们时仿佛依然感受到自己的体温，辛酸的往事在我心里翻江倒海。我曾有三年时间一直随身携带着前妻的骨灰。中国人讲究入土为安，我为什么不给它入土？因为没钱，又不想随便处置它。

我们把铺子从巴塞罗那迁到马德里，已花光所有积蓄，到马德里又没挣到钱，一直做着青黄不接的生意，过着青黄不接的生活。生意是靠妻子撑着的，她去世后，我一个人开不了铺子，租不起房子，只好都退掉，过流浪汉的生活，露宿街头，靠垃圾堆里的过期食物填饱肚子。经常跟垃圾堆打交道，后来我也从垃圾堆里发现挣钱的门道。国外的垃圾堆尤其是富人区的垃圾桶里，经常有一些在穷人眼里值钱的东西，春夏秋冬的衣帽鞋袜，厨房里的锅碗餐具，甚至连收音机、唱片、唱机都有。

有富人区必有穷人区，而且穷人总比富人多。

报纸上说，穷人区是大海湾，漫无边际，富人区是小湖泊，一小时可以绕一圈。多年在穷富区间穿梭往来的经验告诉我，这不是夸张的说法，而是很形象贴切。不论春花秋月，白天黑夜，我都随身带着妻子的骨灰，她比任何一个活人都安慰我，给我活下去的力量。我从垃圾里找吃找钱，等待有一天可以凑够钱，给她买一块像样的墓碑，葬一个像样的墓地。今天我可以给所有亲人买一块大墓地，可那时一块小小墓碑对我来说比马德里的太阳门广场还要贵，等三年都凑不够钱，倒等到一个愿意帮我凑够钱的人。

有一天，我照例在街头溜达，目光是不会看人的，只看路边的垃圾和垃圾桶。突然，有人叫我，声音像穿越了千山万水，从遥远的中国传来，而且有一种蜜糖的甜香味。这太稀奇了，我已经有实足三年，只跟女人说话，却不见哪个女人跟我说过话，更不要说叫我的名字。我说话的女人是不会说话的妻子，她一直待在我时刻不离身的挎包里，里面用三层纤维纸包着，外面裹一层雨衣布，保证不会飞出一粒灰，不会被雨水淋湿。我以为是幻觉，声音却又响起，而且离我更近。

循声看去，我看到一个个头矮小的姑娘——对了，那也是夏天，天正好在下小雨，她穿得少，打着伞，看上去更矮小，像个中学生，走路一蹦一蹦的。我认不出她来。那些年我眼里只有垃圾，没有人，更没有女人。她对我报名字，我还是想不起。长年跟垃圾相处，把我处得也像垃圾一样没用了,所谓近墨者黑嘛。直到她说起我妻子名字,说起已经被我退掉的铺子,我才想起她。她是青田人,算是我们浙江老乡,铺子开着时她时常来买油条,便认识我们夫妻俩。那时我们不知道她的来历,只是看她走路的样子,有一点跛,不明显,但还是看得出来。

后来我知道,她父母是最早到西班牙的老一代华人,她出生在这里,幼时得过小儿麻痹症,家里穷,没得到及时治疗,用她自己的话说:上帝把她的左腿借去了一寸,却赖皮不还她。她似乎很怀念我们的油条,跟我攀谈起来。老天帮忙,雨转眼间下大了,她把一半伞位让给我,拉近了我们距离。雨水淋湿了她一只衣袖,我的遭遇淋湿了她一颗同情心。她答应给我找份工作。马德里的华人比巴塞罗那多,在城南 USERA 一带甚至有一个相对集中的华人生活区,她在这儿土生土长,熟悉情况,有些门路,有信心给我找份工作。她说,至少比你现在捡垃圾好。我拍拍挎包说,没人会要一个随身带着妻子骨灰的穷光蛋的。华人是最讲迷信的,这多晦气。然后说到安葬——她说,你为什么不把她安葬?我说,因为我还没有攒够安葬费。她问我差多少,我说大概多少。

她说:"我借你。"没犹豫的。

我说:"算了,我不知道什么时候才能还。"

她说:"你有了工作很快就可以还的。"

后来也不需要还了,因为她成了我妻子,我现在的妻子。我当然问过他,为什么愿意嫁给一个"垃佬"——中国人叫拾荒匠,倒是很文气的称呼,比垃佬好听。她说一个可以把妻子骨灰随身带三年的人,一定是个好丈夫。说到底,还是前妻给我暗暗铺的路。

这路一直走到今天，并且越走越好，好得比做梦还好，好得让那些垃圾都不可思议，它们居然有那么大本领，可以让一个穷光蛋发家致富，开三家公司。

报纸上说，当今的中国是最有"钱途"的时代，任何人都可以挣到钱，任何东西都可以变成钱，垃圾也是钱。看到这句话时，我心里嘿嘿笑，想它是不是就在说我呢？

九五

现在是北京时间二〇一四年十二月二日。

现在我们村正大踏步走在欣欣向荣的"钱途"上，看一眼都要钱，金黄的银杏树叶都是铜钱。一个据说爱骑马出行的老板，有一天骑着马在我们弄堂里转了一圈，回去就决定要把我们村恢复"马时代"的样貌，就是古村落的原貌。他投资几千万对我们村进行改造，把我们老祠堂修葺一新，把水泥路又改回原先的石板和鹅卵石路，把包括我们家的所有老房子修的修、补的补，统一作仿古修缮，把过去的猪圈牛棚改建成马厩，养了十几匹低眉顺眼的适合孩子骑乘的美洲矮种马，一下子激活了旅游资源，每个周末都开来旅游大巴，带千里万里远的客人来花钱，骑马，吃土菜，喝米酒，春天看竹笋尖尖破土而出，夏天进山打野猪野兔——有人专门放养的，秋天摘野山柿野山枣——对不起，要称斤付钱的。只有到寒冬腊月天，村子才是安静的，还给本村人。据不完全统计，每年来村里观光游玩的人数之多，超过了那棵百年银杏树的落叶。

老村子成了一个旅游景点，大多数人家便去溪对岸，前山脚下，造新房。全村最气派的房子是野路子的，他把小吃店开进杭州城里，开成大饭馆，用他自己的话说：日进斗金。可能有点吹牛，但钱绝对没少赚，这从他房子的气派上可以看出来。他把以前我们学校的地盘全部买下，把教室、食堂、关过上校的柴屋、厕所统统拆光，按照美国人的图纸，造起一栋带桑拿房的洋楼，接待过一级级领导，也经常接待我。我做成生意后，经常回家，去得最多的地方是他家。每次去他家，看他挥金如土的豪迈生活，对我做生意是有形的激励，无声的鞭笞。

我的生意说起来难听的，买卖垃圾。这是我老本行，但今非昔比，以前我的垃圾是捡的，卖给穷人，现在我的垃圾是买的，卖给富人：造纸、冶炼、服装等厂的老板。我便宜买，不便宜卖，中间差价一大半开销掉：车船运费、人工工资、场地租金等，一小半进我口袋，一次挣得并不多，但细水长流就可观了。人生如戏，每一出戏都明里暗地连好的，如果我没有三年流浪汉的垃圾生活，就不可能有后来的垃圾生意；曾经垃圾让我丢尽脸面，如今垃圾加倍地偿还我尊严。

我被家乡的报纸采访过，记者在文章里写道：垃圾是时代之于我的隐喻和象征，我一生起落沉浮，波峰波谷，都在垃圾里悄悄地说。我不懂前面的话，后面那些是真实的，符合我的。记者在那文章里也写到，我做垃圾生意的灵感来自于表哥一句话。这也是真的。一九九一年，我第一次回国，去邻村一家造纸厂看在那里打工的表哥，春寒料峭，他赤个膊在卸一大卡车货，货都被统一打成方形大包，外面包一层灰色的仿蛇皮纸，看上去沉实得很，把表哥折腾得热腾腾的,头发被汗水蒸得乱蓬蓬的。我问这是什么货,他说是从美国运来的洋垃圾,美废。

我问:"你们造纸厂要垃圾干什么?"

他说:"垃圾是个宝啊,你有本事能把你那边垃圾搞到国内,保你发洋财。"

表哥告诉我,现在这里所有厂都需要垃圾,他的工作就是把漂洋过海来的洋垃圾进行分类,废纸归废纸,金属归金属,塑料归塑料,能当旧货卖的归一类。旧货翻新后可以当商品直接卖,金属卖给冶炼厂,塑料卖给化工厂,废纸留下来打成纸浆,造好纸。总之,都能卖,都是钱,垃圾里藏的是人们美好的钱途,或前途。

说说容易,做起来难,尽管我有三年垃圾生活经验,给我做垃圾生意提供了一定条件,但也不是一帆风顺,一蹴而就的。直到五年后,我才运回第一批垃圾,八个集装箱,从宁波北仑港上岸,就地卖给中间商,获利八万元人民币。这是我今生这世赚的第一批大款,然后一生二,二生三,生意越做越顺,赢利也越来越大。二〇〇一年,我正式成立公司,炒掉中间商,自己租车租人,直接送货上门,把中间商的利润也收入囊中。我身边有的是劳力,一堆表哥表弟和他们的后代嗷嗷待哺。于是二〇〇三年,我成立第二家公司,在北仑港码头附近租下场地,对垃圾进行分类后再出售,又加收一层利润。我在节节胜利中发现自己有做生意的天赋,我谨慎而大胆,精明而能干,而且善于看人、用人、培养人。

一九九一年,我第一次回来时,父亲以为马德里是可以骑马到的,临走时一定要我把二哥孤苦伶仃的儿子领走。

他说:"他待在这鬼屋里,早迟要被鬼带走,不如你领走。"

我说:"下次吧。"

他说:"下次是什么时候?"

我哪知道?那时一张机票要我几年的拼命和节省,领他走真不知要等多少年。五年后我从垃圾里挣到第一笔钱,办的第一件大事就是把侄子领走,了了父亲一件心事。他曾是我西班牙公司的一把手,很称职的一把手,是我一手培养出来的。他十分孝顺爷爷,六年前他把公司业务都交给我儿子,带着老婆孩子回国创业,理由是要陪爷爷安度晚年。爷爷却坚决不让他进老屋,怕他染上晦气,功亏一篑。为此,他专门在溪对岸造一栋新房子,隔三岔五回来,把爷爷接过去住一两天。父亲怕我们去老屋,自己却坚守老屋,目的是要把鬼留在自己身边,别去找我们,是甘为我们当替死鬼的意思。他认为这些年我生意能做得这么好,风调雨顺,家里平平安安,靠的是他每天跟鬼死缠烂打,不让鬼出门来找我们麻烦。

有一次他跟我悄悄说,我们家里有四个鬼,每一个鬼的长相他都能描述出来,有一个长三只眼,有一个头上长角,有一个长一身白毛白发,有一个有头没脸,只有一头披肩拖地的长发。事隔没几天,他又跟我说,我们家里有三个鬼,全是男鬼,他又要对我描述每一个鬼的长相,被我打断。

我说:"上次你说是四个。"

他说:"被我搞死了一个。"

事实上,有时他又把鬼说成五个、六个,到底是多少个,只有鬼知道,我相信父亲是一定不知道的。只要不谈起鬼,父亲头脑是清楚的,算得了数,记得住事,有些我小时候的事忘了,问他,全能告诉我,尤其是上校的事,记得一清二楚。但只要谈起鬼,我看他的智力并不比上校高多少。上校是被活人逼疯的,他是被死鬼吓傻的,在看不见的鬼面前,他胆小如鼠,时常吓得神志不清,同时又胆大包天,敢一夫当关,英勇得很——我可以把这理解为父爱,但说真的,父亲缺乏爱人的能力。

报纸上说,爱人是一种像体力一样的能力,有些人天生在这方面肌肉萎缩。看到这句话时我脑海里首先跳出的形象是父亲,然后是上校:上校是父亲的反面,天生在爱人这方面肌肉发达。两人完全是对立型人格,也许正因此才互相吸引,能做好兄弟。我这辈子没交到上校这样的好兄弟,但两任妻子都属于上校型的,这就够了。报纸上说,这世上最好的朋友是钱,我钱人两头赚,就更够了。

九六

因为生意需要,也因为生意挣了钱,后来我常回国。回国一般都会顺便回家看看,回去免不了会撞到小瞎子,他是村里最早一个"游客",整天无所事事,东游西逛,逛累了就在祠堂门口待着,看人来人往,看人眼色,等人逗他、怜他。逗他的人不会怜他,怜他的人不会逗他。但对他来说,逗他其实也是怜他,因为太无聊了,无聊到被人奚落、看洋相也是他的乐处。

第一次回去时,我心里装满了两个愿望:一是家里一切都好,再是小瞎子一切照旧。我怕他被医好病,所以看到他老样子,尽管很可怜——皮包骨头的瘦,一辈子没洗澡的脏,脸上堆满树老皮厚的疙瘩,还有一道长长的疤——可怜巴巴地看着我,却丝毫不让

我同情。我闻着他身上散发出来的熏人的臭气,心里不由喜悦起来,像他是一块臭豆腐,我是一个饥肠辘辘的食客。我想对他说:

"小瞎子,这是你应有的下场,我回来就想看到你这种下场,这是你为我二十多年的逃难受苦应该付出的代价。我的逃难有尽头,你的落难无尽头,老天是公正的,给了我最好的回报。"

当然我没说。

不说不是我怕得罪他,而是怕自己失去体面。有一次我差点说了,我觉得为泄放积压心头的多年之恨,裸一次身也没什么了不起的:什么体面,还不都是为别人套的行头,我干吗不放肆一回?我需要这个礼物,一次犒赏。可在我这么想的同时,感到自己正在成为世上最孤独的人:二十二年过去了,村里人包括父亲都原谅了他,只我孤独地停留在过去。孤独让我变得胆怯,不敢去领赏。我说过,那次回来,即使回到马德里后,我依然把对他的恨留在村里,咒他早死。

小瞎子能活下来,不冻死,不饿死,全靠他父亲壮烈的死。老瞎子算了一辈子命,真正算清楚的只有自己儿子的命,他知道自己死后儿子废物一个,活不成,要活下去,必须靠村里人发大慈悲,小慈悲都不行。小慈悲是同情心,是眼里冒出来的,触景生情,有一搭没一搭的,不成流。大慈悲是责任心,是心底长出来的,因缘而生,细水长流。他要给全村人埋下一个缘故,心里种下一份责任,去世前在祠堂门口长跪不起,胸前挂一块牌子,写一段话,见人就说:

"全村的父老乡亲,我该死,对上校作了恶,罪该万死。我死了就去天上给你们看门守家,只拜托你们看好我儿子,让他活个天寿。他死了照样去天上给你们看门，守你们家家老少平平安安，发财发福，好运不断。"

跪了三天三夜，说了百遍千回。跪得祠堂门口的石狮子的心都嘣嘣跳了，慈悲了，说得荫堂牌位上的列祖列宗都听见了，发话了。村里一拨拨的人：老人、妇女、村干部、老师，凡是有头脸的人、有知识的人，都去对他应允、许诺，想拉他起身。可就是拉不起，谁都拉不起。他是决心要跪到死为止的，死的姿势都是跪着的，拜着的，磕着头。就这样，壮烈地以死相求，以命相托。

正是靠着这个"缘故"的造化，小瞎子才得以杀破各路死神的层层包围，熬过一个个漫长的冬天和黑夜，没有死。死是没有死，但终归是活得苦难，命悬一线，熬着，煎着，挣扎着，随时可能断线、脱底。我后来每次回家，看他越发生不如死的样子，总担心他熬不下去，熬到头了，等不了我下次回来。但他的生命力十分顽强，也许生不如死的生是最富有生命力的，也许老瞎子在保佑他，也许死神也不想接收这种人不人鬼不鬼的活鬼。总之，他一再刷新自己的寿命，把死神一再挡在玻璃的另一边。

报纸上说，岁月不饶人，人生难回头。其实，岁月也是饶人的。二〇〇一年，不知是不是回来多的缘故，我看够了他的洋相，恨够了，过瘾了，一次我在矮脚虎的连锁超市门前遇到他，他一如既往地对我哇哇叫，向我讨好，乞讨要钱。我不知怎么的，一反以前嫌恶不睬的冷漠，丢给他两张一百元。等我从超市出来，他用僵尸手推我到一边，让我看他写在泥地上的一行字：

大人不记小人过，谢谢你。

我对这句话没什么感觉，我才不要做他的什么大人，更不要他感谢。但我没想到，我居然感谢起自己来，这个不经意间的所谓的善举给我留下了经久不息的安慰。这是我的胜利，我饶过了他，也饶过了自己。我战胜了几十年没战胜的自己，仿佛经历了一场激烈的鏖战，敌人都死光了，一个不剩，我感到既光荣又孤独，孤独是我的花园。我开始在花园里散步，享受孤独留给我的安宁。

就是这次，离开村子前，我给矮脚虎留下话，以后小瞎子来店里想吃什么都让他吃，我会来结账的。矮脚虎说，那你要结两份账，他小瞎子有的待遇我至少应该也有一份。我说好的，他说他妈的，看来你真挣到大钱了。我问他多少才是大钱，他说野路子一年挣几百万就是大钱。我说我没他挣的多，也不需要那么多。我说的是实话，那时候我一年也就挣个百十万，但对我来说已经足够。人比人气死人，我不跟人比，只跟自己比。报纸上说，幸福是养自己心的，不是养人家眼的。

九七

矮脚虎这张嘴放在店铺里就是大喇叭，我再次回来时，村里人都知道我给小瞎子付账的事。父亲当然也会知道，去看他前我已做好挨骂准备。这是一个简单的公式：我对小瞎子行好，无异于对他作恶，是要气死他。"死了我也要从棺材里爬出来咬你一口。"我仿佛听到他的骂声，一边提心吊胆往老宅走。

这是我最后一次怕父亲，那年他八十三岁，是十三年前的事。

父亲像个朽腐的树桩子，照例是坐在老地方——爷爷厢房前的躺椅上——但人已老得不成样子，头发一根不剩，皱纹从额头爬到头顶，脸上的皱褶叠在一起，褶缝里藏着三年前的污垢。三年前他得过一次中风，右手废了，左手认为自己离死期不远，除了学会用瓢羹吃饭外，懒得去学右手的其他手艺，包括洗脸。他的眼睛基本上也昏得什么都看不见，大概只能看见死亡。他在心甘情愿地等死，但死亡像悬在猪圈椽子上的一张破蜘蛛网，看上去摇摇欲坠，似乎马上要掉落，却总不掉落，甚至挂得越来越牢。

"让你别来这里，又来了。"每次去看他，父亲总以这句话开头。有一次我曾说："因为你没死。"他说："你就当我死了就好了。"和晚年的父亲相处，让我得出一个结论：世上最无情的是老人，其次是有钱人。老人因为怕死或不怕死而变得无情，有钱人因为可以用钱买到无情而变得无情。

我等着他骂我，他却居然表扬起我来，赞赏我施恩小瞎子的善心。"把钱花在我这个死人身上真不如给他一口饭吃。"他说，"这样至少可以买他一个死后安耽，不来作我们的孽。"

这是父亲在等待的一次谈话。他告诉我，林阿姨在村子里时曾提起过，在她为上校四处寻医途中，曾在西安遇到过一个专治瘫痪杂症的大师，据说有一次她亲眼看到大师噼噼啪啪几下，把一个瘫床多年的妇女当场拉起身，推着走。父亲认为小瞎子既不是杂症，也不是全身瘫，大师也许能把他的僵尸手噼啪好，希望我去找林阿姨，问清大师地址，给小瞎子一个机会。

我说："奇怪，你怎么还想当他的菩萨？"

他说："是让你当菩萨，免得他死了来缠你。"

我说："你就不怕他治好手来打你吗？"

他说:"我死都不怕,只怕你遭他殃。"

我真是百思不得其解,自私冷漠的父亲怎么会对小瞎子大发慈悲?而且这慈悲心一下插到底,不是小打小闹,给点吃穿,而是要兴师动众,辗转千里,求人伤财,还他一双手。事隔这么多年可能吗?亏他想得出来。我觉得不可思议,唯一想到一个理由:父亲大概是想通过医好他的手,让他写给我们看,当初他为什么要造谣,把上校肚皮上的字说成鸡奸犯,害得我们全家遭殃。

这个也是我早想过的。一九九六年,我从垃圾里挣到第一笔所谓的大款,首先给家里添的一个家当是一台计算机,因为孩子学习需要,早该要的。计算机没牌子,是个杂牌子,三大坨。我印象很深的是那个所谓的记忆电源,看上去有一只抽屉的大,是三大坨里体积最小的,却是最沉的,沉得像里面装满子弹——它漆成军绿色,让人想到弹药箱。当时我们还没有自己买房子,寄住在老丈人家,只有两个房间,四个人占得满当当的。计算机来了,没合适的地方放,孩子房间根本挤不下,只有挤在我们房间的阳台上:阳台是封闭的,风雨有阻挡。

当时计算机是个新东西,诱人,孩子白天去上学,我有时会去摸摸它,有时也忍不住去操作一下。我至今打字都是所谓的"一指禅":两个食指左右开弓,戳来戳去,样子笨拙滑稽,最初就是在那台计算机上学的,养成的。当时还没有拼音汉字输入软件,至少我们的计算机里没有。当我对着五笔输入法,用僵硬的食指戳着键盘,显示屏上显出一个个字时,我突然想到小瞎子——他那双僵尸手,虽然握不住筷子,但完全可以像我这样戳键盘。就是说,如果这台计算机在他手上,让他学会打字,计算机完全可以替他"开口"。

当时我确实这样想了，不过也只是想想而已。

后来生意需要，经常要跟人通邮件，我自己买了一台笔记本电脑，只有一本杂志的大小和重量，放在包里，拎在手上，便当又时髦。当父亲建议我去找西安大师时，我把随身带着的笔记本电脑拿给他看，对他说："如果你只是要他开口，不如用它。"小瞎子人不笨，又读过中学，识的字够多，我估计要不了两个晚上，他的僵尸手就能在计算机上"写字"，跟我"对话"。

父亲问我这是什么，我简单向他作一个介绍。父亲摇头说："我要他开口做什么，我要你对他行个大善，让他活得像个人样，死后不来作你孽。人没双手，就不像个人。"一年后父亲临终前还在惦记这事，问我："你打听到西安那个大师了吗？"看我摇头——其实已看不到，只是感觉到我在摇头——他又重复了那句话："人没双手，就不像个人。"意思很明确，希望我去落实这件事。父亲给我的遗言只有两个，一个就是它：还小瞎子一双手；另一个是把老宅卖掉，卖不掉就拆掉，因为这是个鬼屋，让它见鬼去吧。两个交代根子上是一脉相承的，都是怕鬼来缠我，包括小瞎子以后将变成的鬼。

报纸上说，多数人说了一辈子话，只有临终遗言才有人听；如果临终遗言都没人听，这人差不多就白活了。父亲一辈子话少，遗言也不多，我想我还是应该听的。大师能不能找到且不说，至少要去找，付诸行动，给父亲一个安慰。这样，葬好父亲后，我便去找林阿姨打听西安大师的地址。那时候我经常回国，没少去看他们老两口，每年一次是个底子，只多不少。去多了，就有了经验，要夏天去，最好是五六月份。这是养蚕的最好时节，也是上校最好的时间，好得跟个正常人似的——用阿姨的话说，走进蚕房，他跟大人没区别，只会比大人更好。要不是亲眼所见，我无论如何也想不到他还有这一手——完全是养蚕高手！

九八

印象很深，我第二回去看他们，正好是五月中旬，前次光秃秃的桑树一律枝繁叶茂，绿得蓬蓬勃勃的，看不见一个枝头，风吹过，密不透风的桑叶像山上竹林一样碧浪滚滚，绿得发亮。那是我第一次带着八个集装箱的垃圾回去，挣了钱，特意给上校买了一箱画画用的纸和笔。想不到阿姨见了，对我说：

"这时节他哪有时间画画，你应该买一箱点心才对，他现在每天熬夜，点心是最能讨他欢喜的。"

说完，阿姨带我从后门出去。后院有一间用毛竹片搭的简易蚕房，蚕房里有两排像脚手架一样高的木架子，架着几十个篾编的方匾，每个匾里都躺满淡绿色的蚕宝宝。它们真的是宝宝，娇气得很，冷热不行，要常温——最好是摄氏二十四度，每隔三小时进食一次，夜里也慢怠不得——一夜不进食，第二天只能当鸡食。进食的桑叶必须鲜嫩，洗干净，当日吃，吃了过夜或不干净的桑叶，蚕宝宝就过不了夜了。因为娇气，养蚕的人必须花足力气，每天日出之前和日落之后两次去采桑叶，夜里至少两次起夜添食，总之要起早摸黑，熬更守夜。一般养这么两架蚕至少得双人，但上校一人比两个人还顶用，还养得好。

阿姨告诉我说："村里有一半人家养蚕，公认养得最好的是老头子，他养的蚕个大，病少，出匾率高，出丝率也高，卖的价钱也高。"

我问："有什么窍门吗？"

她说："认真，他像孩子一样认真听话，我教他什么他做什么，决不打折扣。"

或许，和正常人相比，上校最大的特点——也是弱点——是不会打折扣，不会偷懒，不会像大人一样算计，甚至也不会疲倦。我曾多次到现场看他干活，那个恪尽职守，那个专注潜心，只有机器才能跟他比。比如采桑叶，人家一把把抓，他一片片摘，老的不要，虫啃过的不要；清洗也是，一片片洗，摸着洗；喂食严格听闹钟的，闹钟一响，拔脚就走；天气热了，他给蚕宝宝扇扇子，一匾匾换着扇；冷了，用报纸糊住四面漏风的竹排缝，用干稻草铺满架子添暖。他可以一个小时一动不动地守着蚕宝宝，也会为几只蚕宝宝的死大把大把地流泪，涕泪滂沱。

阿姨告诉我，她曾教过他多种作业：种菜、烧饭、养鸡鸭等，包括养猫，都学不会，唯独养蚕，一教就会，一做就喜欢，一头扎进去，一年比一年得心应手，好像命中注定要来这个以养蚕为业的桑村跟她会合，当养蚕高手；也好像，命中注定他要一辈子在各方面施展才华，哪怕被命运打趴在地，依然要绝地反击，在蚕宝宝面前露一手，正常的大人都不是他对手，像一个小孩子运动员。

以后，我经常趁养蚕季节去看他们，我喜欢看上校在蚕房里忙忙碌碌的样子，那种出神忘我的样子，那种行家里手的样子，是可以欣赏的,我经常为之感到安心。但有时也会莫名伤心,像看到贪玩的女儿挨了打骂后比平时更加认真地在做作业,欣慰和伤感冰火一般交织在一起。他在桑蚕面前表现出来的孩子般的心智和成人的举止,经常在我心底唤起意想不到的柔情。有一次,我看他一下午都在给蚕宝宝扇风,扇得挥汗如雨的,看得我特别伤感,忍不住去抱住他哭了。他对我嘘一声,说:

"别吵,蚕宝宝在睡觉呢。"

报纸上说,生活是如此令人绝望,但人们兴高采烈地活着。这说的是晚年的上校吗?我视晚年的上校如父,所以一直坚持去看望他们,尽量奉献一个晚辈的孝心和责任。

这一次,我带着父亲的死讯和遗愿去看他们,没进村就遇到上校,驼个背,拎一篮子桑叶,刚从桑园回来。这两年他明显见老,身体瘪下去,背驼下来,脸上手上长满老年斑,体力大不如从前,已经挑不动担子,只能拎篮子去采桑叶,所以养蚕的数量锐减。质量似乎也在下降,因为耳朵也不灵了,经常听不到闹钟响,娇气的蚕小子受不得他怠慢,不肯去为他创优争光了。但这么一把年纪还在伺服蚕小子的,全村也只有他了,毕竟已八十多岁,能活着就是争光。阿姨说他的记性和智力也在衰退,现在像个三四岁的孩子,已经不大能说长句子,眼前的事说忘就忘,包括年年来的我有时也会走出他记忆,看见我怯生生的,有时我待一天都躲着我,亲近不起来。倒是阿姨,没什么大的变化,还是那样精瘦又精干,看上去老得只剩一副骨架,可说话做事仍然思路清楚,有条有理有劲。

说起三十几年前的神医大师,阿姨根本不记得他地址,只记得确有这么个神医。

"可神医也续不了自己寿命，"她说，"我记得那时他都已是七老八十，现在该早作古了吧。"

其实，即使人活着，地址记着，该也是寻不着人的，中国现在已没有几个老地址可供人寻的。再说即使人活着，我寻着他，甚至寻着比他更牛的大师神医，我想也还不了小瞎子一双手，多少年前的陈伤旧病，回天比补天还难。常识总比真理知道得多，常识告诉我这是一个荒唐的愿望。

阿姨是医生，比我更确定这件事的荒唐性。"谁要说他能帮你如这个愿，他就不是什么大师，而是大仙、大骗子。"阿姨说，"你父亲老糊涂了，他说这话说明他的智力已经跟我老头子差不多了。"

我知道，对父亲的遗愿，自己只能尽心，尽不了力了。

这一次，我告别时上校正在吃午饭，他的饭量比我还大。阿姨送我到门口，对我苦笑道："你看他这胃口，我真担心自己活不过他，先走了。"这话像游荡在这冷屋里的幽灵，每次来我都会冷不丁撞到。每次撞到，我都会看到阿姨被乌云笼罩的脸和被恐惧刺伤的心，有时脸上挂着两行泪，努力地向下蜿蜒——有时我觉得这是两滴血，有时我觉得这就是他们两个人，两个人的生活，活得吃力、孤独、凄苦，凄苦得只有用眼泪来洗掉眼泪，用孤独来驱散孤独。

九九

父亲去世后，我侄子也迁出村庄，搬到县城定居。他偶尔还会回村里去看看，我除清明节回去上坟，一次都不多回。这也是父亲的遗嘱之一：卖掉老宅，少跟这村庄往来。这一条我执行得坚决，不像另一条——还小瞎子一双手——我只是心到为止，没有真正花力气去执行。话说回来，能不能执行是一回事，有没有花功夫去执行又是一回事：我是没有，心里有时不免为此内疚。这也是阻遏我回村的原因之一，因为回去总会看到小瞎子，看到他我心里就会被一种混乱的感觉填满，不见则罢。客观上，这边的造纸厂因为人工和地皮成本的增加，都在往江西、安徽一带迁转，我的生意也在随之往那边转移，家乡这点小生意由我侄子代理，我完全可以放手不管。

父亲去世多年后——应该是二〇〇八年夏天吧，有一天我正在QQ上跟朋友说事，忽见窗口弹出一个叫"可怜虫"的新人，直呼我名字，说有事找我，要我加他。我没理他，心想知道我名字的人多着，谁知道谁，少啰唆为好，我也没时间跟莫名其妙的人打字。是朋友，请报上尊姓大名。

对方似乎懂我的心思，马上发一条："你爷爷讲过，天大地大别自大。"爷爷在世时确实说过这话。看来这人一定是老家的，不是朋友至少是乡亲。"乡亲面前自大不得的，即使你升到月亮上，你的祖宗还在他们脚下。"对方又敲出一行字。听这话的腔调和理论，又是我爷爷的。爷爷生前给我留下很多类似的话，把着我做人行事。

"是哪位？"我加了对方，问他。

"猜猜看～"对方马上给我回过来。

"是表哥吗？"

"你可怜你表哥是不～看到可怜虫的网名就想到他～"对方打字速度比我快,"你表哥在替人家养孩子～起早末(摸)黑在忙你的垃圾～哪有工夫上网～"从错别字判断,对方输的是拼音,"再猜猜看～看你能不能猜着～"

我又猜四五次,都不对。

他很自信:"我肯定让你猜一百次也猜不着～"

确实,我无论如何猜不着的,一百次猜不着,一千次也猜不着。他是小瞎子!那个双手捧不住一只饭碗的真正的可怜虫,现在居然在键盘上可以跟我飙速度,我怎么猜得着?正如漫天下着大雨,所有雨点都在往地上落,有一个雨点却在往天上飞,匪夷所思!

时代变了,连可怜人的形式和内容都变得花花绿绿,什么计算机、网络啊都有人送。网络是村里接通的,家家户户都布了线路,世界就在线里头。计算机是野路子送的,淘汰下来的台式计算机,丢了是垃圾,送给小瞎子成了宝贝,天天捣鼓,废寝忘食。他的手已经被废几十年,终于有一样东西可以摆弄,而且这东西是那么神奇,指头戳着,等于张口说话,联上网络,可以跟全世界人对话。后来我发现,他QQ好友群里什么人都有,从达芬奇到秦始皇,从杜十娘到伊丽莎白,从牛鬼蛇神到当红明星,五花八门的网名,让人眼花缭乱。他的QQ头像是一只举着断翅的嗷嗷待哺的企鹅,也许是对他现状的某种暗示:手是废的,肚皮是空的。

但他现在的精神世界是不会空虚的,因为有一堆人围着他,顶着他。他把自己扮成一位出身算命世家、精通阴文的算命先生,跟这人聊生死,跟那人谈得舍,说得头头是道,忙得不亦乐乎。他几乎无时不刻不在网上出没,像雇着几个替身,什么时间都在线上,什么问题都能对答如流。生活摧残了他,让他过着活鬼一样的生活,也让他穿越了生死恐惧和世态炎凉,变得大彻大悟,笑傲江湖。他在网上人气很高,人缘很好,众星捧月的。他找到了自己的江湖,在虚拟的世界里生龙活虎,活蹦乱跳。后来他改头换面,把"可怜虫"的网名改为"可联虫",又是对他新现状的一种暗示:不可怜了,朋友遍天下,吃喝都不愁。据我侄子说,网上有给他捐钱的人,也有跟他网恋的人,其中有两位妇女勇敢地从虚拟的世界跳出来,来村里会他。虽然两位都没看中他,只开花不结果,但他一点不气馁,伤心不丧气。他相信一定会有下一个,最后一定会有一个留在他身边,正如报纸上说的:网络让无数的人在希望中死去,在绝望中诞生。

从"可怜虫"到"可联虫",他时不时找我搭讪,我没时间陪他闲聊,三言两语应付过去。转眼到冬天,一天我住在江西新余的宾馆里,外面在下雪,约的人一时来不了宾馆,我上网浏览新闻,他恰好又来搭讪我,时机对上,便跟他闲聊起来。聊着聊着,我心里一个念头醒来,敲下一行字,发过去——

"我倒一直想问你,你想说就说,不想说也无所谓,就是当初你是怎么看到上校肚皮上的字的?那天夜里到底发生了什么?"这个云谲波诡的夜晚,像矗立在城市中心广场的雕塑一样雄踞在我心底,多数时间我看不到它,却总有某个时刻会冷不丁看到。

"很荣幸他疯了~现在只有我才能回答这问题~"

"纠正你一下,这不叫荣幸,这叫不幸。"

"是的~他确实让我够不幸的~痛苦一生~但看他最后比我还不如~我至少脑筋没有断掉~他脑筋也断了~我就不痛苦了~只

有荣幸～"

"都年近花甲的人了，有点怜悯心好不好？"

"谢谢你怜悯我～但我不准备怜悯谁～我怜悯人就是穷人怜悯富人～没资格～你有资格的～再次谢谢你怜悯过我～"

"不说这些好吗？"

他不同意，继续跟我瞎掰胡扯，大多是胡言、瞎话、脏话、风凉话。我威胁要下线，他才言归正传——

"好吧～跟你说说那天夜里的事吧～那天夜里他把我们的酒都喝了～加上几天没好好睡觉～后来睡得跟头猪似的～鼾打得比雷还响～我在他洗澡时已看到他肚皮上的字但没看清内容～我看他睡得那么死～只穿一条大裤衩～人又是捆着的～很诱惑我去偷看～我开门进去～先找了根棍子戳他～试他有没有睡死～戳几次都没反应～知道是睡得死沉～我便靠上去～小心解开他裤带～大裤衩一扒拉就下来～但没想到里面还穿着贴身内裤～不是三角裤～是那种内裤～紧身～高腰～腰线快到肚脐眼～要扒下它可没有扒下那大裤衩那么容易～可我还是去扒了～扒了也没事～他还是没反应～确实睡得很死～"

他说得错别字连天又啰唆，这是我滤过一遍的。他告诉我，那天虽然有月光，但屋子里还是黑，根本看不清字。好在他带着手电筒，装三节电池的那种，他一直捏在手里，万一上校醒过来，可以当家伙打他。

"后来事情恰恰出在电筒上～三节头的电筒雪亮～他好像对亮光特别敏感～我在照字时他突然醒过来～一脚把我踹翻在地上～他力气大得你无法想象～哗啦一下把绑住他的整部风车掀

335

翻~风车把刚站起来的我又压倒~没等我从风车下钻出来他已经从捆他的绳子里挣脱出来~对我一番拳打脚踢~最后用脚踏着我审我~他问我看见了什么~我说我没看见什么~老实说我虽然看到那句话~但时间很短~加上是繁体字~又是倒着写的~有的字上还有疤痕~我确实没看清那句话~至于箭头两边的字我就根本没注意到~我注意力全在那句话上~所以我真的什么也没看到~但他不相信~狠狠揍我~威胁我~一定要我说~可我就是说不出来~怎么回忆都没用~怎么解释都没用~他就是不相信~他认定我知道~也怕我知道~说到底他是怕我知道~才对我起了杀心~而我是真的不知道~他完全是错杀了我~他要不杀我其实什么事都不会发生~这个自以为聪明的笨蛋~就这样~把我害了~也把自己害了~"

这个夜晚曾无数次出现在我的噩梦和猜想里，但这些细节和情节——上校其实错杀了他——是我怎么也想不到的。我认为他说的是实话，一则我理解上校当时的心理，一句那么不堪入目的话和一个女汉奸的名字刻在那私处，在那个大家政治嗅觉比狗鼻子灵的年代里，这像一颗炸弹，随时可能被引爆，他怎么可能置之不管？必须把小瞎子这根炸弹引线拆掉，宁愿错杀也不放过！二则如果小瞎子当时确实看到那句话或女汉奸的名字，他哪需要胡扯什么鸡奸犯的瞎话，只要把它们捅出来——不管是那句话还是女汉奸的名字，都可以把上校钉死在汉奸的耻辱柱上。所以，现在我的问题是——

"你明知道上校肚皮上的字跟鸡奸犯无关，为什么非要说他是鸡奸犯？"

"因为你爹是鸡奸犯～"

"放屁！"

"你不信是吧～告诉你～千真万确～我要放一个屁～天打五雷轰我～"

像真吃到一个屁，我心里又气又恼，不理他。

过一会儿，他发过来一大段，当然又是啰里啰唆加上一堆错别字，需要我滤一遍——

"你知道的～你爹是不叫的狗最会咬人～平时都经常出手打人～何况老子动了他的奶酪～我回到村里后最怕见到他～我猜他一定会报复我～对我下手～却想不到会下手那么狠～手段那么毒～他第一次欺负我是我出院回家后第三天～我第一次出门～烟瘾发作想去小店买烟～刚拐入祠堂弄里～他像个鬼一样冒出来～把我揪住掼倒～拖到一堆狗屎前～按着我头让我吃了一嘴狗屎～第二次是让我吃牛粪～他说他要把村里所有牲口的屎粪都叫我吃个遍给疯子（上校）报仇～吓得我好长一段时间都不敢单独出门～后来时间长了有点好了伤疤忘了痛～我又开始单独出门～有一天他守在疯子家院门后～我刚走到门口被他一把拖进院门～又拖进屋里～我使劲摇头怕他又灌我什么屎粪～没想到他扒下我裤子鸡奸了我～这是第一次～"

以后尽管他时时防备，却总是防不胜防，被一次次袭击，吓得他要死。他说得有鼻子有眼，看得我要吐，要关电脑，又忍不住要看——

"那时我也不知道疯子身上的字是有罪的～但我从你爹鸡奸我这事上我怀疑那些字一定跟鸡奸犯有关～我嘴不能说手不能

写～去说你爹的事哪说得清～而疯子身上有字不止我一个人看到～是什么字无人知～我便编出那句话～他是鸡奸犯～他是鸡奸犯大家自然会想到你爹也是鸡奸犯～村里本来对他们就有这方面的传闻～你爹以为我揭发不了他～没想到我放了一个大招～这叫一箭双雕～一石两鸟～"随后是一串又笑又哭的表情符号。

外面在下雪，四周一片寒冷，我心里却冒着火，咬着牙，把父亲让我给他找人看病的事说一通，一边臭骂他一顿。试想，如果他这些鬼话可信，父亲怎么会让我给他找人治病？以他的德行，手治好了，保证要打父亲，甚至还可能写状子告父亲。这怎么可能？父亲老糊涂也不可能糊涂成个傻子，自取其辱。他妈的，我真是气死了，父亲都死了，他还不放过，还要作践他。父亲也真是瞎了眼，到死都还在要我给他找大师，搞得我没花力气找心里还好一阵内疚。

我不指望他良心发现，但至少要占领道德高地，用强大的证据戳穿他的谎言。没有铁的谎言，只有铁的证据，证据面前，谎言就像他这人一样，不过是个废物！

想不到，他更加放肆，编出更加厚颜无耻的瞎话——

"首先我相信你说的～他私下也同我讲过～要给我看病～其次他相信我不会报复他的～因为我们好着呢～我们是一对～他最后把病也传染给了我～你想不到吧～你没有经历是无法理解这种事的～确实开始我非常恨他～但后来～事情在变的～当你完全被人抛弃～成了垃圾～猪狗不如～生不如死时～有一个人却需要你～对你九十九个好～只有一个不好～你会怎么样～你会咽下那个不好去享受那九十九个好～然后慢慢地你对那个不好也就习惯

了~然后就成瘾了~我就这样被他培养成了他想要的人~说实话我一点不恨他~因为要没他供我养我对我好~我早饿死冻死病死了~死一百回都够了~我能活到今天全托你爹的福~他为了供养我把疯子的家底都掏空了~包括他的宝贝疙瘩~一皮包用金子打的手术刀具~都被他偷了卖了~"

放屁!

放屁!

他妈的,就你这个样子也配说金子?呸!我又不是没见过你以前的鬼样,一身臭,猪狗都不如,还有人供养你?鬼养你!我很清楚,父亲是怕你死了变成恶鬼对我作恶才想对你讨个好,给我讨个安耽。等你死了去问老保长吧,上校是不是鸡奸犯?不是!一百个不是!上校不是,哪来父亲的是?混蛋,看看你在网上说的那些话,哪一句是真的?你整天鬼话连篇不就是想骗财骗色,现在又想来敲诈我是不?见鬼去吧!

当时我真有种冲动,想对他破口大骂。我也想骂自己,骂父亲,对他那么好过,简直瞎了眼!但我忍住了,我只是愤怒地关掉电脑——明智的选择,也是别无选择的选择。

刚关上,我又启动电脑,联上网,用狠狠一键把他从好友名单里删除,好像只有在这样加强的程序和动作中才解气,好像这样是把他杀了,这样才过瘾。

杀死了吗?我得承认,没有。老实说,很难,像一个人要甩掉影子一样难。父亲担心他死后变成鬼来对我作恶,其实他没死就变成我的恶鬼了,老是偷鸡摸狗潜入我心底,一口口咬着我,时时刻刻羞辱我,我想找一句报纸上的话来安慰自己都找不到:找到的都不称心，好像都被虫蛀过。

一百

现在是北京时间二〇一四年十二月二日，深夜九点四十三分。这是上校去世的时间，他在没有任何痛苦和恐惧中结束了最后一次心跳，身上盖着一床藏青色的羊绒毛毯，身边守着我和林阿姨。房间里弥漫着豆油和蜡烛燃烧滞留的沉闷气味，林阿姨一边咳嗽一边最后一次为老伴行使了作为医生的职责，戴上耳挂，把听诊头贴在他脖颈左侧动脉处听诊。放下听诊器，她看看床头闹钟，幽幽地对我说：

"九点四十三分，他走了。"

上校生于民国七年即一九一八年，差不多活了一个世纪，寿高到几乎超出所有活人的想象和死者的等待：战友、亲人、朋友、敌人，有多少死者在地下等他！这些年我每次来看他们，林阿姨总对我说一句话："他真能活啊。"眼看要往百岁大寿冲刺，四天前下楼时一脚踏空，一个跟头摔下来，当场不省人事。

阿姨是医生，知道这次是要走了，给他擦好身子，备好寿衣，守在床前，等他气绝。一线游丝一样的气息，居然又挺了四天。我正好在国内，第二天赶来为他送终，三天里阿姨至少又对我说过十几遍："他真能活啊。"同时也说自己："我总算熬过他了。"一种庆幸跃然脸上，像受尽恩赐。

我赶来想做些事，却无所事事，所有善后事宜在我赶来前阿姨已全部做完，大到收拾所有遗物，小到给他剪指甲、修鼻毛。墓地在十年前就选好，在我老家后山坟地，在一面向阳的山坡上，筑好墓穴，刻好墓碑，包括阿姨自己的：她是上校妻子，理当葬在我们村。她为婆婆送葬的哭声至今还盘在我家乡上空，挂在老人们的嘴边。所有老人都希望最后有这样一个撼天动地的哭声来纪念他们的死，和她葬在一起他们会感到荣耀的。

三天里我只有一个任务，陪阿姨等上校闭上最后一口气。我们没想到这个时间会被一再拖延，正如上校来世时因胎位不正而大费周折一样，他去世时同样大大考验了我们的耐心。他大脑早已死亡，只有心跳和体温，阿姨每隔一会儿去摸他额头、捏他手，感受他静脉血液的流动。第一天我和阿姨隔床而坐，几乎没说一句话，也许我们都觉得需要用一种肃穆的仪式送他上路。房间里燃着一盏豆油长明灯、一对红蜡烛，这也是将亡之人应享受的仪式。十二月的上海乡间潮湿而阴冷，豆油和蜡烛燃烧散发的浊气油味封闭在房间里，令人窒息，却窒息不了奄奄一息的上校。

晚上，我照例睡在上校玩具间，地铺上。阿姨通宵握着他手和他相拥而寝，形同他只是发烧昏迷。第二天早上，我去看他们，阿姨已经坐在床前，拉着他手，见到我时第一句话说："他脉搏似乎比昨天更有力了。"第二句是一句老话："他真能活啊。"正是这两句话像另一种仪式的启动仪式，我们开始打开话匣。多年来的多次会面已经把我们掏空，我们说的其实都是一些老话旧事，直到次日下午的晚些时候，她才对我说一件新事，正好也碰及我一直难以启齿的心事。

那时，阿姨发现他脉搏明显变得虚弱，以一种医生的职业口吻通知我："应该熬不过今夜。"也像医生一样淡然，既不表现痛苦也不感到恐惧。她想起身，却被椅子粘住似的，朝我伸出手。我搀她起身，感觉到她手冰凉又轻薄，仿佛真是一只冰手，已被上校最后的体温销蚀得只剩下骨头。她领我去了上校玩具间：我曾在这儿多次过夜，从没有像现在这样空敞整洁，所有玩具和画画用品已作为上校遗物收拾得一样不剩，打成包，放在楼下客厅，等待和上校一起去火葬场；唯独画画的案台原样不动，铺的桌布都还在，上面还放着一把起子和榔头。

阿姨进屋，不假思索地走到案台前，叫我拿起起子和榔头，然后亲自扯下桌布，让我撬开面板。案台是一扇旧门改的，上面压着一块装饰打底的五厘板，由几颗钉子钉着，时间久了板子已经很脆，我用起子轻轻一撬便松开。我取掉面板，看到门板上平躺着一只熟悉的黑色皮包——我一眼认出这是上校的皮包，以前上校经常夹着或拎着它出门。

阿姨示意我打开。

我像对付一只炸药包一样小心翼翼拉开拉链，打开，眼前顿时跃出一片闪闪金光……我终于看到传说中的东西：金子打制的医用手术刀具，大到剪子，小到缝针，大大小小，十好几件，样样簇新，光芒闪烁，仿佛几十年的封存和黑暗把它们擦得更锃亮，憋得光芒要一口气喷薄四溅，刺得我当场流泪。

阿姨告诉我，这套东西救过很多人的命，也见证过不少人的死。

"但死在它们手上的人都不会有怨恨的。"阿姨拿起一把柳叶刀，轻抚一会儿，抬起头对我说，"我老头子救不了的人一定是谁也救不了的。"

正因此,阿姨相信这些金器比金子还要值钱。她把刀子放回包里,合上,拉好拉链,递到我手里,抚着我的手背说:"你留着吧,它们会给你带来吉祥的。"我想推辞,她又抢先说:"难得你这么多年一直惦记着我和老头子,没有人比你更有资格得到它。我把它交给你,也把我们的后事托付给你。"说着朝她房间努努嘴,"他过不了今夜,我想我也活不了太久了,你就答应我吧,留着它,把你叔叔和我的后事办好。"

我没有理由拒绝,只有安慰她,保证一定会把上校和她的后事都办好。我说:"如果你觉得需要,等我们办完叔叔后事后,我可以把你接去村里住,那样你可以经常去看他,现在山上修了路,可以开车上去了。"

她毫不迟疑,爽快答应:"好的,那就麻烦你了。"

随后我们回到上校床前,阿姨预感他所剩时间不多,一直握着他手。五个多小时后,她松开手,戴上耳挂,颤颤地为老伴作最后一次听诊,罢了通告我上校的死讯和死亡时间。在她示意下,我配合她一层层揭掉盖在上校身上的棉被和毛毯,然后她独自忙起来,吩咐我下楼去打水,准备为上校洁身,换寿衣。我从楼下拎来一桶温水,眼看着上校的睡衣已被阿姨脱下来,马上要脱裤子。我相信此刻她和上校一定不希望我待在身边,所以默然离去。

"你别走。"

我听到阿姨在背后对我说,回头看见上校的裤子已捏在她手里,上校从头到脚是一片晕人的白光。我下意识地闭上眼睛,却听到阿姨对我说:

"睁开眼,老头子希望你来看看。"

我睁开眼,看到阿姨苍凉地坐在床沿上,左手撑着身子,右手放在上校小腹上部,低着头,目光凝滞地盯着右手四周,轻轻又坚定地说:"你来看,这是我三年前花了几个月时间给他弄的。"

我愣着。她努了下嘴,又说:"现在文身技术简易了,村里都开了铺子,我学会了。"

我准备上前,仿佛已隐约看到她手下按着一排墨绿色大字。但上前后我震惊了,我几乎一时有些晕眩,怀疑出现了幻觉。我没看到一个字,我看到的是一幅画,一棵树,褐色的树干粗壮,伞形的树冠墨绿得发黑,垂挂着四盏红灯笼。为了送上校踏上归途,房间里所有灯火都亮着,顶灯、台灯、油灯、蜡烛,包括我心中的记忆之灯,无不通明,以致把上校小腹上的四盏灯笼也照亮了,帮助我可以清晰地看见和想见这幅画的前世今生。毫无疑义,粗壮的褐色树干是红色箭头的演变,墨绿伞形的树冠巧妙地把可能有的一排字覆盖,而从树冠钻出的两根绿藤,挂落,是为了串起四盏红灯笼,灯笼里隐隐含着蓝色火焰——这是要把那女汉奸烧死的意思,而且绝对烧死了,断胳膊缺腿的,火光冲天的,谁也无法让它们恢复真身。

我痴痴地看着,欣赏着,感动着,泪水流下来。

阿姨在一旁静静地对我说道:"我不能写上他要的字,我只能这样。我想这也一定是他要的。你看这儿,这儿,"她指着树冠两处,那儿显明有隆起的疤块,颜色发暗,"他曾试图把它们抠掉,但没成功。给自己剃头总是很难的,人也总是想不周全,会有侥幸心理。早知这字会给他惹这么大祸,别说剃头,即使割头我想他也下得了手。现在好了,"她握住上校的手,深情地呼唤着,"老头子,我替你成全了,你就安心走吧,下辈子你就放放心心娶我。"

说着,她毅然决然地埋头为遗体擦洗身子,擦完身子穿寿衣,最后盖上一块白布,从头盖到脚,从头到脚用颤抖的手熨一遍,一边噙着泪花对我说:

"死人不怕冷,只怕脏。"

白布崭新,一尘不染,在电灯和油灯、烛光的交相辉映下,透出一种暖色的柔光,仿佛上校的体温尚存。她一遍遍默默又细致地用双手熨着白布,其实是在抚摸上校遗体,是一副舍不得。我注意到她泪水滴下来,滴在白布上,一滴一个印。

她默默啜泣的样子使我忍不住哭起来。她像被我的哭泣惊醒似的,抬起头看我,示意我过去。我走到她面前,她替我拭去眼泪,一边对我说:"你去睡吧。"她紧紧握着我的手,似乎舍不得我离开,却坚决命令我走:"去吧,你留着泪。能为他哭丧的人不多,就咱俩,今晚交给我,你明早来接我班。"

我在一片恍惚中离去,回到地铺上坐着。我没有关门,是不准备睡的,我想也是睡不着的。按照风俗,守灵的人必须以哭服丧,灵屋必须开着门,让死者可以随时接受阴阳两界的亲朋好友来吊慰。也许是太疲倦了,也许是她暂时并不想让外人打扰,只想一个人和老伴相守,她的哭声并不响亮,一直是嘤嘤的,只够在楼上听见,楼梯都下不去。我做好准备,听她嘤嘤地哭一夜。但疲劳折磨着我,后来我睡着了一会儿,醒来是四点多钟,发现嘤嘤声消失了。我想她可能是累倒了。

我在犹豫要不要过去看她,不知怎么的目光落到上校的皮包上，它就在我枕头边。黎明前天是最黑的,灯是最亮的,照得皮包生出一层辉,黑得要燃起来一样。我不由自主地将它拿在手上,脑海里顿时浮现出刺眼的金光:下午它刺得我流泪,其实不是因为光芒强烈刺激的,而是激动。我激动不是因为它是金子,值钱;也不是因为受人重托,感动;而是想到小瞎子说的,父亲把上校这宝贝家底偷去卖了钱,花在了他身上。我一直苦于找不到证据反驳他,这个混蛋!现在证据就在眼前,在我手上:它确实是吉祥的,灵丹一样的,一下驱散了蛀噬我多年的心病。我轻轻抚摸着包,心底暖洋洋的,感到有一只温软之手在抚慰我,也许正是上校在天之灵的手吧。

隔壁始终没有动静,阿姨一定是累倒了,睡着了。我想让她多睡一会儿,一直等到八点钟才过去看他们。阿姨确实睡在床上,但样子有些异常,梳过头,换过衣服,是一套崭新的黑色西服,和上校穿的寿衣一模一样;床头柜上,端端正正放着一页信笺,上面压着一对黄金婚戒;床头柜前,立着原先置于墙角的移动输液架,架上吊着一只最小的药瓶。药瓶滴出的一般总是治病救人的药水,但这回却是夺人命的。

一切都是蓄谋已久的,作为一个前麻醉师,阿姨以最专业的方式结束了自己,追随爱人而去了。她不能选择和上校同时生,却可以选择一起死。她选择和上校一起死,是为了来生与他同时生吗?

阿姨,我知道,你选择和叔叔同死同生,是为了来生和他相爱一生。叔叔、阿姨,大路朝天,你们一路走好……我放声大哭,准备把喉咙哭哑为止,像三十八年前妻子死在我怀里时一样。只是我已经六十二岁了,我担心我哭不了多久喉咙就哑了。报纸上说,没有完美的人生，不完美才是人生。我哭着，想着，不知道我的哭声能传到多远，能唤来多少阴阳两界的灵和人为他们送行？

2018 年 8 月完成初稿

2019 年 3 月 2 日定稿

2020 年 12 月小修

2023 年 4 月微修

图书在版编目（CIP）数据

人生海海／麦家著.－－北京：北京十月文艺出版社，2023.8（2025.1重印）
ISBN 978－7－5302－2319－2

Ⅰ.①人… Ⅱ.①麦… Ⅲ.①长篇小说－中国－当代 Ⅳ.①I247.5

中国国家版本馆CIP数据核字（2023）第118929号

人生海海
RENSHENG HAIHAI
麦家 著

出　　版	北京出版集团
	北京十月文艺出版社
地　　址	北京北三环中路6号
邮　　编	100120
网　　址	www.bph.com.cn
发　　行	新经典发行有限公司
	电话(010)68423599
经　　销	新华书店
印　　刷	山东韵杰文化科技有限公司
版　　次	2023年8月第1版
印　　次	2025年1月第11次印刷
开　　本	1168毫米×850毫米　1/32
印　　张	11
字　　数	230千字
书　　号	ISBN 978－7－5302－2319－2
定　　价	69.00元

质量监督电话　010－58572393
如有印装质量问题，由本社负责调换

版权所有，未经书面许可，不得转载、复制、翻印，违者必究。